U0133000

本书获 2009 年度贵州民族学院学术著作出版基金资助

贵州民族学院学术文库

改革开放三十年来
贵州政府创新的理论与实践

王国勇　谢治菊◎著

民族出版社

图书在版编目（CIP）数据

改革开放三十年来贵州政府创新的理论与实践/王国勇，谢治菊著. —北京：民族出版社，2010.9

（贵州民族学院学术文库/吴大华主编）

ISBN 978 - 7 - 105 - 11151 - 0

Ⅰ. ①改… Ⅱ. ①王… ②谢… Ⅲ. ①地方政府—行政管理—研究—贵州省 Ⅳ. ①D625.73

中国版本图书馆 CIP 数据核字（2010）第 187046 号

改革开放三十年来贵州政府创新的理论与实践

著　　者：王国勇　谢治菊
策划编辑：倩　男
责任编辑：向　征
封面设计：晓玉工作室
出版发行：民族出版社
社　　址：北京市和平里北街 14 号　邮编：100013
电　　话：010-58130038（编辑室）
　　　　　010-64228001（传　真）
　　　　　010-64224782（发行部）
网　　址：http://www.mzcbs.com
投稿信箱：gongqianlan@sina.com
印　　刷：北京市迪鑫印刷厂
经　　销：各地新华书店
版　　次：2010 年 10 月第 1 版　2010 年 10 月北京第 1 次印刷
开　　本：880 毫米×1230 毫米　1/32
字　　数：225 千字
印　　张：8.5
定　　价：32.00 元
ISBN 978 - 7 - 105 - 11151 - 0/D·2071（汉 295）

目 录

实 践 篇

前　言

在当今全球化及现代化的环境下，政府创新被认为是人类实现进步与发展的强大动力。谁进行了政府创新，谁掌握了主动权，谁就能引领时代发展的潮流。无怪乎世界各国政府及地方政府都把政府创新作为政府自身建设的首要任务来抓。近年来，世界上大多数创新型国家已把政府创新提高到了国家战略的高度，构建了有特色的、符合本国经济社会发展特点的国家创新体系与创新文化。我国的高层领导集体也特别重视政府创新，在党的十六大、十七大以及 2008 年的政府工作报告中均有所提及。许多学者对此也作了大量卓有成效的理论研究。在政府创新的基本理论方面，有谢庆奎的《论政府创新》（2005）、俞可平的《建设一个创新型政府》（2006）、周荣桥的《政府创新的理论与实践》（2004）等；在区域创新方面，有陈瑞莲的《论区域公共管理的制度创新》（2005）、王珺的《先行改革地区的政府制度创新行为与过程》（2004）、袁忠的《区划行政模式下地方政府管理的制度缺失及其创新》（2006）、马成良的《贵州政府创新投入保障机制建设问题研究》（2007）等；在政府创新实证研究方面，有俞可平的《中国地方政府创新案例分析报告（2005—2006）》与《中国政府创新蓝皮书 2008》，刘靖华等人的《政府创新：香港特区的实践》（2003），苗月霞的《建设服务型政府的重要探索：地方政府创新实践——以广东省江门市政府创新实践为例》（2006）等。这些研究广泛涉及政府创新的方方面面，包括政府创新的内涵、特征、作用、动力、困境、问题、对策出路、保障机制等。

在实践方面，中共中央编译局比较政治与经济研究中心和中共中央党校世界政党比较研究中心设立的"中国地方政府创新奖"，对以浙江省温岭市"民主恳谈"、吉林省梨树县村民委员会"海选"为代表的 50 个政府优秀创新行为进行了表彰，创新的范围涉及政府管理的"透明性、民主性、服务性、法治性"等多个方面。遗憾的是，在获奖的 50 个创新行为中，贵州只有 1 个，即获得第一届政府创新奖的"贵阳市人大常委会市民旁听制度"。

改革开放 30 年以来，贵州各级政府在行政管理体制改革与政府创新方面作了很多有益的尝试，在很大程度上保证了贵州经济、社会的发展。但贵州政府改革与创新的步伐、政府的行政效率还明显滞后于东部地区及其他地区，滞后于企业改革与经济发展的需要，政府管理体制的毛病与弊端也越来越明显，主要表现在管理理念滞后、管理方式单一、职能转变不到位、行政管理成本过高、成本—效益极低、行政性垄断突出、政府职能转变不到位等多个方面。这些弊端大大降低了贵州政府的竞争能力，因此，必须通过有效的改革与创新来提高行政效率、降低行政成本，以获得地方民众强有力的支持和较高的权威；同时，贵州政府创新还有利于强化政府的公共服务职能，促进服务行政的公平高效，优化投资软环境；更重要的是，政府创新能促进贵州经济社会的全面发展，从而提高人民的生活水平。

因此，无论从实践上还是理论上，贵州政府创新的研究都势在必行。2007 年年初，林树森省长在省人大第五次会议上所作的《政府工作报告》谈到了政府自身建设，提出了大力推进政府制度创新和管理创新，努力建设法治政府、服务政府、责任政府和效能政府的目标和任务。要实现这一目标和任务，需要贵州省的理论研究工作者和实际工作者携起手来，共同努力奋斗。然而，目前贵州省无论在政府创新理论研究上还是政府创新实践上，都远远不能满足这一要求。

　　笔者怀着对贵州这片热土的眷恋，怀着对贵州经济、社会发展面临的问题尤其是政府创新面临问题的深切关注，不揣冒昧，就"改革开放三十年来贵州政府创新的理论与实践"展开较为系统、全面的研究。希望通过该研究能对贵州降低行政管理成本、提高行政管理效率、促进贵州建设服务型政府尽自己的绵薄之力。

　　本书分为上、下两篇共十二章。上篇为理论分析篇，包括第一章到第七章，着重对政府创新的科学内涵、指导原则及意义，国外、省外政府创新的经验借鉴，贵州政府创新的总目标、重点与难点、动力与困境、路径选择，以及改革开放三十年来政府创新的演变轨迹与未来趋势进行梳理与钩沉。下篇为个案实践篇，包括第八章到第十二章，撷取了诸如"点题公开"、"信访听证制度"、"市民旁听制度"、"公推直选"、"四在农家"、"多彩贵州"等贵州政府创新的典型个案，以此展现贵州政府创新的丰富实践，并就政府创新实践中积累的经验进行总结，对存在的问题进行深刻反思。

理

论

篇

第一章 政府创新的理论研究

第一节 政府创新的科学内涵

一、政府的含义

何为政府？中外学者对这个问题进行了多方面的研究与讨论。我国学者一般从广义和狭义上理解和使用政府概念。如中国改革开放恢复重建政治学以后，由赵宝煦先生主编的第一本政治学教科书《政治学概论》中就明确地指出："政府一词，历来就有广义和狭义两种不同的解释。在资本主义世界，实行总统制的国家，政府通常是指中央和地方政府全部的立法、行政和司法机关。这就是所谓广义的解释。在实行议会内阁制的国家，政府通常是指中央和地方的行政机关。这就是所谓狭义的解释。"① 赵先生关于政府的这个界定在中国政治学界产生了比较广泛的共识和影响。

值得一提的是，国内学者关于政府的狭义解释几乎没有大的分歧，而对于广义政府的解释则存在着较大分歧，主要表现在：一些学者将对政府概念的界定从国家机关的立法、司法、

---

① 赵宝煦主编：《政治学概论》，103 页，北京，北京大学出版社，1982。

行政机关扩大到所有国家机关，包括军队、警察等暴力机构，如芮明春主编的《政府学》，高民政主编的《中国政府与政治》等就是持这种解释。另一些学者则将政府的概念界定从国家机关扩大到国家机构以外的社会领域。这里又有三种情形：一种是把政府＝国家＋社团＋民间组织＋社区政治机构，如辛向阳在《红墙决策：中国政府机构改革深层起因》一书中关于政府的五级定义的前两级定义就是如此。另一种是把中国共产党纳入中国政府定义之中，如王敬松著《中华人民共和国政府与政治》一书就基于中国政府的特殊结构，把中国共产党放在了广义的政府之中；胡伟著《政府过程》一书认为，共产党组织是当代中国政府机构的核心，无论就广义的政府还是狭义的政府都是如此；朱光磊著《当代中国政府过程》一书主张政府等于国家机构的总体与执政党之和，认为这反映了当代中国的实质。第三种是提出更大的政府概念，它超越了国家机构的总体与执政党之和，而提出"政府体系"概念，并主张用"政府体系"概念等同或取代政府概念，如由曹沛霖、林尚立教授等编著的《当代中国政府理论研究丛书》在总论中就使用了"政府体系"概念，作者把政府体系优化的基本组成概括为 10 个方面；陈红太研究员认为"政府体系"这一概念是一个非常宽泛的概念，它是对当代中国政治组织及其相互关系、或制度、体制的极高度的逻辑概括，认为应该用"政府体系"的概念替代"政府"概念。[①] 然而，笔者认为，"政府"与"政府体系"、政府与政党是既有联系又有区别的概念，不能简单等同。虽然过去和现在仍然在一定范围和程度上还存在着"党政不分"、"政企不分"、"政事不分"等现象，但是随着改革开放和社会主义市场经济向纵深发展，这些现象会逐步淡出政府，做到各自相

---

① 参见陈红太：《当代中国政府体系》，5 页，北京，华文出版社，2001。

对独立，各就各位，各司其职，各务正业，逐步理顺党政关系，通过政府创新逐步达到"解放政府"的目的。

作为本书的核心概念，我们有必要而且必须对贵州政府的概念作出解释。笔者认为，贵州政府是一个广义的概念，是指贵州省内所有拥有公共权力的行政机关、立法机关、司法机关及其他公共部门，既包括较高层次的省、市（州）级的政府，也包括直接对基层进行管理的县（市、区）、乡（镇）政府，甚至在一定程度上还包括法律法规授权的公共组织及依法成立的派出机关，如街道办事处等。为了简化表达，本书统一简称贵州政府。

二、创新的含义及特征

对于创新的系统研究是从约瑟夫·熊彼特开始的。他在1939 年出版的《商业循环》一书中通过区分"创新"（Innovation）与"创造"（Invention），明确了"创新"在经济领域中的含义。政治学者在研究政治领域中的创新时也基本上继承了熊彼特的逻辑。墨尔把创新界定为"成功地引入一种新的可利用的手段或者可实现的目的"。如果说创造意味着产生新的东西的话，那创新就是利用新的东西。阿舒勒等人提出，创新就是"崭新的行为"，是由两个要素组成的：新观念及其实践表现。巴西政府制度创新与管理创新项目主任彼得·斯宾克通过调查指出，对于政府官员来说，创新首先是能够取得成效的行动。[①]归纳这些定义不难看出，所谓创新就是将新的观念和方法付诸实践，创造出与现存事物不同的新东西，是能够解决具体问题

---

① 转引自杨雪冬：《政府创新与中国的实践》，载《学习时报》，2007 年 11 月 19 日。

的新的手段、措施、方法以及制度的总和。创新有两个要素：一是"崭新性"；二是"实践性"。

与其他人类行为相比，创新行为有许多明显的特征。

第一，创新是一种创造性的行为，发现、发明、制造与现存事物不同的新生事物，是创新的本质特征。创新不是对事物进行表面的或形式上的翻新，也不是对现存事物作轻微的变动，而是一种实质性的变革和改善。所以，创新的过程其实也是一个持续不断地对现状进行革新的过程，以便达到更高的目标，上升到更高的水平。

第二，创新是一种学习。创新者把自己的新观念、新方法应用于实际的过程是一个不断学习的过程。在这个过程中，创新者总是密切注意实际情况的变化，及时更新自己的观念和方法。从另一个角度看，创新行为具有可学习性，即可以被其他的个人或群体学习和推广，在更大的范围内得到应用和普及。

第三，创新是一种自觉的行为。创新的动力最终来自人类趋向社会进步的内在冲动，具有深刻的自觉性。创新的过程是创新者对现状的一种自觉的变革过程。任何强制的、命令的行为只能产生服从和模仿，而不会有真正意义上的创新。

第四，创新是一种系统性的行为。从单个创新行为看，创新的产生有一个逻辑体系。有人形象地为创新行为开列了这样一个系谱：社会现实中存在着革新现状的需要和机会→个人或群体产生出强烈的发明、革新欲望和冲动→社会为创新者提供良好的外部环境→发明新的观念、思路、方法、技术、工具、制度等→在社会中推广应用上述发明、革新。从社会整体看，各个领域中的创新是相互关联的。科学的发现可能导致技术的革新，技术的革新可能推动经济的发展，经济的发展可能导致经济制度的转变，经济体制的转变可能导致政治体制的变革，如此等等。

第五，创新是一种风险行为，需要极大的勇气。创新是做前人未做的事情，是对现状的革新，没有现成的经验可供参考，极可能达不到改善现状的期望值，使创新最终流于失败或无效。此外，创新的成本也可能很高，以致得不偿失。所以，创新未必失败，但也未必总是成功，任何创新者都必须有足够的勇气承担风险成本。

此外，创新还具有一些其他的特征。加拿大众议院听证报告从另一个角度列举了创新的五个特征："第一，创新并非同时就产生困境；产生并维护创新需要人们的努力。第二，在剧烈的变革时期，为静止不变而设计的创新将导致混乱、困境、失控和价值冲突。第三，产生、坚持、传播和维护创新，需要努力思考和努力工作。第四，创新不是命令的产物，而源于人民和社群的创造力、奉献和执著。最后，某些行为能够培植创新，人们可以鉴别、学习和应用这些行为。"①

三、政府创新的科学内涵

关于政府创新的涵义，目前学术界有两种看法：一种是直接界定"政府创新"的概念。如俞可平认为，政府创新就是各级公共权力机关为了增进公共利益或提高行政效率而进行的创造性改革。党政机关及其职能部门及拥有公共权力的工会、共青团、妇联等群团组织都是政府创新的主体。② 谢庆奎认为，政府创新就是在不断积累的基础上，探索适应新环境变化和新

---

① 《加拿大众议院听证报告》第 5 部分《一个创新的社会及政府的作用》，1994。转引自俞可平：《创新：社会进步的动力源》，载《马克思主义与现实》，2000 (4)。

② 参见俞可平：《论政府创新与的若干基本问题》，载《新华文摘》，2005 (19)。

现实挑战的政府体制的新模式与政府运行的新方式。① 刘靖华
认为，政府创新就是探索政府体制运转的新方法、新模式以适
应新环境的变化和新现实的挑战；就是通过探寻和建立较为合
理的政府体制运转模式，从而确保社会资源能够得到最优化配
置，确保国家资本能够更好地用于改善人民的生活。②

另一种是分别提出"政府管理创新"与"政府制度创新"
的概念。如《中国地方政府管理创新大典》内容简介中指出，
政府管理创新是指由于行政环境、行政任务的变化引起的行政
职能、行政方式、行政作风、政府政策法规、行政体制等各方
面的一系列新变化。③ 重庆大学赵泽洪教授指出，政府制度创
新指在公共行政领域中，公共权力主体即政府，为了构建一种
公正、合理、有效的行政秩序而进行的制度安排，即制度的创
制和完善的过程。④ 根据制度创新所要解决的问题的不同，制
度创新则可分为补充型制度创新和拓展型制度创新，即指对未
完善制度的补充，针对的是制度残缺问题，补充型制度创新是
行政主体的一种行政后馈控制行为，是制度的滞后供给；拓展
型制度创新是指对将来行政行为的一种规划。同时，政府制度
创新可分为诱致性制度创新与强制性制度创新。"诱致性制度
创新指的是现行制度安排的变更或替代，或者是新制度安排的
创造，它由一个人或一群人（个），在响应获利机会时自发倡

---

① 参见谢庆奎：《论政府创新》，载《新华文摘》，2006（5）。

② 参见刘靖华等：《政府创新》（绪论），1 页，北京，中国社会科学出版社，2002。

③ 《中国地方政府管理创新大典》编委会：《中国地方政府管理创新大典》，1 页，国家行政管理出版社，2007。

④ 参见赵泽洪、谢东：《政府制度创新的制约因素及对策研究》，载《重庆文理学院学报》（社会科学版），2006（7）。

导、组织和实行"①。强制性制度创新的主体是政府，而不是个人或团体，政府进行制度创新不是简单地由获利机会促使的，这类制度创新通过政府的强制力短期内快速完成，可以降低创新的成本，具有强制性、规范性特点，制度化水平高。

纵观现有的研究文献，笔者发现，政府创新、政府管理创新、政府制度创新是三个内涵基本一致、外延不尽相同的概念。政府创新的涉及面更广，正如俞可平所说："各级公共权力机关为了增进公共利益或提高行政效率而进行的创造性改革就是政府创新。"当然，这里指的是广义的政府，即所有拥有公共权力的部门。政府管理创新就是政府部门所进行的、以有效地解决社会经济、政治等问题，以完善自身运行、提高治理能力为目的的创造性活动，集中表现为政府管理过程与管理内容的创造性改革。政府制度创新指政府制度的变迁过程，是政府为获得潜在收益而进行的制度安排，制度创新侧重于政府在制度方面的改革，主要强调的是政府自身的建设。管理创新与制度创新共同构成政府创新的科学内涵。

与其他人类创新行为一样，政府创新也具有创造性、学习性、自觉性、系统性、风险性等一般特征。此外，政府创新还具有明显不同于一般创新行为的某些特征。首先，政府创新具有公共性。政府创新的主体是公共部门，特别是公共权力部门；政府创新的最终目的也是为了改善公共服务，增进公共利益。其次，政府创新具有全局性。政府创新所产生的影响，主要不是政府公共部门自身，而是广大的公民。由于政府掌握着社会的政治权力，政府创新的结果通常对社会有着广泛而深刻的影响。最后，政府创新具有政治性。政府创新是政治体制改

---

① ［美］R. 科斯等：《财产权利与制度变迁》，378～384 页，上海，三联书店上海分店，1991。

革的重要内容，它直接涉及权力关系和利益关系，十分敏感，风险性也比其他创新行为更大。①

从内容来说，政府创新包括五个层面：

第一，理念层面的创新。理念层面的政府创新主要是指关于政府的起源、性质、目的、规范、环境、结构、功能和发展等方面的理念与知识的创新。在市场经济的条件下，政府创新的重要内容之一就是适应政府管理模式的变迁，在公共服务领域引入市场机制和价值判断，建立公共服务领域的市场竞争机制和社会公正机制，以实现更多的市场和更小、更有效、更正义的政府。在建设服务型政府的时候，政府理念一定要由"官本位"、"政府本位"、"权力本位"，转变为"民本位"、"社会本位"、"权利本位"。

第二，体制层面的创新。从广义来说，政府体制主要涉及政府权限的划分、组织结构、管理方式及相互关系等内容，这方面对地方政府来说创新的空间很大。由于政府在制度创新中具有强制优势、组织优势、效率优势，因而政府体制创新通常是交易成本最低的创新形式。而且，政府体制创新来自统治者而不是选民，这是因为后者总是面临着"搭便车"问题。但是，政府体制创新的有效性受多种因素的制约，其中主要有统治者的偏好和有限性、意识形态刚性、官僚政治、集团利益冲突等。②

第三，机制层面的创新。这里所说的机制指的是制度运行过程中所依靠的组织形态和程序过程，包括责任的确认和分担、相关部门关系的协调、对结果的评估以及技术手段的应

---

① 参见俞可平：《论政府创新的发展趋势》，载《学习与探索》，2005（4）。

② 参见谢庆奎：《中国地方政府创新的理论与实践》，中国政法大学讲座，2006年5月19日。

用。因此，机制是制度运行的组织形态和关系形态的总和。机制创新有两个基本取向。一是政府整体化取向，机制创新就是提高政府内部关系的协调性、通畅度和效率，保证政府能对社会经济的新变化作出及时而准确的反应。从这点来说，机制创新首先是建设回应型政府的需要。另一个是政府民主化取向。现代政府的运行与社会的参与、监督密不可分。只有能为社会公众提供充分而有效的参与渠道、知情渠道，才能从根本上保证政府的运行，才能对社会公众负责。因此，机制创新也是建设责任政府的需要，具体来说应包括公共服务机制、公民参与机制、利益协调机制、危机应对机制、绩效评估机制、环境保护机制六大方面的创新与改革。

第四，人员层面的创新。人员层面的政府创新是指政府工作人员行政能力的不断提升和发展。影响公共行政创新的因素很多，但最重要的是在合适的时间、合适的地方拥有相应经验和能力的合适人才。政府工作人员的观念、知识、经验、能力、工作方式与方法的不同，将在很大程度上影响政府的工作效率和效益，直接关系到政府形象的提升和政府合法性基础的加强。因此，必须严把政府工作人员进口关，大量引进高素质人才，淘汰不合格人员，并且对在岗人员加强培训，不断更新观念、知识、技能，使政府行政人员的行政能力不断得到提升和发展。

第五，技术层面的创新。技术层面的政府创新是指地方政府工作的信息化、现代化，是行政事务在技术方面的创新。它以建设电子政府为中心，通过网上发布信息和网上办公，强化信息技术的运用，以改革原有繁琐的政府工作程序和复杂的政府结构，最终提高政府行政效率和促进国家经济社会的快速发展与繁荣。这种创新既能更好地为民众服务，又能提高行政效率和效益，使地方政府各项工作更加透明，更加便于民众的监督，有利于地方政府行政过程中的科学化、民主化和现代化。

第二节 政府创新的指导原则

政府行为具有普遍性和强制性。普遍性表现为政府行为对全体社会成员具有普遍的约束力。一旦政府创新出现问题，将会造成巨大危害。强制性表现为政府行为是以暴力为后盾的，其不当行为一旦发生，很难得到纠正，即使要纠正也需要其他国家权力的介入，以单个组织和公民的力量是很难做到的。因此，必须把政府创新纳入到国家权力的监督体系之中。政府权力具有单向性、扩张性、可分享性和可交换性的特点。政府权力的单向性，是指上级可以指挥下级。政府权力具有扩张性的倾向，会产生滥用问题，比如让人头痛的自由裁量权问题。政府权力具有可分享性。政府权力不是抽象的，它能物化为一定的组织、机构、行使工具和手段，职权就是权力的物化形式；物化后的权力就具有了实体和象征，譬如票子、房子、车子，等等，这些实体和象征是可以分享的。所以，权力具有腐蚀性，它会使政府产生自利行为。政府权力具有可交换性。政府权力本身是无价的，但权力控制着有价值的事物，这样一来就使权力变成了有交换价值的东西。政府组织、政府行为和政府权力的这些特点决定了必须为政府创新设定原则，使其在规范与程序的约束下进行。

一、法律原则

政府创新要在宪法和法律的框架内进行，要树立法律至上的理念，在任何创新行为中都要恪守"法无授权即禁止"的价值观，依法行政。如果政府的创新超越了法律的规定，也就等于突破了政府权力界限，侵犯了立法机关的权力，实际上是对人民权利的一种践踏。也违背了我国宪法规定的政府是国家权力机关的执行机关的这一法律规定。

二、公域原则

政府属于公共组织，政府的权力就是公共权力，而公共权力只有在公共领域才有效，突破了公共领域，政府和公民一样都是平等的法律主体。这是从范围上对政府权力的一种限制，主要目的是防止其侵犯企业和公民的私权利。如果不对政府权力在范围上加以限制，创新很可能成为政府为所欲为的托词，这样一来，造成的结果将是很可怕的。

三、公利原则

政府创新要站在维护公共利益和创造公共利益的基础上进行，而不能以创造公利之名，行牟取私利之实。众所周知，政府是有自利性的，政府的自利性按照卢梭的理论有三个层次：第一层次是作为统治阶级的国家自利性；第二层次是作为部门的小集体的自利性；第三层次是作为公务员个体的自利性。从政府的性质来看，这三种自利性的排序应该是国家利益排在第一位，其次是集体利益，最后才是个人利益。但是，在实践中这三者之间的关系恰恰是倒置的，这说明，自利是人的自私性的一种表现，靠软性约束难以奏效，因此，笔者认为，必须采取刚性的法律措施迫使政府遵循公利原则，让其维护全体公民的利益。

四、程序原则

程序是对政府行为的一种刚性约束，程序就是民主。政府创新行为必须遵循权力运行的程序，即凡属本地区的重大决策必须经过人大讨论通过，不能由政府擅自做主，用"拍"的方式进行，拍脑袋，把主意拍出来；拍胸脯，信誓旦旦；拍大腿，增加胆量；拍屁股，逃避责任。遵循程序不仅是对国家权力和人民权力的尊重，也是政府避免决策错误的一种很重要的工作方式。

五、善策原则

政府创新行为做出的应该是善策，而不是恶策。恶策不是策。就像恶法不是法的道理一样。善策必须是符合本国、本地经济、社会发展需要的良策和顺策，而不是违背人民意愿的政绩之策、权宜之策和欺上瞒下的应对之策。

六、全面原则

政府创新要为全体公民服务，而不是仅仅为企业家服务，或者为社会上的某部分人服务；政府工作要以社会为中心，而不是单纯以经济为中心。以经济为中心必然使政府难以脱离政企不分的尴尬境地，走不出干预企业的思维和亲自抓经济的冲动，难还政府本来之职能。以社会为中心才能使政府创新行为更具有前瞻性、战略性、科学性和发展性。

七、以公民为导向的原则

政府创新应当满足公民而不是官僚政治的需要，应把资源集中在给公民提供多样服务的选择上。因此，那种把创新作为官员政绩与升迁途径的想法与做法都是狭隘的，只有在创新的过程中以公民为导向，创新成果才能更好地为人民所用。

总之，政府创新要以为社会提供更多更好的公共服务为重点，以促进社会发展为核心，以增加人民利益为宗旨。一句话——政府创新要给人民带来的是福祉，而不是灾难。

第三节　政府创新的重大意义

一、理论意义

在当前新的历史时期，尤其是党提出加强执政能力建设、构建社会主义和谐社会以及建设"服务型"政府的重大历史任务之际，研究政府创新这一课题既有重要的现实意义，同样也具有重大的理论意义和学术价值。

第一，突破传统公共行政学中的政治与行政二分法范式，将政治与管理整合起来。传统的公共行政学遵从威尔逊和古德诺开辟的范式，认为政治和行政是两个相互分离的领域。政治与行政二分法的传统由于自身的缺陷，不断受到理论的批判和现实的挑战，正逐步走向整合。政府创新要求政府部门工作人员系统地考虑组织的长期目标和未来远景，将组织的使命、价值、目标相结合，将战略制定与绩效管理、绩效评估和责任机制结合起来，强调过程和结果的统一。它克服了传统公共行政被动消极的执行命令的弊端，关注行政的政治性，强调行政在战略制定上的优势和重要性，将政治和行政看成必然联系的环节。

第二，超越传统公共行政学仅仅重视中低层管理的局限，将政府部门高层管理与中低层管理融合起来。传统的政府部门是按照韦伯式官僚制组织特点建构起来的，强调层级节制的等级秩序，管理幅度和管理层次是组织结构的依据。在这种等级金字塔的组织中，管理的高层和中低层严格按照金字塔层级进行缓慢的信息沟通和命令传达，有权作出决策的是位于顶端的上级，下级的任务是执行。这种缺乏整合的组织形式，不仅会带来信息的扭曲、行动的缓慢、决策的滞后、效率的低下，还会造成中下层人员缺乏创新的内在动力和外部激励。政府创新则强调组织所有成员对于组织目标、使命和愿景的参与，强调高层和中低层之间的沟通和整合。

第三，摒弃传统公共行政学仅仅重视内部科层组织的弊端，将内部管理与外部环境联系起来。传统的公共行政学将组织看作一个静态和封闭的系统，研究的重点集中于组织的内部结构上：他们关注组织如何分工、如何建立层级节制的等级秩序、如何制定严密的法令规章和工作标准，却忽视了组织与外在环境之间的相互关系和相互影响，忽视了公共行政的社会环境、文化背景、意识形态等因素。政府的管理创新，不仅关注组织内部的资源和结构，环境分析同样是一个研究重点：创新管理理论认为，任何组织都不是孤立的，都是一个开放的系统，处于与环境的持续相互作用之中，外部环境是组织实施创新战略的依据和基础，政府创新管理的过程，实际上也是一个内外整合的过程。

二、现实意义[①]

我国的社会政治经济发展正进入一个新的历史阶段，政府管理体制改革尤其具有紧迫性。随着社会主义市场经济体制的不断完善，社会主义物质文明、精神文明、政治文明和生态文明的协调发展的迫切要求，人民群众民主权利意识的日益提高，我国的政府管理体制也要适应新的要求，积极对政府组织进行改革与创新。我国政府创新的现实意义具体表现在：

一是有利于强化服务行政。我国传统的服务行政强调全心全意为人民服务的政府理念，是一种意识形态的约束，有赖于公务员个人道德素质的提高，而无法从制度上体现服务行政的要求。引入"顾客导向"意识，使服务行政、绩效评估、考核机制三者紧密结合，能够从制度上保证政府提供公共服务品质的提高和服务行政的实现，从而内在地激励行政人员主动提高服务质量，以保障服务行政能够适应社会主义市场经济发展的要求和人民对政府扩大公共服务职能的需求。

二是有利于促进服务行政的公平高效。我国现行的行政管理体制一直无法兼顾公平和效率，这既有体制上的原因，也有思想意识上的原因。许多学者认为，政府绩效管理应以"4E"——经济（economy）、效率（efficiency）、效益（effectiveness）和公平（equity）为基础，强调效率和公平兼顾。作为公共部门，体现公平原则是其行政工作的基本要求。绩效管理将公平纳入评估体系，虽然具体评估指标有待商榷，而注重政府部门的公平精神则是对效率意识的一大补充，能够有效地促进

---

① 以下主要内容参见胡税根、郦仲华：《我国政府组织创新：意义、目标与路径选择》，载《学习与探索》，2006（5）。

服务行政走向公平、高效。

三是有利于降低行政成本，提高行政效率。受传统体制的影响，我国政府组织管理的成本意识一直比较淡薄，庞大的财政支出不仅妨碍了政府效率的提高，而且也严重影响了政府的形象。20世纪末期，我国公共部门绩效评估机制的引进为其全方位提高行政效率提供了可能性。进入21世纪，国家的资源危机和财政危险凸现，都要求政府组织能够以有限的资源提供更多、更优质的服务。绩效管理从制度上确保了政府组织必须以成本意识、效率意识和竞争意识为支撑，从而保证其服务的优质高效。

另外，政府创新不但有助于集中解决一批现行管理体制和运作机制中存在的障碍性问题，还能提高政府竞争力和城市竞争力，更好地履行社会管理与公共服务职能，优化软环境。

第二章　他山之石：贵州政府
创新的经验借鉴

第一节　国外政府创新的经验借鉴

20 世纪 80 年代以来，世界许多国家的地方政府在中央政府体制保持不变的情况下进行了深刻变革，这些改革潮流具有强烈的历史背景和深刻的社会、经济和政治原因。第二次世界大战以后，西方主要国家随着经济的恢复和发展，都经历了建设福利国家的过程，政府公共开支逐年上升，最终导致了不同程度的财政危机，财政危机是促使地方政府改革的一个重要原因。随着人们生活水平的提高，公民对政府的管理和公共服务的要求也有所提高，90 年代，公民对地方政府的不满引起的合法性危机意味着地方政府的改革势在必行。全球化不仅给地方政府带来了发展的机遇，也同时加剧了地方政府在更大范围内进行的竞争，只有改革和创新才能增强地方政府的优势和核心竞争力。因此，改革和创新也就成为了一些地方政府主动的、自觉的行为。这些行为不仅包括地方政府公共政策的变化，而且包括地方政府本身治理结构的变革；不仅有技术方面的微调，也有制度领域的深层变革；不仅包括政治与行政关系的调整，还包括政府与市场、政府与社会关系的重新定位；不仅包括政府权力与公民权利的调适，也包括政府权力的内部转移。

一、国外政府创新的实践

（一）新公共管理运动

始于 20 世纪 70 年代末、80 年代初的新公共管理运动是波及范围最广、影响最深刻的一场政府改革运动，自英、美率先进行了新公共管理改革后，这场改革迅速在加拿大、新西兰、澳大利亚以及欧洲大陆推开，至今仍未结束。有人将这次改革称为"重塑政府"、"政府再造"或"治道变革"，或曰以企业家精神来改造政府，并列举了改革的十项原则：政府掌舵而不是划桨；善于授权而不是事必躬亲；引入竞争机制；注重目标使命而非繁文缛节；重产出而不是只顾投入；顾客导向和服务意识；注重收益而不要浪费；重预防胜于治疗；更多协作与分权而不是加强集权；重市场机制而非行政指令。

新公共管理改革包含了许多不同甚至相互矛盾的概念，而其共同的基本原则是参考、仿照私人部门的组织、运行和市场导向原则，以克服"（福利）国家失灵"和"公共管理失灵"的现象，但其做法和后果在各国大不一样。因为各国的历史文化、发展经历和地方政府结构有明显差异，地方政府改革的路径依赖、起始条件、改革需求和实施者的意愿与能力等条件也各不相同。英国是最多使用私有化和民营化手段的国家，不仅把水、煤气和电力等公共设施出售给私营部门，而且社会服务也通过以下三种方式进行全面的民营化：所有权从公共部门向私营部门转移；在以前不存在竞争的领域允许和促进竞争；特许或签约转包，即允许和鼓励私营企业投标来经营以前由公共部门专营的服务。在德国，新公共管理改革较英、美来说晚了10 年，直到 20 世纪 90 年代才开始展开，如果说英国地方政府的新公共管理改革更多的是在中央政府的要求和推动下进行的，那么德国地方政府的改革则是地方政府志愿的选择，德国的改革模式被称为"新掌舵模型"，主要是关注用企业运作模式和企业家精神来改造政府的内部组织，严格预算和会计管理，实行硬约束和强控制，在手段运用上更倾向于引入竞争和企业化管理，而不是私有化，所以德国社会民主党认为"新掌舵模型"是对私有化的一种替代手段而支持其改革。

新公共管理运动对传统的官僚制行政产生了巨大的冲击，以顾客为导向的"服务意识"在地方政府中树立起来，公务员的行为变得像对消费者那样更友好；一站式办公、流线型决策程序节省了公民等待办事的时间；财政赤字危机逐渐缓和，行政部门运作效率得到提高。①

（二）直接民主与地方治理结构改革

直接民主曾经是古希腊、古罗马实行的主要民主形式，近代以来代议制民主的完善和发展似乎成了民主化的代名词。20世纪80年代以来，直接民主形式在地方政府中出现了复兴的趋势。瑞士的直接民主制度是世界上最密集的，公民可以直接参与决策。美国有一半的州的选民享有复决权和创制权两项民主权利，加利福尼亚州规定，所有地方政府的收入筹措行动（征税、收费）都必须有 2/3 或更多的选民投票通过。地方全民公决在许多涉及地方重大利益问题的决策上频繁使用。德国在 1990 年以前只有一个州有直接民主的规定，到 90 年代后期所有的州都通过了直接民主的法律。地方全民公决包括两个阶段：第一阶段是提起地方公决动议，最低要求 5%～10% 的选民签名同意才能启动地方公决程序；第二阶段是地方公决投

---

① 参见王勇兵：《国外地方政府改革与创新》，载《中国改革》，2005（9）。

票，一般需要 20%～30% 的赞成票才能通过地方公决的提案。① 地方全民公决犹如"达摩克利斯"之剑一样悬在地方议会的头上，它可以通过议会没有通过的提案，也可以撤销议会已经通过的提案。直接民主形式还包括通过地方全民投票撤销地方政府首长，德国勃兰登堡州有 10% 的市镇长在地方全民公决中被免职。②

直接民主的发展还包括许多国家改变原来由地方议会选举市长的间接选举方式，实行市长直接选举，同时引起地方政府组织结构的变革。英国地方政府组织结构传统上是模仿中央政府实行一元化体制，市长由间接选举产生，2000 年通过的《地方政府法案》对地方政府组织结构改革提出了新的要求，地方政府可以在三种组织框架中选择一种，市长可以直接选举产生，伦敦市 2000 年第一次实行市长直接选举。德国 20 世纪 90 年代地方政府组织结构发生了巨大的变化，由原来的四种主要模式变成了一种主要模式，改革的主要内容是：市长由选民直接选举产生，而不再由议会选举产生；市长成为真正的行政部门首长，而不是原来荣誉性的虚职市长，市长对行政部门日常事务具有决定权，同时负责执行议会的决定；市长兼任议会议长，当选市长之后自动成为议会议长。③

（三）行政区划改革

一个国家的国土边界除了战争和不可抗力的原因是不会改变的，而一个国家内的地方政府的边界却可以变动。20 世纪末以来，世界许多国家都进行了地方政府区划改革，包括地方政

---

① 参见王勇兵：《国外地方政府改革与创新》，载《中国改革》，2005（9）。
② 同上。
③ 同上。

府的合并与联合，建立新的区域性地方政府层级，调整地方政府的管辖范围。改革的主要原因是为了适应城市化发展的需要以及解决城市问题，使地方政府规模趋向合理，确立地方政府适度的管辖范围，适应区域经济发展和区域规划的要求，增强地方政府治理能力以利于推动地方经济和社会公共事业的发展。区划改革必然涉及地方政府的分化重组，导致地方政府层级和数量的增减，影响地方政府间的关系。

英国地方政府区划进行了几次大的调整，早在 1974 年、1975 年开始，英格兰、苏格兰和威尔士分别进行了地方政府区划的大调整和重组，大部分地区由原来的多级地方政府变为两级地方政府，即郡县政府和地方行政区政府。1992 年，英国对非都市地区地方政府进一步调整，成立地方政府委员会专门指导地方政府区划和结构调整。1996 年开始，苏格兰原有的 29 个区域议会和 37 个行政区议会被重组合并为 29 个新议会，威尔士的 8 个郡县议会和 37 个行政区议会被重组合并为 22 个一元化议会，全国实施了 25 个郡县议会的重组，产生了 46 个新议会，这次调整与重组直到 1998 年才基本完成。德国进行了两次地方区划改革，一次是在 20 世纪 60 年代到 70 年代西德地区（原联邦德国）进行的区划改革，一次是在 20 世纪 90 年代德国统一后在东德地区（原民主德国）进行的区划改革。区划改革前，西德地区 2/3 的市镇不到 1000 人，95% 的市镇不到 5000 人，区划改革后，市镇总数由 24200 多个减到 8500 多个，减少约 65%，县的数量由 425 个较少到 235 个，减少约 45%。法国的区划改革主要有两个方面，一方面在省以上成立大区政府，一共有 26 个大区、100 个省；另一方面是成立市镇联合体，目前 80% 的法国人生活在市镇联合体。[①] 成立市镇联合体

---

① 参见王勇兵：《国外地方政府改革与创新》，载《中国改革》，2005（9）。

是为了共同解决单个市镇无力解决的某些问题，是市镇合并的替代形式。

（四）分权与地方自治

分权是联邦制国家的一项基本原则，而且常常与地方自治联系在一起。20世纪80年代以来，许多国家进行了向地方政府分权的改革，目标就是巩固地方自治制度、增强地方自治能力或推动地方自治制度的建立。在联邦制国家，分权改革主要是发生在州政府和地方政府之间，权力进一步由州政府向地方政府转移；在单一制中央集权国家，分权改革包括中央政府向各级地方政府以及上级地方政府向下级地方政府的分权。分权与地方自治主要是为了适应经济社会发展的需要，使得与居民的问题和需求最接近的地方政府更有效的解决地方问题，促进地方经济社会发展；地方自治也是地方民主化的相应结果，地方选举的官员更多的对选民负责，而不是在任命制情况下，地方官员更多的把眼睛盯住上面；权力下放的同时进行着责任下移，地方自治享有自治权力的同时承担着相应的地方治理责任，这也是中央政府或州政府愿意下放权力的因素。

在实行联邦制的德国，地方自治是地方政府的基本特征，地方自治的地位受到联邦宪法和州宪法的保障。随着德国地方区划改革和"新掌舵模型"的实施，地方自治能力和行政能力得到提高，政府职能和相应权力由州政府转向地方政府，地方自治制度进一步巩固。匈牙利、波兰等东欧国家在转型过程中改变了原来自上而下的设置原则，重新自下而上构建民主地方自治政府。在北欧的丹麦、芬兰、挪威和瑞典兴起的自由市镇改革计划是进一步分权和地方自治形式新的探索。

实行分权与地方自治改革最引人注目的国家是法国和日本。法国在1982年3月通过《权力下放法案》以后，从立法上进行了一系列推动分权与地方自治的改革，如 1983 年《市镇、省、大区和国家权限划分法》，1983 年《交通、公共教育、社会服务和保健权转移法》，1984 年《地方政府服务法》，1992 年《分散化宪章》，这些法律法规的实施使得法国政府的集权程度不断降低，中央和地方的权限得到明确划分，地方享有一定的立法自主权。分权改革还包括地方官员的任命制逐渐被选举制取代。2003 年，法国通过《关于共和国地方分权化组织法》的宪法修正案，确定法国为"地方分权"的国家，即"单一制分权"国家。修改后的法国宪法第 72 条第 2 款规定："对在其层级能得以最好实施的全部权限，领土单位负责作出决定。"这一规定表明，能够在领土单位层面完成的事项，领土单位具有决定权。只有在领土单位的层面无法最优实现的事项，才涉及国家权力的介入。承认领土单位具有条例制定权和试验权，明确规定了地方自治的财政保障，修改后的宪法将领土单位的财政自治上升为宪法原则。日本是一个单一制中央集权国家，其地方政府体制是由中央政府创立的，20 世纪 90 年代以来，日本政府自上而下发动了影响深远的分权改革。1995 年，日本政府成立了分权推进委员会，分权委员会负责向内阁和国会提供分权改革建议方案，1998 年 5 月，内阁终于在这些建议的基础上，正式颁布了"分权推进计划"，这一计划对内阁各部都产生了实质性影响，次年他们相应修改了至少 500 法律。[1]

（五）电子政府建设

随着电子技术尤其是因特网的产生和发展，世界各国从中央政府到地方政府都积极利用互联网络平台，促进电子政府的

---

[1]　参见王勇兵：《国外地方政府改革与创新》，载《中国改革》，2005（9）。编辑注：此处疑为 500 "条" 法律。

建设。电子政府建设是以技术手段来改革传统行政管理方式和程序，虽然涉及对行政权力的公正性和透明度的特殊要求，但毕竟是地方政府改革和创新之中最没有意识形态纠葛和政治纷争的领域，因而各国地方政府之间在这一领域也有更多的东西可以交流和学习。大多数国家地方政府的电子政府建设都是在中央政府的统一规划和推动下进行的。

美国是全球电子政府发展的领跑者。克林顿政府早在 20 世纪 90 年代就提出了"信息高速公路"的概念，随后又率先在全球提出了发展电子政府计划，并授权联邦管理与预算办公室领导实施。美国各级地方政府也非常重视电子政务工作，如弗吉尼亚州在州长的提议下设置了级别很高的首席信息官，专门负责主持并领导该州的电子政务工作。在联邦与地方电子政府的协同和互动方面，加拿大做得比美国更富有成效。在近年来诸多国际组织的评测报告中，加拿大的电子政府建设均名列前茅。德国电子政府的发展模式与加拿大类似，它们同为联邦制国家，各联邦享有很大的自主权，但在电子政府建设上，联邦政府坚持由中央集中统一规划，在基础硬件建设、软件采购、技术标准采用、资金分配、实施步骤等方面，都统一推进。德国联邦政府所推出的"联邦在线 2005"计划，旨在突破某一政府部门的信息化，涵盖了 16 个联邦州和数千个地方政府。新加坡政府的目标是使其电子政府的发展成为世界的典范。在 2001 年底，新加坡电子政府为其公民提供的电子政务服务达到 200 项以上，为此，新加坡政府投资了 15 亿新元以进一步发展其电子政务计划，新加坡的电子政府完全是受国家控制，没有私人的参与。① 除此之外，澳大利亚、英国、法国、日本等国家地区的电子政府也处于迅速发展的行列。与此同

---

① 参见王勇兵：《国外地方政府改革与创新》，载《中国改革》，2005（9）。

时，广大发展中国家也相继展开了政府信息化的建设，并逐步进入电子政府建设的起步和发展阶段，如巴西、马来西亚、墨西哥等。

二、国外政府创新的经验

随着科学技术的发展，创新越来越成为国家发展的核心驱动力，成为世界各国的战略选择。通过对美国、日本、韩国、英国、芬兰、瑞典等典型创新型国家政府创新战略的分析，笔者发现这些国家的共性经验有以下方面：

（一）制定政府创新的战略规划

从国际经验来看，政府创新往往具有中长期的战略发展，并且这些战略规划大多与信息产业密切相关，如美国的"NII"计划，欧盟的"E‐europe2005"、"i2010"计划，日本的"e‐Japan"到"u‐Japan"战略等。这些战略计划为国家的创新活动提供了目标、方向和一些具体的项目、方案等，是政府营造创新环境的首要工作。

（二）制定政府创新的评估指标

目前国际上还没有一套统一的评价政府创新的指标体系。从国外情况来看，很多国家或地区都有衡量其创新能力与水平的指标，并且主要指标在某种程度上趋于一致性。但同时，根据各国或地区的发展特点和发展水平，其指标也存在诸多差异性。

具体来说，政府创新评估指标体系的建立可以达到以下目的：其一，反映并提高政府的整体创新意识，这种创新意识是推动国家经济发展的最根本的动力。其二，将所有与创新活动有关的参数具体化，使创新过程一目了然。其三，帮助政策制定者得到完整科学的创新信息，从而使其对国家以及某个领域的创新有整体科学的认识，为创造良好的创新文化氛围提供有效的手段。其四，帮助政策制订者进行对比分析。这里提到的对比包括两个含义：一是与世界上其他经济体进行对比；二是就本经济体的发展水平进行纵向对比。当然，对比分析的最终目的还是为了构建良好的创新环境，提高本经济体的创新水平。

（三）构建有特色的、符合本国经济社会发展特点的国家创新体系

一是以企业为主体、产学研相结合的技术创新体系。二是以大学、研究机构为主体的知识创新体系。三是军民结合、寓军于民、合理配置科技资源的创新体系。

（四）具有创新精神与国家创新文化

一个国家对创新道路的选择及其创新发展过程始终带有鲜明的国家特色，如一个国家特有的历史、文化、制度与思想观念等。这些特有的因素都会对创新实践产生直接影响。在政府引导和激励下形成的强烈的民族自强精神和创新文化，是创新型国家赖以成长的根基之一。

（五）要有完善的法律体制与有效的监督制度

完善的法律体系及其有效的监督机制是美国政府创新的政治和社会基础。良好的公民法律意识、健全的法制体系、完善的制度结构为社会的正义提供了根本的保障，同时也为落实美国政府创新的一系列措施奠定了基础。

（六）要有活跃的学术研讨氛围，为政府创新提供思想源泉

美国发达的市场经济体系和活跃的学术研究为政府创新提供了思想源泉。在领导美国"重塑政府"运动中，通常都设立一个由专家学者、社会贤达、公司经理、政府官员组成的委员会，展开一系列开放式的研讨会，广开思路，集思广益地拟订政府创新的方向和措施。同样，美国国内活跃的学术研究也为政府创新提供了大量启发性思路和成熟的理论铺垫。

（七）在政府创新的过程中要有企业家精神

实践"以企业家的精神改造政府"的理念和模式，塑造高效廉洁的政府。传统上，人们往往认为政府与企业分属泾渭分明的两个范畴，彼此没有互通之处。然而，美国在重塑政府运动中最大的一项创新就是在观念上打破了政府与企业的隔阂，提出"以企业家的精神改造政府"。

第二节 我国地方政府创新的经验借鉴

一、我国地方政府创新的实践

20世纪90年代末以来，我国一些地方政府在政治、行政和公共服务领域进行了许多改革与创新。随着经济社会和政治环境的变化，地方政府改革与创新持续深入，已成不可阻挡之势，将对中国未来政府与政治改革走向产生重要的影响。

为了发现、总结、推广近年来地方政府改革与创新的先进

事例和经验，鼓励地方政府进行符合社会主义市场经济和民主政治发展方向的改革和创新，中共中央编译局比较政治与经济研究中心和中共中央党校世界政党比较研究中心，于 2000 年联合发起"中国地方政府公共服务改革与创新"研究及奖励计划，并设立了"中国地方政府创新奖"。该奖是一项民间奖项，由专家学者运用专门的评估指标体系，独立地对地方政府的改革与创新活动进行评估，保证评估具有公正性和权威性，更好地研究并推广地方改革与创新的先进经验和先进典型，激励地方党政机关进行改革与创新。近些年来，我国政府特别是地方基层政府出现了制度创新的强大动力，在许多地方党政机关中，创新成为一种自觉的行为，主要体现在以下几个领域：

第一，提高政府的透明度。在提高政府的透明度方面，主要举措有信息公开、决策公开、警务公开、司法公开、检务公开、任前公示、政府上网等。湖南省长沙市从 1996 年开始全市范围内推行政务公开工作，不仅实现了市县乡村政务公开的四级联动，而且因地制宜创造了"政务公开大厅"等十余种政务公开形式，政务公开的内容也比较规范，在办事人员、办事职责、办事依据、办事程序、办事标准、办事时限等方面均收到了较好的效果。[①]

第二，增强政府管理的民主性。在基层民主和政治参与方面，主要举措有立法听证、政策听证、干部公开选拔和竞争上岗、乡镇或机关党政领导实行直接选举或公推公选以及村委会"海选"和"两票制"等。民主的创新大大改善了基层的政治生活环境，由"少数人在少数人中选人"逐步转变为"由多数人在多数人中选人"，力求从根本制度上防止用人上的腐败。

---

① 参见胡税根、郦仲华：《我国政府组织创新：意义、目标与路径选择》，载《学习与探索》，2006（5）。

湖北省襄樊市在全国率先推行了"共推公选局长"改革，从公选入手，紧紧抓住行政"一把手"，并实施"高薪聘用、严格考核、有效监督"等一系列新机制，取得了明显的成效。

第三，提升政府公共服务的水平和质量。在公共服务方面，主要举措有改进社会福利体制、扶贫济弱、治安联防、全民教育、市话热线、领导下访等。在行政管理和效能建设方面，主要举措有简化行政审批，实行各种形式的承诺制度和问责制度，建立应急管理机制，推进公共财政制度改革及公用事业制度改革等。如成都市政府为了优化投资环境、提升城市竞争力，共取消或调整行政审批事项 658 项，其中完全取消的就有 513 项，清理出关系到生产、经营和服务方面的各种证照 363 个，同时大力规范公务人员的行为，主动接受社会监督，通过政府权力从无限到有限的转变来推动政府的效能革命。[①]

第四，加强对政府的监督。在权力监督和廉政建议方面，主要举措有行政诉讼、离任审计、舆论监督、政府采购和工程招标等。如浙江省杭州市于 2005 年在全国率先建立公共资源交易中心，由该市政府采购中心、市产权交易中心、市土地交易登记发证中心、市建设工程招标投标管理办公室、市建设工程交易中心五大部门构建，这些部门原分属于财政、国土、城建等政府机构。交易中心实行统一进场交易、统一信息发布、统一招标程序、统一收费标准的"统一招投标平台"，目的是遏制在招投标过程中容易滋生的"阳光下的腐败"。该中心的建立是进一步发挥市场对公共资源配置基础性作用的重大突破，"公共资源"这一概念将有形资产和无形资产全都包括在内，内容上比其他城市更为广泛，如广告权、冠名权等政府无

① 参见胡税根、郦仲华：《我国政府组织创新：意义、目标与路径选择》，载《学习与探索》，2006 (5)。

形资产的转让、拍租等处置都需要统一公开招标。[1]

第五，提高行政效率，加强行政改革。在行政效率和行政改革方面，主要举措有简化行政审批手续、强化行政责任和急事急办制度、建立应急管理机制、改革公共财政制度、积极尝试公用事业制度的改革等。如深圳市在行政审批制度专项改革方面走在全国的前列，起到了开路先锋的作用。它在借鉴海口"三制"的基础上，又有所创新和发展，如强调专家决策、分类管理、同类事项合并等，同时高度重视由前置审批向后续监管的政府职能转变问题，成为审批制度改革上的创新之作。从90年代开始，深圳就已经进行过四次行政审批改革，深圳的行政审批项目从1000多项降到现在的600多项。[2]

二、我国地方政府创新的特征

与其他国家相比，我国的政府制度创新与管理创新有其特有的背景，因此，也决定了地方政府制度创新与管理创新有其自身的独特性。这个背景包括：国家规模大，管理层次多；长期的权力集中体制，政治权力干预社会的范围广、程度深；执政党与国家权力关系紧密，直接决定着整个制度的框架；公民社会正处于发育过程中，社会组织能力不足；整个社会正处于转轨过程中，社会变动迅速，各个层次都进行着变革；在全球范围内属于后发国家，具有一定的后发优势。在这种背景下，

---

① 参见胡税根、郦仲华：《我国政府组织创新：意义、目标与路径选择》，载《学习与探索》，2006（5）。

② 参见《深圳第5次行政审批改革将精简200多审批项目》，载《南方日报》，2009年8月27日。

我国地方政府制度创新与管理创新具有以下六个显著的特征：[①]

（一）创新主体多、涉及领域广

多样化的创新主体包括各级地方政府以及广义的各个政府部门。按照我国宪法规定，地方各级国家行政机关按行政区域设置为基本上分为省（自治区、直辖市）、县（自治县、市）、乡（民族乡、镇）三级，但在实际的政治框架下，在省与县之间还有具有行政管辖职能的"地区级"（即市级），此外，还有为了特殊目的专设的"亚层次级"市政府，比如"副省级"、"副地区级"。由于共产党的执政党地位以及由此形成的特殊的执政方式，中国的政府包括了党、国家以及具有政治管理功能的社会组织（比如政协、工会、青年组织、妇女组织等）三个层次的内容，这使得中国的政府部门不仅多样，而且独特。创新主体的多样化也说明了政府治理领域的广泛性。当然，创新涉及领域广更主要缘于政治权力对社会经济事务的全面干预。有学者称中国改革前的国家是"全能国家"。改革开放以来，虽然政治权力逐步退出了一些领域，但就创新领域而言，反而起到了拓宽的作用，使得政府制度创新与管理创新分布在三个方向上，即退出现有的治理领域、改革依然治理的领域、发展新的治理领域。

（二）政治创新与行政创新相结合

政治与行政是政府治理的两大形式。前者集中体现在政治权力的产生、分配和更替上；后者体现为政治权力在管理社会事务过程中的运用。中国正处于转轨过程中，政治改革和行政

---

① 　以下内容主要参见杨雪冬：《中国地方政府创新：特点与问题》，载《甘肃行政学院学报》，2007（4）。

改革一直是整个改革事业的重要组成部分，在不同改革阶段被赋予了不同的任务。许多创新就是在改革过程中产生的。政治创新的根本目的是解决权力来源于民，行政创新则重点解决权力服务于民。近些年来，政治创新的代表是选举体制改革，比如村民选举、乡镇政府选举以及人大代表选举；行政创新的典型更多，尤其是我国加入 WTO 以后，行政管制领域改革进展迅速。从近期和中期来看，行政创新的内容和数量肯定要多于政治创新；从长期来看，政治创新必然需要根本性的突破，以为行政创新提供宏观制度保障。

（三）制度创新与技术创新相结合

中国社会正处于转轨过程中，制度创新对于整个制度的调整和重建非常关键。但随着科学技术的发展，尤其是众多技术手段在政府治理中的应用，技术创新的重要性也日益增强。在某些领域，比如社会管理领域，即使是细微的技术性调整都能决定性作用。当然，技术创新的实现必须得到制度保证才能发挥应有的效果。还必须注意的是，中国所拥有的后发优势在制度创新和技术创新中得到了突出的体现。通过对国外一些相关制度的学习和移植，可以缩短制度创新的时间，降低创新的成本。因此，在某种意义上说，制度模仿与制度创新同样重要。技术创新中的后发优势更为明显，典型代表就是网络在治理中的运用。中国地方政府已经大大缩小了在治理的基础设施、技术手段等方面与发达国家的差距。

（四）中央倡导与地方主动相结合

这是多层次集中体制变革的必然结果。一方面控制了主要资源的中央一直推动着改革；另一方面多层次的地方政府也希望通过创新来争取中央的支持，并在与其他政府的竞争中获得优势。从 20 世纪 80 年代以来，中央一直积极倡导和推动创新，这无疑给地方政府制度创新与管理创新提供了有利的宏观环境。地方改革试点是中央推动创新的代表性手段。地方政府之间的竞争也在加剧。为了加快本地的发展，各地地方政府试图通过各种努力来获得竞争优势，这样既可以得到上级乃至中央的重视，获得包括政策、资金等在内的资源投入，也可以吸引社会资金的进入，从而形成"投资洼地"。当然，中央倡导的创新并非总能获得地方的主动回应，因为中央倡导的创新往往是原则性的，需要深入的理解；同时也常常是艰巨的，需要创新的勇气。另外，地方的主动创新也并非总能得到中央的正面回应，尤其是某些政治领域的创新，因为它们具有一定的敏感性和不可测性。但总的来说，中央并不会公开否定或批评地方创新，除非创新直接挑战了现有的法律或制度。这种默许和宽容成为了除积极提倡之外的另一种推动地方创新的方式。

（五）社会要求与创新者相结合

理论上，满足社会的要求是政府制度创新与管理创新取得成功的关键，因为政府治理的根本目的是服务社会。在中国，相对于强大的国家和政府来说，社会还处于发育之中，其主动提出要求的能力有限，并且也缺乏足够的渠道把这些要求和意见输入到政府系统。但这并不否认社会对政府制度创新与管理创新没有要求，而是说它的要求需要被发现并引导。这样，创新者的重要性就凸现出来，他们是社会潜在要求的发现者、汇集者以及回应者，他们不仅包括政府官员，还包括社会中的积极分子。就地方政府制度创新与管理创新而言，作为创新者的地方官员发挥了关键作用。

（六）提高执政能力是创新的核心目标

在某种程度上说，这是中国政府制度创新与管理创新的最有特色之处。中国的各级政府制度创新与管理创新都是在执政党的领导和主导下进行的，创新不仅要符合社会发展的要求，也要实现提高党的执政能力的目的。2004 年中国共产党第十六届四中全会通过的《中共中央关于加强党的执政能力建设的决定》明确提出了加强执政能力建设的主要内容，即驾驭社会主义市场经济的能力、发展社会主义民主政治的能力、建设社会主义先进文化的能力、构建社会主义和谐社会的能力、应对国际局势和处理国际事务的能力。对于地方政府制度创新与管理创新来说，这些能力要求也同样适合于它们。

（七）开始关注对弱势群体的保护，体现了市场经济发展到一定阶段后，社会由追求效率转向追求公平与效率统一

随着市场经济的发展，许多社会矛盾不断凸现，产生了许多新的问题，最为明显的矛盾和问题是贫富差距悬殊以及贫困阶层的基本权益的保障和维护问题。如果这些问题得不到解决就不能体现社会公正，同时，也会阻碍经济的顺利发展。例如，处于弱势的农民工的权益问题，公民的最低生活保障问题。近年来，我国地方政府开始关注对弱势群体的保护与扶持。例如，河北省迁西县妇代会直接选举、广西壮族自治区民政厅"五保村"建设，等等。

尽管"创新"已经成为一个衡量政府形象的指标，但是必须注意到政府内在具有"反"创新的倾向。一方面，政府本质上追求稳定，创新是非常态的行为，因此常常为了稳定而牺牲创新；另一方面，相对于民众，政府拥有信息优势，因此，有

可能为了政治需要夸大创新的价值和效果，以逃避民众对创新的批评和反对。

三、我国地方政府创新实践的经验启示①

第一，政府管理体制是政治体制的重要内容，具有特殊的重要性，必须随着社会经济的发展以及公民需求的变化，不断深化体制和机制的改革，积极推进政府管理创新。政府是社会进步的火车头，善政是人类长期追求的政治理想，也是达到善治的关键。政府创新不仅关系到政府自身的勤政廉洁、行政效率、执政能力，也关系到社会的政治民主、经济发展、生态保护，关系到社会的公共服务与社会和谐。在中国特殊的社会政治背景下，政府自身的改革创新意义特别重大，与人民群众的切身利益息息相关。因此，既要从维护执政地位、提高能力的角度，更要从立党为公、执政为民的高度，重视和推动政府创新。

第二，政府的改革创新尤其需要进一步解放思想，冲破陈旧观念的束缚，尤其需要发扬"三不足"精神，即"天变不足畏，祖宗不足法，人言不足恤"。政府创新贵在突破性的改革举措，贵在创造性的制度变革。现在所面临的许多问题，都是过去没有碰到过的在建设中国社会主义现代化过程中新产生的问题，没有现成的答案，也绝不能走回头路。只有转变观念，开动脑筋，想出新办法，才能真正从实际出发，创造性地解决在改革开放中遇到的各种新问题。凡是符合"党的领导、人民民主、依法治国"三者有机统一的政府改革创新，都可以大胆尝试。

---

① 以下内容主要来自俞可平：《地方政府创新成功经验应尽快上升为国家制度》，载《21世纪经济报道》，2008年3月27日。部分内容作者做了修改。

第三，政府创新需要有整体战略和长远战略，要有科学的设计和精心的安排，使之具有可持续性。政府的改革创新牵一发动全身，影响深远。一方面，要站在国家和民族根本利益的高度，超越部门和地区利益，进行全局性的统筹规划，挣脱既得利益的束缚；另一方面，既不能头痛医头、脚痛医脚，也不能草率从事，应当广泛讨论，从长计议，避免短期行为。政府创新是一个系统工程，它的成功和效益取决于许多因素。从大的方面来说，它要努力做到党的领导、人民当家做主和依法治国的有机统一。具体来说，就是既要考虑政治改革与经济发展、社会稳定的关系，又要考虑提高行政效率与降低行政成本的关系，改革的力度与干部群众的接受度的关系；还要考虑党政关系、上下级关系、管理与服务的关系等。

第四，政府的改革创新需要有良好的制度保障。任何创新都有风险，政府改革风险尤大，如果没有相应的法律和制度鼓励政府的改革创新，许多大胆的改革创新举措就会因没有制度保障而无法推出。在这里，要正确处理法律的合法性与政治的合法性之间的相互关系，法律的合法性最终要服从政治的合法性，要及时通过修改和调整相关法律来保护和鼓励改革者的创新行为。笔者曾经特别呼吁有关决策部门和领导部门，对于那些体现"立党为公"、"执政为民"宗旨并深受群众拥护的改革创新举措，应当积极鼓励、正确引导，并且及时地通过法律、法规和政策等形式，使之转变成党和国家的制度，逐渐在全国范围内推广。

第五，要善于总结各级政府的改革创新经验，及时将成熟的改革创新政策上升为法规制度，从制度上解决政府创新的动力问题。任何政府的改革创新，都必然有一个动力问题。从根本上说，政府创新的动力源自经济发展、政治进步、人民需要和全球化冲击，但其直接动力则是压力、激励和制度，其中制度是长久性的动力所在。制度是激发和保持政府创新持续动力的最可靠保障。无论是来自内部和外部的压力，还是来自官方或民间的激励，从总体上说，都不是维持地方党政官员创新的持久动力，这种持久的动力来自制度。一种政府创新，无论其效果多好，多么受到群众的拥护，如果最终不用制度的形式得到肯定和推广，那么，这种创新最后都难以为继，都难免"人走政息"，成为短期行为。

第六，各级党政领导要有高度的政治责任心和强烈的改革创新精神。政府创新既不是被动地、按图索骥地按照上级政府的要求去做，也不是刻意地、简单地模仿其他地方的做法。创造性是政府创新的灵魂，当然这种创造性改革不是标新立异，而是根据实际情况、针对现实中的突出问题并且符合行政管理规律的主动作为。这样的政府创新，首先需要创新者有一种不计个人利益、敢于为了公共利益而承担后果的政治责任感，需要一种"为官一任、造福一方"的内在冲动。当然，另一方面，上级领导部门和社会舆论要正确对待创新者，对其成绩要充分肯定，及时奖励和激励，对其可能的失误要宽容，从而为改革者营造良好的制度和舆论氛围。

第七，政府创新不能简单地"一刀切"，不能简单地照搬别人的经验。中国有特殊的国情，实际上也不可能简单地照搬国外的做法。即使从国内来说，各地也有不同的社会经济、政治和文化条件，不同地区之间的实际情况差别很大，同一个地方在不同的发展时期差别也很大。任何制度和政策都不能简单地搞"一刀切"，也不能简单地模仿其他地方的做法，不能照搬别人的经验，那样做效果就会适得其反。尤其在县、乡两级地方政府，一定要按照当地的经济发展水平、政府管理现状、干部的素质、群众的实际要求和宏观社会政治环境等具体条件，既积极主动又实事求是地进行政府自身的改革创新。

第八，政府创新也要善于学习他人的先进经验。从国际大环境来看，政府创新是政治体制改革中偏重技术性改革的部分内容，无论在何种性质的政治体制中，每个执政的政府都希望有更高的行政效率，有更强的执政能力，能得到公民更多的支持，因此，一个有远见有作为的政治家都会重视政府创新。西方发达国家其实一直重视政府创新，联合国近年来也一直致力于推动全球范围内的政治创新，其"全球政府创新论坛"已经连续举办七届。国外在政府创新方面有不少好的经验值得我们学习借鉴。事实上，近年来我国推行的不少政府创新最初就是向国外学习借鉴的，如听证制度、一站式服务、政府服务承诺制等。从国内看，地方政府要善于学习借鉴其他地区的先进经验。近些年来，各级地方政府为了适应社会主义市场经济深入发展的需要，也为了满足人民群众日益增长的政治需求，根据中央的有关精神，从各地的实际出发，进行了许多旨在提高行政效率、增强政府协调能力、改善政府公共服务、降低行政成本、发展基层民主的改革创新。有些改革具有共性，各级地方政府可以相互学习借鉴。换言之，地方政府的改革创新，既要防止"一刀切"，也要注重相互学习。这样可以少走弯路，减少成本，取得最大的改革效益。

第九，在现行的政治框架内，各级地方政府的改革创新拥有很大的自主空间。我国是单一制国家，地方要服从中央，要根据中央的统一部署、在中央的统一领导下进行改革，这是问题的一方面。另一方面，中央的制度和政策又给地方预留了很大的自主空间。按照中央要求去，在中央统一领导下去做，并不是说地方政府要亦步亦趋地刻板地按照中央或上级的指示去做。相反，各地完全可以按照中央的精神，以改革创新的态度，从各地实际出发进行大胆的创造性试验。其实，中央在全国范围内推行的许多政策和制度，最初都是地方改革创新的产物。

第三章 贵州政府创新的总目标：
建设服务型政府

政府创新目标是政府进行制度安排、开展行政活动的依据，它直接规定着政府的整体信息需求。政府创新目标会显著地影响国家创新体系的总体目标，并进而影响其他创新主体的创新活动，这样反过来又会影响政府的信息需求。与其他主体相比，政府创新都有自己独特的目标。2003 年 11 月在墨西哥城举行的第五届全球政府创新论坛在宣言中提出了 21 世纪政府创新的七大目标：低成本政府、优质政府、专业政府、数字政府、规制政府、诚实政府和透明政府。① 中国地方政府创新奖总负责人俞可平教授提出中国政府创新的八个目标：民主政府、法治政府、责任政府、服务政府、效益政府、专业政府、透明政府、廉洁政府。② 这些目标虽然侧重于不同的领域，但带有两个取向：一个取向是提高政府的统治能力，以顺应社会经济变化的要求，增强政府的合法性；另一个取向是提升政府的治理能力，动员和利用社会资源，弥补政府统治的不足和缺陷。虽然提高政府统治能力一直是政府创新的核心目标，但近年来，如何利用社会资源、提升政府治理能力日益受到各国政府的重视。

---

① 参见俞可平：《论政府创新的主要趋势》，载《学习与探索》，2005（4）。
② 同上。

第一节 贵州政府创新的总目标:
建设服务型政府

中共十六届三中全会确立了以人为本的发展观。GDP的增长不是最终目的,它要以社会各方面的协调发展为重要前提。在经济体制转轨进程中,长期靠各级政府主导或直接进行投资和建设,不可避免地会导致如下几个方面的恶果:一是政府权力的异化,公共利益部门化,权力寻租无法避免;二是助长了地方保护主义,市场分割,政出多门;三是这种体制必然会以GDP为官员政绩考核的主要指标,造成许多低效率的投资,政府的社会服务功能受到抑制,在失业问题、弱势群体的保护方面难以充分发挥作用;四是市场机制发挥作用的空间被压缩,行政垄断和审批事项增多;五是政府的社会公信力降低,社会信用体系破坏,容易形成畸形的市场经济。

要走出这种路径依赖的陷阱,最直接的出路就在于建立一个服务型政府。服务型政府作为一种全新的政府职能模式,是指在公民本位、社会本位理念的指导下,在整个社会民主秩序的框架下,以为公民服务、实现公共利益为宗旨,以满足社会公共需求为目标,建立和发展广泛的社会回应机制和公共责任机制,努力为公众提供高质量的公共产品和公共服务的现代政府。党的十六大提出了全面建设社会主义小康社会的伟大目标,社会主义建设事业的顺利推进要求有一个依法行政、透明高效的服务型政府来保证。特别是我国加入世界贸易组织后,国际参与和竞争进一步加强,对政府能力的要求也随之提高,建设服务型政府已经势在必行。我国现行的经济体制还存在很多弊端,政府更多地扮演了生产者、监督者、控制者的角色，为社会提供服务的职能和角色被淡化了。全方位的政府管制经济导致了社会资源和财富的浪费，导致了普遍的搭便车和效率低下，导致了官僚主义、寻租和政治腐败等现象屡禁不止。然而，现代市场经济要求经济资源由市场配置，必须依靠并运用市场的力量来发展经济，提高市场的开放度，还权于市场；现代民主政治也要求政治资源由人民配置，为此，要理顺政府与市场、政府与企业、政府与社会的关系，把政府的职责和功能限定在有所为、有所不为的合理边界；必须依靠并调动群众的力量来管理社会，要提高群众的参与度，还权于人民。这就需要政府在行政理念、行政制度、行政决策上不断科学创新，并积极引导社会经济、政治、文化事业的良性发展。从实践来看，服务型政府已经逐渐成为我国政府创新的主要目标取向。

因此，笔者认为，贵州政府创新的总目标为：以邓小平理论和"三个代表"重要思想为指导，贯彻党的十七大和十七届二中全会精神，按照全面落实科学发展观的要求，围绕建立与社会主义市场经济相适应的行为规范、运转协调、公正透明、廉洁高效的行政管理体制为目标，建设法治、廉洁、责任、高效、精简、有限、公正的服务型政府。

第二节 贵州建设服务型政府所取得的成绩

改革开放以来，贵州在转变政府职能、建设服务型政府方面，采取了一系列重大措施，也取得了显著成效。

一、强化服务意识，改革行政审批制度

随着社会主义市场经济的建立，政府从计划经济时期的"管钱、管物、管人"逐步转向"经济调节、市场监管、社会管理和公共服务"，政府为企业服务、为建设社会主义新农村服务、为人民服务的意识不断增强。

2004 年 7 月 1 日前，贵阳市建立了 4 项配套制度（即统一受理行政许可申请、统一送达行政许可决定的制度，受理、审查、听取行政许可申请人和利害关系人意见以及听证、招标、拍卖、考试、检验检测检疫、登记等实施行政许可的具体工作程序和有关制度，对被许可人的监督检查制度，实施行政许可的责任追究制度）。省政府法制办还组织专人对国土资源厅、省工商局、商务厅、公安厅等省级机关配套制度建设情况进行检查。通过推动配套制度建设，确保行政许可法的顺利实施。同时，全省以计划、财政体制改革为突破口，全面检查清理不适合政府职能转变的各类文件。2004 年，全省对现行有效的 128 件地方性法规、159 件省政府规章、省政府及其各部门的规范性文件进行全面清理，对地方性法规、省政府规章设定的 726 项行政许可事项逐项严格审核，截至 2004 年 11 月 15 日，其中的 245 项予以保留，共取消 395 项，86 项不作为审批项目。① 同时，各地也全部废止了本地设立的行政审批项目，对一些涉及行政审批的规范性文件进行了修改或废止。从而大幅度减少了行政性审批项目，规范了审批程序，强化了服务意识，从"审批式管理"转向"服务式管理"，带动了全省公共

---

① 参见孙晓蓉：《贵州省行政审批制度改革成效显著》，载《贵州日报》，2004年 11 月 15 日。

服务型政府建设。

二、加强电子政务建设，切实推进政务公开

政务公开是指行政机关将依法管理事项向社会公开，便于公民、法人和其他组织知晓、监督的制度。政府系统实行政务公开，是接受社会监督、促进政府职能转变和依法行政的重要措施，是加强社会主义民主政治建设的重要内容。实行政务公开，有利于提高工作效率，方便企事业单位和群众办事，有利于提高依法行政水平，严格依法管理，有利于强化对政府工作的监督，有效遏制消极腐败现象，有利于进一步落实民主决策、民主管理、民主监督制度。全面深化政务公开，努力做到"阳光行政"，是贵州加强政府自身建设、推进政府管理创新的重要举措。改革开放 30 来，贵州省始终坚持把深化政务公开作为推进政府管理创新的突破口，初步形成了以行政审批和政府事项公开为基本内容，以为民服务、利民便民为基本要求，以电子网络公开为主要载体的政务公开工作体系。

第一，公开政府管理的内容和公共服务事项。除涉及国家秘密和依法受到保护的商业机密、个人隐私之外，按照规定的制度和程序，采取方便快捷的方式及时公开。在公开的层面上，包括乡镇机关不断向上延伸至省政府及其工作部门，向左右扩大至与人民群众密切相关的学校、医院、水、电、气、公交等社会公用部门。在公开的内容上，包括承办人员及职责、办事程序、办事时限、办事结果、收费项目、收费方式等，逐步向城乡发展规划、财政预决算报告、重大建设项目审批和实施、工程建设招投标、征地拆迁和经营性土地使用权出让、矿产资源开发和利用、扶贫资金使用、重大行政决策等；在事权公开上，与行政审批制度改革和行政许可法的贯彻实施相结

合，对取消的项目及时向社会公布，对保留的审批项目，各部门公开了审批条件、程序、时限和标准，严格依法办事；在财权公开上与财政体制改革相结合，做到财政预决算向人大报告，大力推行部门预算和国库集中支付，行政事业性收费项目和标准一律向社会公开，接受群众监督；在人事权公开上与干部人事制度改革相结合，不断提高政府在人事管理上的透明度。普遍推行公开选拔领导干部、实行干部竞争上岗和干部任前公示等措施，大力推进干部选拔任用公开化。

此外，省内各地加大政务公开督促检查力度，对政务公开工作实行量化考核。目前，全省 9 个市（州、地）制定了《政务公开量化考核办法》和《政务公开量化考核标准》，年终对政务公开实施量化考核。

第二，丰富公开形式，拓宽公开渠道。各地各部门不断探索方便实用的公开形式，拓宽公开渠道，采取了政府新闻发布会、政府网站、窗口办公、电子触摸屏、公开办事指南、公开栏等形式，形成了多层次、多角度的公开体系。省政府办公厅在政府网站上开辟了"政务服务中心"、"省长信箱"、"便民利民"、"网上办公"等栏目，仅 2005 年上半年"省长信箱"就办理群众意见和建议 105 件，办结控告申诉、请求帮助等 104 件。此外，各地各部门还积极探索建立"一个窗口对外"的政务公开形式和办事工作机制，通过建立综合或专业的政务服务中心，将行政许可事项办理纳入"中心"进行统一管理。据统计，截至 2005 年年底，全省已建立部门专业政务服务中心 337 个，其中省直 9 个、市（州、地）直 107 个、县（市、区、特区）直 221 个；市（州、地）级政府综合政务服务中心 6 个；县级政府综合政务服务中心 38 个。遵义市政务服务中心仅 2005 年上半年，就受理各类事项 30095 件，办结 28695 件，办结率为 95.35%。在触摸屏上评议和语音评议中办事群众对中心和窗口工作满意率高达90％以上。①这些新的公开形式对改善经济投资环境、增强服务意识、转变机关作风起到了积极的推动作用。

第三，加强制度建设，完善监督机制。省内各地各部门结合自身实际，加强政务公开制度建设，把政务公开工作纳入党风廉政建设责任制的重要内容，不断完善政务公开监督机制。省、地、县三级政府把政务公开工作纳入同级政府目标管理考核，一些市（州、地）政府建立了政务公开工作考核和责任追究制度。贵阳市建立和完善了"五公开、三监督、一优质"的工作机制，铜仁、安顺、六盘水等地出台了政务公开检查考核评分细则，对政务公开工作进行量化考核。大部分省直部门制定了政务公开相关的工作制度和责任制，省发改委、省商务厅、省卫生厅根据政务公开的文件要求，修改了《政务公开实施方案》和《实施意见》；省建设厅通过专项调研，拟定了《贵州省建设系统政务公开办法》。全省行政机关普遍推行了岗位责任制、首问责任制、服务承诺制、限时办结制和行政过错责任追究制等制度。

三、坚持以人为本，切实保障和改善民生

2008年，全省在完成10844户农村危房改造试点的基础上，又启动了3.2万户改造试点。省财政安排4.23亿元，启动了地质灾害户和受地质灾害威胁的69所农村中小学搬迁计划。健全廉租住房制度，新增解决4.4万户城镇低收入家庭住房困难。进一步提高农村低保标准，扩大覆盖范围，基本实现了以

---

① 参见《贵州省多举措推进政务公开成效明显》，载桂林明镜网，2005年11月4日，http://www.glmj.gov.cn/news/tszy/2005/11/0406.htm.

县为单位的应保尽保，季度人均补助水平提高 55 元，保障人口由 256.7 万人增加到 324 万人。到 2008 年年底，农村"五保"供养对象基本实现应保尽保。城市低保动态管理下的应保尽保和分类施保继续巩固，54.5 万人享受城市低保，月人均补助水平提高到 144 元。新型农村合作医疗人均补助标准从上年的 40 元提高到 80 元，参合率达到 92.1%，提高 7.2 个百分点；全面实施了城乡医疗救助制度，194 万城乡困难群众得到及时救助。城镇居民基本医疗保险试点扩大到 7 个市、州、地，参保人数达到 105 万人。城镇职工基本养老、基本医疗、失业、工伤、生育保险参保人数均超过计划任务，基本养老和失业保险实现市级统筹。针对物价上涨，省财政共安排 1.9 亿元对城乡困难群众和家庭经济困难的普通高校（高职）学生进行了补贴。城镇新增就业 18.5 万人，城镇登记失业率控制在 4.5% 以内，全面完成了计划任务。① 建立了新被征地农民社会保障制度。库区移民得到妥善安置。大幅度增加救灾救济资金投入。积极支援汶川地震灾区抗震救灾和灾后重建工作。连续 5 年实现生产安全事故起数和死亡人数"双降"。信访工作进一步加强。深入开展"打黑除恶"严打整治专项行动，有力维护了社会稳定。

四、注重统筹兼顾，推动公共事业全面发展

截至 2008 年年底，各级财政用于教育事业的投入为 226.64 亿元，增长 36.3%。农村"普九"欠债偿债资金全面落实，债务化解工作全面启动；加强义务教育阶段师资力量建

---

① 参见《2009 年贵州省政府工作报告》，载贵州省人民政府网站，2009 年 2 月 15 日，http://www.gzgov.gov.cn/.

设，新招聘中小学教师 1.5 万名，其中特岗教师 8578 名；各级
财政共安排 17.48 亿元，将农村初中和小学生均公用经费保障
标准分别提高 125 元和 75 元；全部免除城市义务教育阶段学
生学杂费；"两基"迎"国检"工作扎实推进。各级各类教育
加快发展。省财政安排用于医疗卫生的投入增长 85.5%。开工
建设了 4360 所村卫生室，新建和改扩建一批县医院、县中医
院、县妇幼保健机构和乡镇卫生院。着力做好重大疾病预防控
制工作，改革地氟病防治项目实施办法，完成 25 万户炉灶改
良任务，使 90 多万人解除或减轻了氟中毒危害。艾滋病等重
大传染病的防治力度不断加大。全力抓好突发公共卫生事件的
应急处置与救援工作，食品药品安全监管进一步加强。积极发
展文化事业和文化产业，加大优秀民族民间文化保护开发力
度，切实加强基层文化重点工程建设，通过实施广播电视无线
覆盖工程，解决了 62 个县城及周边地区群众长期听不到或听
不好广播节目的问题，新增城镇有线数字电视用户 60 万户。
省博物馆、遵义会议会址等免费向公众开放。实现奥运会金牌
零的突破，成功举办首届全国山地运动会等全国性赛事，建成
农民体育健身工程 400 个，全民健身活动广泛开展。统筹解决
人口问题，人口自然增长率 6.72‰。[①] 老龄、妇幼和残疾人事
业取得新进步。人事人才工作取得新进展。国防建设与经济建
设协调发展。民族、宗教、外事、侨务、对台、档案、气象、
人防、参事、新闻出版等工作取得新成绩。

---

① 参见《2009 年贵州省政府工作报告》，载贵州人民政府网站，2009 年 2 月 15
日，http://www.gzgov.gov.cn/.

第三节　贵州建设服务型政府
存在的问题

经过多年的努力工作，贵州省政府公共服务体系建设和公共产品供给取得了显著成绩，但也存在一些问题。主要有：

一、政府职能有待进一步转变

"以经济建设为中心"是党中央对我国各项工作提出的战略性指导思想，政府的主要职责就是为企业和广大生产者服务。服务就是创造生产和生活的各种条件和环境，但全省还有些政府部门及公务人员认识不清，服务也不到位。又如，现在已制定了很多法律，但缺少法律监督的环节。政府部门及公务员也学法，但很少问津企业及其生产者是否在法律范围内运作，缺乏依法执政的理念和行为。还有一些部门的行政审批过多过滥，吃、拿、卡、要的现象时有发生，这都与建设服务型政府是相悖的。

二、公共产品供给不足，基础设施建设滞后

主要是铁路运能不足，公路网络通达深度低，技术等级低，布局与产业、人口分布不协调，不能满足资源开发与物资流通的需要；水资源空间分布不均匀，控制性骨干工程少，工程性缺水问题比较严重，影响了城乡经济的持续发展；有些资源开发区和边远地区还没有通电；环境保护问题较突出。

三、社会事业深层次矛盾突出

由于山高路陡、经济欠发达，社会事业发展成本高，贵州深层次的矛盾较突出。主要表现在：农民人口文化素质较低，科技知识贫乏，外出打工难；贫困户小病不求医，大病治不起；经济收入低，大学上不起；乡村文化生活单调，体育活动很少；城镇下岗职工治病、子女上学没有保障的还比较多等。这些问题尽管不是很普遍，但都是贫困阶层最难的大事，是建设服务型政府的重要职责，也是建设社会主义新农村和服务型政府中亟待解决的问题。

四、社会保障体系不健全，就业压力大

据统计，2004 年贵州省城镇登记失业率为 4.5%，如果包括未登记失业等因素，实际失业率达 7% 左右。据中国社会科学院的一份研究报告，2002 年贵州城镇实际失业率为 8.5% ~ 12.3%，仅低于东北三省。[①] 由于贵州城镇失业率较高，加之农村富裕劳动者进城打工的也较多，所以存在通过劳务市场就业的打工者工资收入低，农民工的养老保险、失业保险、医疗保险以及子女求学等问题尚未解决。这些都是在建设公共服务型政府中应深入研究和解决的问题。

五、社会问题增多，社会风险加剧

作为社会稳定与社会风险的重要指标，联名信增加率、集

---

① 参见《2009 年贵州省政府工作报告》，载贵州省人民政府网站，2009 年 2 月 15 日，http://www.gzgov.gov.cn/。

体上访增加率、群众性事件增加率等指标不断上升，标志着贵州省已进入人均 GDP1000～3000 美元的社会风险加剧期。据有关部门统计，2005 年，贵州省共受理群众来信来访 4243 件次，其中群众来信 2789 件次、群众来访 1454 件次，比 2000 年分别上升 66%、59.4%、83.6%。[①] 群众信访反映的主要问题包括劳动及社会保障问题、涉农和涉牧问题、拖欠民工工资和工程款问题、城市拆迁和安置问题、企业改制问题、涉法涉诉问题、冬季取暖问题等。

第四节　贵州构建服务型政府的基本途径：政府创新

从管理型政府向服务型政府的转变已经是一个历史趋势。长期以来，政府行政一直是以政府为中心的重管理、轻服务的管制型行政体制。当前我国政府职能中存在的主要问题有：政府职能越位、缺位和错位的问题同时存在；政府既是市场规则的制定者，又是国有资产的所有者、管理者，这样必然带来市场竞争的扭曲；政府管理工作中，重管理、轻服务；在管理手段上，微观手段多，宏观手段少；机构庞大效率低；忽视地区差距，条块分割，矛盾突出。现阶段这种主要依靠权力和行政手段的管制型政府已经不适合民主政治和市场经济发展的需要，束缚了社会生产力的发展。建设服务型政府，涉及观念、作风、机制、体制的变革与完善，是一项深层次、全方位的工程。它需要通过政府创新，尽快向服务型政府转轨。

---

① 参见《2009 年贵州省政府工作报告》，载贵州省人民政府网站，2009 年 2 月 15 日，http://www.gzgov.gov.cn/.

一、构建服务型政府，需要政府职能的创新

只有深化机构改革、转变职能，才能从根本上解决政府"错位"、"越位"、"缺位"的问题。政府职能转变，要着眼于理顺政府与市场、政府与企业、政府与社会的关系，做好"强化"、"弱化"、"转化"三篇文章。"强化"，就是强化区域调控职能，将工作重点从直接抓项目、办企业转到制定地方经济社会发展战略和规划上来，以科学的发展观推动经济社会的协调发展；为社会提供基本的公共产品和公共服务；着力维护良好的法制、政策、人文、信用、服务环境。"弱化"，就是弱化政府微观管理职能，最大限度地削减政府在经济工作中的审批职能，把市场能够解决的问题交由市场去解决，充分发挥市场配置资源的基础性作用。"转化"，就是将政府的社会职能向社会组织转化，将政府目前所承担的技术性、服务性和部门协调性工作交给社会中介组织和社会自治组织，变"全能政府"为"责任政府"、"服务政府"。

二、构建服务型政府，需要政府管理的运行机制和管理方式创新

要完善决策机制，健全重大问题集体决策制度和专家咨询制度。完善科学、民主、法制的决策程序，实行社会公示和听证制度，加强透明度和公众参与度；要完善执政机制，全面落实行政首长负责制，科学分工，明确责任，形成一级抓一级的机制。应建立岗位责任制、限时办结制、服务承诺制、绩效考核制、责任追究制等。要完善监督机制，确保政策落实到位。要积极推进电子政务，构建适应信息时代社会发展需要的政府

组织形态，提高办事效率，降低行政成本，促进政府职能由管理型向服务型转变，管理方式由控制型向参与型和自主型转变。构建服务型政府，需要民主制度的创新。创新民主制度、建设公民社会是建设服务型政府的社会制度前提。现代社会是公民社会，公民社会强调"公民性"。从组织结构上分析，公民社会以非政府组织为主体；从权利与义务关系的角度分析，公民社会强调公民权利至上。公民社会的重要特征对于公民来讲是权利本位，而对于政府来讲则是义务、服务本位。建设公共服务型政府就是要坚持义务、服务本位，为公民提供满意的公共服务。公共服务型政府为社会所提供的最重要的公共产品就是民主制度。创新民主制度，就要建立完善的信息公开制度，确保公民知情权、公民参与国家事务管理权，从根本上解决权利与义务不对称的问题；抓紧建立政府决策项目的预告制度和重大事项的社会公示制度，建立和完善社会各阶层广泛参与的法律政策听证制度；加快有关政务、政情公开的相关立法，并赋予根本大法的效力。

三、构建服务型政府，需要人才的创新

高绩效的政府公共服务需要结构合理、素质较高的人才队伍。建设服务型政府就要实施人才强国战略，坚持党管人才原则，坚持以人为本和尊重劳动、尊重知识、尊重人才、尊重创造的方针，加强政府的人才资源能力建设，储备好、发展好、使用好人才队伍。目前贵州人才队伍建设的着力点在于：一是创造留得住、好发展的制度环境，从根本上抑制人才外流；二是切实解决教育投资过低和结构不合理问题；三是要充分发挥看得见的手的作用，用政策手段调节人才配置失衡问题。要把公务员队伍建设作为构建现代公共服务型政府的一项主要任务

来抓，认真制定科学的发展规划，按照国家公务员法和有关规定，根据新的形势和任务，建立和完善竞争选优的选拔机制、适应社会需要的培训机制、开放灵活的流动机制、能调动积极性的激励机制，使公务员队伍建设尽快步入法制化、制度化、规范化的轨道。只有进行人才创新，才能有助于实现以人为本的创新管理；有助于提高行政效率，降低行政成本；有助于建设有限的、效能的、廉洁的服务型政府。

第四章 贵州政府创新的重点与难点：公共服务创新

第一节 提供公共服务是政府的基本职能之一

我国的公共需求正处于由消费型向发展型升级的关键时期，而现行的政府模式与这一趋势很难适应。社会发展的内容具有公共物品、自然垄断和外部经济等特征，因而是市场无法有效提供的。其中，教育和卫生最为典型，它们为全社会所需求，可以通过市场提供，具有外部性，要保持基本教育和基本公共卫生的公平性，政府必须介入。① 掌握公共权力的政府必须承担起提供社会公共服务的责任与功能。

国家干预是与市场失灵联系在一起的。英国古典政治经济学的创始人威廉·配第在其 1662 年出版的《赋税论》中，明确提出了适应产业资本发展需要的国家职能项目：军事，司法，行政，宗教，教育，救济贫穷，残疾和失业，维修公路、桥梁、运河、港口以及其他有益于一般福利的项目。典型的自由放任主义者亚当·斯密也提出了相同的观点，他认为政府主要是从事公用事业和公共设施项目。庸俗资产阶级政治经济学创

---

① 参见丁元竹、江汛清：《我国社会公共服务供给不足原因分析》，载《中国经济时报》，2006 年 5 月 23 日。

始人萨伊虽然竭力反对国家干预经济生活，但他也认为由于个人利益与社会利益存在差异，政府应该在基础设施领域发挥作用。只要能够构成很大的公共利益，公共工程的费用就应该由整个社会来偿付。萨伊还极力主张教育公办，因为对个人的教育也有利于整个社会，并不只是有利于受教育者本人。德国经济学家李斯特极力主张应该强化国家对经济生活的干预，认为国家必须对农工商业、航运事业等按比例发展，加强指导和干预；必须加强艺术和科学教育事业以及一般文化事业的发展；国家应建立足以给本国人民提供高度安全和自由的政体、法律和制度，以促进宗教、道德和繁荣等。福利经济学的代表人物庇古认为，为了维护社会福利的极大化，客观上需要国家出面加以干预，以谋求最佳的资源配置。20 世纪 30 年代西方资本主义经济的大危机使凯恩斯的国家干预经济理论应运而生，他主张政府应扩大公共工程等方面的开支，增加货币供应量，实行赤字预算来刺激国民经济活动，以增加国民收入，实现充分就业。此后，把政府视为市场制度合理的调节者和干预者已成为主流经济学家的信条。根据国际经验和国际理论，政府对公共领域的介入主要通过以下几个途径：第一，通过政府财政投入来提供公共服务；第二，补贴，如对农民的补贴和对进入私立学校学生的补贴，这种情况在不同国家情况各异；第三，政府立法，规范市场和公共服务供给。

第二节　贵州公共服务的现状令人堪忧

随着经济、社会的发展和公共服务领域改革的深化，不断推进公共服务创新，为公众提供更加公平、有效、快捷的公共服务，已经成为当今世界各国政府面临的共同课题。公共服务创新就是通过改革形成公共服务新机制，使政府更好地履行公共服务职能，它是政府创新的重要组成部分，是行政管理体制创新的一项重要内容，也是行政管理体制改革向纵深发展的必然要求。根据国际经验，人均 GDP 达到 1000 美元左右，必须全面完善和创新政府公共服务，否则将导致国家发展的停滞和中断。近几年，贵州的人均 GDP 逐步上升，2008 年已达到了7264 元（人民币）的历史新高，完全达到了创新公共服务的经济水平。然而，目前贵州的公共服务缺失严重，供给不足，具体表现在以下几个方面：

一、公共服务水平极低，且分布不均衡

根据陈昌盛、蔡跃洲在《中国政府公共服务：体制变迁与地区综合评估报告》中披露的数据来看，贵州基本公共服务供给水平极低，且不均衡，具体表现在：

第一，基本公共服务综合绩效分值超低。2000—2004 年贵州基本公共服务综合绩效分为 0.3631，为全国平均绩效分0.4264 的 85.2%、西部平均绩效分 0.3854 的 94.2%，排名第30 位。[1]

第二，从等级来看，贵州 8 项基本公共服务的等级都是该项的最低级，共有 5 个 D、3 个 E、1 个 C。尽管公共安全、科技活动的排名在全国第 6 位、第 16 位，但由于全国的平均水平较低，整体供给能力较弱，所以等级也是 E 级。[2]

---

① 参见陈昌盛、蔡跃洲编著：《中国政府公共服务：体制变迁与地区综合评估报告》，3 页，北京，中国社会科学出版社，2007。

② 同上。

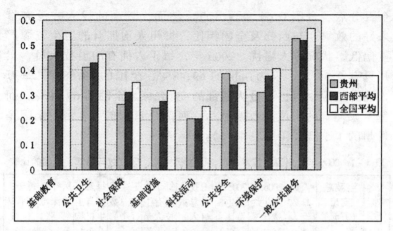

图 4 - 1　2000—2004 年贵州公共服务基准分与西部、全国的比较

资料来源：陈昌盛、蔡跃洲：《中国政府公共服务：体制变迁与地区综合评估报告》，根据第 2—9 章相关数据计算而成

　　第三，从具体公共服务的评价结果来看，贵州大多数公共服务如基础教育、公共卫生、社会保障、基础设施、环境保护等分值均低于西部及全国平均水平，最低的社会保障分值仅仅只占全国平均水平的 74.8%、西部平均水平的 84.2%。

　　不仅如此，贵州的公共服务供给还极不均衡，公共安全、科技活动的供给能力较强，排在前 20 名。其中，公共安全供给能力最强，位居全国第 6。而公共卫生、基础教育、环境保护等其他公共服务的供给能力极差，分值很低，排名靠后，最差的是社会保障与基础教育，倒数第一，供给能力极弱。

二、卫生经费支出较多，但人均卫生资源严重不足

　　2006 年，贵州的卫生经费支出占财政总支出的比例高达 4.92%，与 2003 年相比，该比例略有下降，但仍高于西部 0.53

个百分点、全国 0.66 个百分点。然而，较高的投入并没有带来好的效果，与西部及全国相比，贵州人均拥有的卫生资源严重偏低，状况令人堪忧。2006 年，每千人拥有的卫技人员，贵州只有 2.55 人，仅为西部的 69.48％、全国的 59.58％；每万人拥有的卫生机构数量为西部的 59.42％、全国的 69.79％；而每千人拥有的床位数数据显示，西部是贵州的 1.4 倍，全国是贵州的 1.5 倍（详见表 4－1）。

表 4－1 　2006 年贵州卫生技术人员、卫生机构数、床位数与西部、全国的比较

	财政总支出（万元）	人口总数（万人）	2006 年卫生经费比重（％）	2003 年卫生经费比重（％）	卫技人员总数（人）	每千人拥有卫技人员（人）	卫生机构总数（个）	每万人拥有卫生机构（个）	医疗机构床位数（张）	每千人拥有床位数（张）
贵州	6106411	3757	4.92	5.21	95654	2.55	6147	1.64	66152	1.76
西部	68147058	33760	4.50	4.49	1237655	3.67	93145	2.76	842866	2.50
全国	304313277	131448	4.26	4.39	5619515	4.28	308969	2.35	3496033	2.66

资料来源：根据《中国统计年鉴》(2007) 相关数据计算而成

三、科技三项经费投入严重不足，科技成果数量偏低

科技三项费用是指国家为支持科技事业发展而设立的新产品试制费、中间试验费和重大科研项目补助费。科技三项费用是国家财政科技拨款的重要组成部分，是实施中央和地方各级重点科技计划项目的重要资金来源。2006 年，贵州科技经费投入严重不足，科技三项费用支出占总支出的比重低于全国 0.47 个百分点，人均科技经费只有 11.67 元，仅为西部的 85.56％、全国的 42.51％。更严重的是，由于投入不足，每万人拥有的专利数只占全国的 21.18％，西部的 57.14％（详见表 4－2）。

表4-2 2006年贵州科技经费开支及人均水平与西部、全国的比较

	财政总支出（万元）	总人口（万人）	科技三项用支出（万元）	科技三项费用占总支出的比重(%)	人均科技经费（元）	三种专利申请授权数（件）	每万人拥有的专利数（件）
贵州	6106411	3757	43847	0.72	11.67	1337	0.36
西部	68147058	33760	460407	0.68	13.64	21104	0.63
全国	304313277	131448	3608616	1.19	27.45	223860	1.70

注：三种专利为发明、实用新型、外观设计

资料来源：根据《中国统计年鉴》（2007）相关数据计算而成

四、教育经费困难，人口素质普遍低下

由于财政困难，贵州教育经费的投入较少，正如表4-3所列举的一样，2005年全国教育经费总支出占全国财政总支出的比例高达48.86%，而贵州却还不到一半，仅占22.84%；贵州的比例不但大大低于全国比例，更远远低于西部42.55%的比例。不仅如此，贵州财政预算内教育经费支出占财政总支出的比重也分别落后于西部10.34%、全国11.79%。可见，贵州的教育经费相当困难。在如此紧张的经费下，贵州教育事业费的比重却一直领先于西部与全国的平均水平，并且逐年攀升，从2003年的18.09%上升到2006年的18.33%，上升了0.24个百分点，而全国与西部的同期水平却在下降，其中，全国下降了0.91个百分点。①

————

① 参见《中国统计年鉴》（2007）。

表 4 - 3　2005 年贵州与西部、全国教育经费比较

	财政总支出（万元）	教育经费支出（万元）	预算内教育经费支出（万元）	预算内教育经费支出占财政总支出的比例（%）	教育经费总支出占财政总支出比例（%）
贵　　州	6106411	1394866.8	933707	15.29	22.84
西部总和	38975852	16582311.5	9990735.4	25.63	42.55
全国总和	172298463	84188390.5	46656939	27.08	48.86

资料来源：根据《中国统计年鉴》（2007）相关数据计算而成

相应的，由于教育经费投入不足，贵州人口的文化素质普遍低下。

第一，大专以上文化程度的人口比例偏低。2006 年，贵州大专文化程度以上的人口占总人口比例为 0.25%，而同期西部及全国的比例分别为 4.43%、5.84%，约是贵州的 18 倍与 23 倍；不仅如此，2006 年贵州大专以上人口占西部及全国大专以上人口的比重分别为 6.38% 与 1.24%，这两个数字远远低于同期 10.4% 与 3% 的总人口比重。

第二，文盲人口比重偏高。2006 年，国家统计局 0.907% 的抽样比例显示，贵州的文盲人口为 4736 人，为西部文盲人口 31836 人的 14.9%、全国文盲人口 90564 人的 5.2%，分别是同期人口比例的 1.4 倍与 1.7 倍。该调查还显示，在文盲、半文盲占 15 岁以上人口的比重逐渐下降的大趋势中，贵州却在逐渐上升。与 2003 年相比，西部及全国文盲、半文盲占 15 岁以上人口的比重分别下降了 2.16%、2.32%，贵州上升了 0.05%（详见表 4 - 4）。尽管上升的幅度很小，但还是很明显地表明了贵州教育水平与全国及西部的差距在逐渐扩大。

表4-4 2006年贵州人口素质与西部及全国的比较

	总人口（人）	大专以上文化人口（人）①	大专以上文化人口占总人口比重(%)	文盲人口（人）②	2006年文盲、半文盲占15岁以上人口的比重(%)	2003年文盲半文盲占15岁以上人口的比重(%)	趋 势
贵州总计③	570000	866	0.25	4736	18.79	18.74	上升0.05%
西部合计	337600000	13537	4.43	31836	16.57	18.73	下降2.16%
全国合计	1314480000	69581	5.84	90564	9.3	111.63	下降2.32%

资料来源：根据《中国统计年鉴》（2007）相关数据计算而成

五、社会保险参保率极低，且分布不均衡

提供全方位、多层次、大范围、多种类的社会保险是政府履行公共服务职能的重要体现，也是政府解决民生问题的重要途径。贵州的社会保险参保率极低，状况不容乐观，所有指标均大大低于西部及全国同期平均水平。2006年年末，贵州省社会保险参与人数为698万人，占全省总人口的18.58%，而同期西部的比率为35.46%，全国的比率高达51.33%，贵州总参保率只有西部的52.4%、全国的36.2%。其中，参加生育保险的人数占总人口的1.92%，比西部低3.35个百分点，比全国低6.84个百分点；参加工伤保险的人数占总人口的比例为2.41%，仅有西部水平的53%、全国水平的30.9%；参加基本医疗保险人数占总人口的比例为5.3%，仅有西部水平的

---

① 该数字是2006年全国人口变动情况抽样调查样本数据，抽样比为0.907‰。
② 该数字是2006年全国人口变动情况抽样调查样本数据，抽样比为0.907‰。
③ 参见《中国统计年鉴》(2007)。

55.8%、全国水平的 44.3%；参加失业保险人数占总人口比例为 3.49%，占西部比率的 55.5%、全国比率的 41%。参加养老保险的状况更是令人担忧：基本养老保险的参保率为 5.46%，约为西部的 1/2、全国的 1/3；参加农村社会养老人数为 6 万人，占乡村人口总数 2725 万人的 0.22%，排在全国最末位，而西部同比是贵州的 16.6 倍，全国同比是贵州的 33 倍（详见图 4 – 2）。①

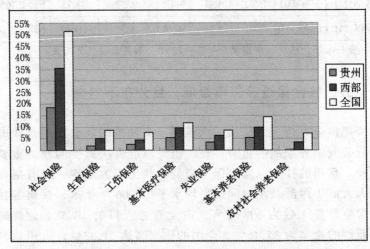

图 4 – 2 2006 年贵州主要社会保险参保率与西部、全国的比较（%）
资料来源：根据《中国统计年鉴》（2007）相关数据计算而成

不仅如此，贵州主要社会保险参保率极不均衡。从参保率来看，从高到低的分别是基本养老保险、基本医疗保险、失业保险、工伤保险、生育保险、农村社会养老保险，他们的参保率从 5.46% 到 0.22% 不等。其中，基本养老保险与农村养老保

———————

① 该数字是 2006 年全国人口变动情况抽样调查样本数据，抽样比为 0.907‰。

险的差距最大，前者是后者的 24.8 倍，其他保险之间也存在不同程度的差距（详见图 4 - 3）。

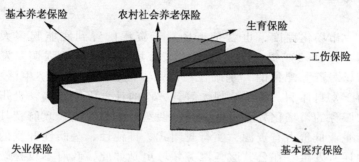

图 4 - 3 2006 年贵州省主要社会保险参保率比较（%）
资料来源：根据《中国统计年鉴》(2007) 相关数据计算而成

近几年国家一直在加大对西部地区转移支付的力度，例如，根据预算报告 2007 年中央财政对地方主要是中西部地区的一般性转移支付资金将达到 1924 亿元，对民族地区转移支付资金将达到 210 亿元，比 2006 年分别增加 397 亿元和 54 亿元。[①]但由于西部地区贫困面大、贫困程度深，这些资金分配到贵州较少，再加上国家转移支付中一般性转移支付额度不高，各种专项补助资金数额较大，而专项补助资金又存在多头管理、浪费严重的现象，因此，相当一部分转移支付经费损耗较大。与东、西部相比，贵州公共服务供给仍然处于处于低水平、低质量的状态，覆盖的宽度与深度也有限，不仅不能满足贵州广大贫困地区的迫切需要，还严重影响了群众的正常生活。

---

① 参见刘水玉、张琴：《我国西部贫困地区渴望公共服务 "阳光普照"》，载新华网，2007 年 3 月 16 日，http://www.xinhuanet.com/.

六、市场化程度不高，制约了公共服务供给的质量与效率

市场化程度，也就是市场对于资源配置到底能起多大作用。从 1992 年提出建立社会主义市场经济时起就强调要发挥市场对资源配置的"基础性"作用，但在实际的经济生活中，由于来自体制、惯性、观念等各方面的计划因素较多，贵州公共服务的市场化程度极低，行政性垄断较为突出，政府及其国有企业低价占有资源，实行封闭式、排他性、垄断性开发的现象还有发生。在公共服务服务领域更是如此，政府不仅是政策的制定主体还是供给主体，私营与第三部门参与公共服务供给的机会极少，不可避免地会带来资源配置的低效率、高成本。

第三节　贵州公共服务缺失的原因

对于贵州政府公共服务缺失的原因，除了大家所公认的财力困难、地方政府无力承担之外，笔者认为还有更重要、更深层次的原因。

一、片面的"政绩观"导致政府重经济职能轻公共服务职能，公共服务供给意识不强

越是欠发达地区，地方政府发展经济的压力就越大，一方面是因为经济活动最容易出"政绩"；另一方面因为在西部地区解决群众的温饱问题仍是当务之急，所以必须发展经济。在这样的压力下，地方政府很容易出现一边倒的现象，重视经济职能，忽视公共管理职能。笔者曾对部分县级领导干部进行问

卷调查，117 份回收问卷中，有 93 份认为目前市（地）、县两级政府存在片面发展经济的问题，认同率为 79.49％；有 86 份认为目前市（地）、县两级政府存在"政绩工程"，认同率为 73.5％；有 110 份认为目前市（地）、县两级政府公共服务意识淡薄，认同率为 94.02％。可见，让市（地）、县两级政府树立科学发展观、政绩观是一件重要的、刻不容缓的工作，也是一件很艰难的工作。SARS 危机后我国政府逐渐从经济调节、市场监管和社会管理职能向公共服务职能转变。然而在贵州，政府依然是社会主要经济活动的主导性力量，在资源配置活动中仍然起着支配性作用，在固定资产投资方面的比重仍然较大。截至 2006 年年底，在全国社会固定资产投资中，国有经济固定资产投资全国平均比例为 30％。粤、浙、苏、鲁 4 个发达省平均为 20.2％，中部地区平均为 33％，西部 12 个省（区）平均为 39.1％，贵州高达 45％，比全国、东部地区、中部地区、西部地区分别高 15％、24.8％、12％、5.9％。[1]

政府把太多的精力放在经济领域势必影响其公共服务职能，公共服务供给意识较差，能力较弱。笔者认为，长此以往，与其他地区相比，贵州公共服务供给的差距会越来越大，甚至会严重地影响十六届六中全会提出的全国"基本公共服务均等化"目标的实现。

二、财政支出结构不合理，有限的公共服务资源被过多的挤占与消耗

贵州财政支出结构极不合理，具体表现在：

第一，财政支出"缺位"现象严重。"养人"重于"养

---

① 参见《中国统计年鉴》（2007）。

事"，一些本应由政府承担的社会公共事务如社会保障、基础教育、公共卫生、环境保护没有完全承担起来，公共服务没有得到有效供给。2004 年，时任贵州省委宣传部部长李军指出，贵州省预算内财政支农支出中，农、林、水、气象部门事业费支出占到整个支出的 1/3，这些资金主要用于各级农口事业单位开支，名义上属于支农支出，但实际上大部分以职工消费形式流向了城市。①

第二，财政支出"越位"，对竞争领域的投资占据了相当一部分有限财力，挤占了公共领域的份额。如贵州省在 2004 年财政支出中企业挖潜改造资金比上年下降了 36%，结果在安排 2005 年财政预算支出时，就提出企业挖潜改造资金要比上年有所增长。② 虽然近年来财政支出中经济建设比重有所下降，但份额仍然较大。由于国有企业在地区经济增长中占有的份额高，就会想方设法来游说、劝阻财政资金投入其中，这样，向公共领域安排预算的增长步伐就会比较慢。

财政本身就困难，支出结构还不合理，有限的公共服务资源被过多的挤占与消耗，以致许多基本公共服务的提供都成了问题，供给能力严重不足。

三、社会协同缺乏，公众参与不充分

20 世纪 80 年代末的行政改革给人们的启迪之一是：随着社会进步特别是科学技术的迅速发展，人们越来越深刻地认识到，在处理政府与市场、政府与社会、政府与公众的关系上，

---

① 参见王振宏、刘书云、黄庭钧：《公共服务差距紧逼财政改革》，载《瞭望》，2005（13）。

② 同上。

传统意义上的政府职能将发生变化，政府会把更多职能以多种形式下放给那些非政府、非营利性组织承担，他们与更大范围的公众一起构成公共管理中不可或缺的公共管理主体。如同市场有时会失灵一样，政府有时候也会失灵，而社会组织和公众参与将弥补政府在一定条件下的失灵。许多国家例如英国等西欧国家的政府都是通过非营利组织来向社会递送公共服务，充分发挥非营利组织在社会公共服务中的作用。所以，政府社会管理还应当包括制定政策鼓励和引导包括非政府公共组织在内的社会组织的积极参与。

据贵州省民政厅统计，截至 2008 年年底，贵州各类民间组织发展至 5884 个。其中社会团体 4392 个、民办非企业单位 1484 个、基金会 8 个、广泛覆盖行业中介、教育、科技、文化、卫生、劳动、民政、体育、环保、社区等领域。[①] 民间组织在切实维护社会政治稳定、推动全省经济发展方面发挥了重要作用。在调查中笔者发现，为适应市场经济的需要，贵州农村民间组织近几年有了较快的发展。农民自发成立的跨村、跨乡镇组织有奶牛协会、大棚菜协会、果树协会、茶叶协会、养殖协会等十多种，还有以自然村为依托的各种互助会、基金会等，其成员从数十人到数百人、上千人不等。各种养殖、种植协会不但为成员农户提供良种、市场信息，还定期交流技术、开展培训活动，许多养殖户的禽流感、口蹄疫防治知识与经验都是通过协会获得的。这些民间组织发挥出了政府难以发挥的作用，因而深受广大农民欢迎。

然而，研究这些民间组织后笔者发现：第一，这类组织目前大多是为农业生产服务的行业协会和公司，而农民迫切需要的公共服务类组织还没有建立起来。第二，目前的民间组织在

---

① 参见贵州省民政厅网站，2008 年 12 月 26 日，http://www.gzsmzt.gov.cn.

发挥公共服务方面的作用还很不够，得到的政府与社会支持较少。农民买了假种子、假化肥、假农药等，还只能靠一家一户的途径去解决，权益很难得到保障。第三，民间组织缺少法律规范，政府支持、引导、监管不到位，有的被少数人操纵、利用，背离了其原来宗旨。毫无疑问，民间组织的数量虽多，但在公共服务的供给方面发挥的作用较小，而公众对公共服务、公共事务"事不关己"的冷漠态度进一步削弱了政府对公共服务的供给能力与热情。在调查中，贵定县盘江镇音寨村的村支书告诉我，现在村里做公共工程很难，比如修路，上面出钱买材料，村里出义务工，村干部把道理讲清楚了，村民也有这个心思修，但具体喊到某人做的时候，喊不动，不愿做，老把这事与自己在外打工相比，只顾眼前利益，不愿免费参与，乡镇政府提供公共产品就显得有些力不从心。究其原因，笔者认为主要有二：一是政府动员力度不够，方式不恰当；二是农民的文化水平低下，目光短浅，思想观念落后。

第四节　贵州创新公共服务供给机制、提升公共服务质量与水平的对策建议

一、树立科学的政绩观，建立服务型政府，创新公共服务供给理念

所谓服务型政府，是指在公民本位、社会本位理念的指导下，在整个社会民主秩序的框架内，通过法定程序、按照公民意志组建起来的以公民服务为宗旨并承担着服务责任的政府。

从根本上说就是要树立以人为本、执政为民的公共服务理念，把"亲民、为民"作为公共服务的出发点与归宿，注重人的全面发展。具体到贵州，要做好以下几点：第一，转变观念，抛弃"官本位"的思想，让政府从"恩赐者"的角色转到服务提供者和需求回应者的角色上来；第二，必须转变政府职能，为公民提供更多的公共服务；第三，树立科学的"政绩"观，纠正一些地方和领域出现的重经济指标、忽视社会公共服务的问题和重眼前利益、轻长远利益的偏见，加大对公共医疗卫生、社会环境保护、公共基础设施、公共教育等内容的考核力度；第四，增强公共服务供给意识，树立以"公民需求"为导向的公共服务供给理念。

二、打破垄断，引入市场竞争机制，创新公共服务供给过程

公共选择理论与制度经济学认为，种种行政负面效应的根源在于政府处于垄断地位，地方政府垄断公共服务供给将不可避免地带来资源配置的低效率，而完备的市场竞争机制可以实现市场供求的瓦尔拉均衡与市场配置的帕累托最优。同时，戴维·奥斯本认为：公营部门的优势主要体现在稳定性、不受偏爱的影响；私营部门的优势主要体现在革新的能力、产生资本的能力、获得规模经济的能力；第三部门的优势主要体现在同情心、责任心、产生信任的能力，因此笔者认为，公营部门最适合政策管理、维护公平，私营部门最适合个人投资、产生利润，第三部门最适合社会任务、社区管理。既然三大部门各具优势，就应该按照既定的标准为他们提供竞争框架。而且，公共服务在生产和提供上的可分性、在付费和使用上的非竞争性和非排他性为引入竞争机制提供了可能。因此，为了提高公共

服务供给效率与质量，贵州应当打破垄断、引入市场竞争机制，把政府公共物品的供给职能大量的转移给非政府组织与私营组织，形成由政府、市场、社会三方组成的公共服务供给体系。具体来说要做到以下几点：第一，政府应对经营性或竞争性公共服务项目、设施、设备通过公共招标、内部竞争、合同外包等市场方式营造市场竞争机制，促使公共服务主体不断提高效率，降低公共服务的成本。第二，将不必由政府承担的职能转移给各种社会组织，通过提供资助补贴、减免税收优惠等方式，引导非营利组织提供某些公共服务项目。第三，营造和谐的投资环境，拓宽公共服务供给的融资渠道。

三、完善财政转移支付制度，缩小公共服务支出差距，创新公共服务均衡供给能力

为提高经济不发达地区的财力，我国自分税制以来实施财政转移支付政策，为缩小地区间差距起到了重要作用。但正如上所述，现有的转移支付制度对缩小地区间公共服务水平的差距并不明显，再加上转移支付中份额较大的"税收返还"是以1993年的财政收入为基数，贵州与其他地区的财政收入差距还在进一步扩大，甚至有拉大公共服务水平差距的倾向。因此，只有完善财政转移支付制度，缩小公共服务支出差距，才能更好地提高贵州公共服务的供给能力，具体来说，要做到以下几点：第一，将原来税收返还、专项补助集中起来，加大一般性转移支付力度，帮助贵州更有效地提高公共服务能力；第二，改进和完善一般性转移支付办法，在计算财政标准收入和标准支出时，充分考虑各地经济发展水平和经济发展质量对税收收入的影响以及地区间财政支出成本差异，充分反映各地公共服务能力的差距；第三，按照财权与事权相匹配的原则，明确各

级政府的支出责任，合理分配财权；第四，贵州还要优化财政支出结构，调整财政供给范围。财政部门要按照公共财政的框架要求，重新界定财政支出范围，在继续增加对科技、教育、社保、公共卫生等重点社会事业支出的同时，对其内部支出结构进行必要的调整，进一步优化社会事业展布局。

四、提高决策水平，创新公共服务供给的决策机制

笔者认为，要提高决策水平、改善公共服务供给的决策机制，贵州政府应该做到：首先，充分发挥公众在公共服务供给决策中的主体作用。公共服务的对象是公众，提高公共服务的质量就要更好地满足公众的需要。然而长期以来，人们普遍认为，作为公共服务主体的职能部门代表的就是公众利益，公众在公共服务供给中的作用没有得到足够重视。这种片面的认识只会减轻公共部门提供产品的责任，降低公共产品供给的质量。因此，要摈弃这些不正确的认识，充分发挥公众在公共服务供给中的作用，改变政府提供公共服务单一的自上而下的决策导向，扩大公民参与决策的范围，政府提供什么、怎样提供，应当事先听取公众的意见。其次，要实现供给决策的科学化与法制化。要把现代科学技术方法应用到供给决策中，按照科学程序进行决策；同时，还要完善公共服务决策的法律依据，真正做到决策"有法可依"。最后，要提高供给决策主体的素质。要定期对决策主体进行更新知识的培训，不断增强其专业化水平，提高决策质量。

五、积极促进民间组织的发展，激发公众对公共服务的参与热情，使其成为政府公共服务的有效补充

为了让民间组织与社会公众积极参与公共服务的供给，笔

者认为，贵州政府要做到以下三点：第一，积极支持民间组织的发展，特别要积极支持民间公共服务与合作组织的发展，帮助解决困难，加强管理与引导，防止这些组织偏离正确轨道，促进其健康成长，使其能够参加到各种公共服务领域中来，成为政府公共服务的有效补充。第二，要采取宣传动员、教育、经济、法律、行政等手段，激发公众参与公共服务的热情。公众要树立自主的参与意识和平等的参与观念，从知识结构上不断增强对基本公共服务有关内容的认识，提高参与能力。第三，要寻求公众参与公共服务的有效途径。具体要从两方面入手，一是逐步完善现有的公众参与方式。公众参与基本公共服务一个比较突出的特点就是参与的经常性和均等性，这里的均等性指公众参与机会均等，我国现行的公众参与形式不能满足这两方面的要求。例如，人民代表和政治协商会议是我国公众参与的正式方式之一，但对于普通公民来说能够直接参与的机会太少。而党和政府开设的来信来访、领导接待日、各种不定期的座谈会等渠道，又不能满足公众参与的经常性需要。因此，要加强人民代表大会制度中人大代表专职化及代表与选民联系制度化，增强人大代表代表人民的作用，同时将领导接待日和不定期座谈会等渠道经常化、固定化。二是积极探索适合公众参与公共服务的新方式——网络技术。网络技术可以满足公众参与的均等性和经常性的需要，同时由于网络的虚拟性，公众参与可以不受身份、地位和周围环境的压力，更能真实表达自己的意愿倾向，也方便政府有针对性的回应公众意见。目前，让所有公众都能够用网络参与并不现实，笔者认为可以以社区为单位，把每个社区的公众意见集合起来，再以网络的形式传递给政府，第三，要健全和完善公众参与的法律法规，保证公众参与的规范化。

第五章 贵州推进政府创新：动力与困境

随着政治、经济、文化、社会大环境的变化以及加入 WTO 与经济全球化的到来，贵州各级政府均在积极探索政府管理创新。近年来，贵州政府涌现出一种强大的创新力量，在许多党政机关中，创新成为一种自觉的行为。本章就贵州政府创新的动力源泉及面临的困境作一些探讨。

第一节 贵州推进政府创新的动力

面对市场经济和全球化，要有效解决贵州政府管理存在的问题，就必须进行政府管理创新与改革。贵州推进政府创新之所以具有必要性、必然性和可能性，其根据在于动力，"地方政府作为制度主体的一种客观需要和潜在利益"[①]。

一、外部动力：社会生态环境的变化

社会生态具有多样性、层次性和互动性的特点。在政府管

[①] 俞可平：《中国地方政府的改革与创新》，见吴知论主编《中国地方政府管理创新》，北京，人民出版社，2004。

理与社会生态环境的互动过程中，社会生态环境复杂性及其变迁决定了地方政府管理的现实性，要求地方政府管理在一定时间内维持与外部环境的相对平衡。但政府管理与它所处的环境都不是一成不变的，相对于环境的变化，政府管理的变革常常表现为滞后性，当环境的变化打破了两者间的平衡时，新的环境要求政府管理进行变革创新，以适应新环境的变化，取得与新环境的平衡，这就构成了贵州政府创新的环境动力。[①]

（一）政治环境动力

政府体制是政治系统构成的一部分，政府管理只有保持与政治生态环境动态平衡，才能产生高效行政。改革开放以来，我国政治环境的变化为贵州省各级政府创新创造了有利的政治环境。

法律秩序的变化造就了基本的制度环境。"制度环境可以说是对于可供人们选择的制度安排的范围，设置了一个基本的界限，从而使人们通过选择制度安排，使追求自身利益的增进受到特定的限制。"[②] 其中，宪法秩序是最根本的制度环境，它在制度选择中的功能主要体现在：一是有助于自由的调查和社会实验，或者可能起根本性的压制作用；二是直接影响进入政治体系的成本和建立新制度的立法基础的难易度；三是影响到公共权力运用的方式，进而影响到由公共政策引入经济的扭曲的类型；四是一种稳定而有活力的宪法秩序会给政治经济引入一种文明秩序的意识——一种解决冲突的基本价值和程序上的

---

① 以下内容主要参见匡自明、韦锋：《中国地方政府管理创新的悖论分析：动力与困境》，载《云南行政学院学报》，2006（2）。

② 樊纲：《渐进改革的政治经济学分析》，上海，上海远东出版社，1996。

一致性，这种意识会大大降低创新的成本或风险。[①] 宪法秩序的这些作用，对于我国地方政府管理的影响同样存在。我国现行的宪法秩序是 1982 年在重新修订宪法基础上确立的。我国新的宪法秩序与以前的宪法比较，扩大了各级地方政府管理的权力，为地方政府创新奠定了根本大法的基础，营造了宏观的法律环境。在重新修订宪法的同时，我国先后修定或制定了《中华人民共和国地方各级人民代表大会和地方各级人民政府组织法》、《民族区域自治法》、《地方组织法》等基本法律，进一步确立了地方政府在管理创新中的主体地位。法律秩序的变化为地方政府创新营造基本的制度环境，具体表现在：

第一，确立了发挥地方各级政府主动性、积极性的原则。"中央和地方的国家机构职权的划分，遵循在中央统一领导下，充分发挥地方的主动性、积极性的原则"[②]。这就改变了地方政府只局限于执行中央政府制定的公共政策，缺乏处理各种利益冲突的权力，经常使用的最保险的办法是把利益冲突与矛盾交由中央处理，以避免冒政治风险的局面。

第二，改变中央一级立法体制，扩大地方立法权。明确了"省、直辖市的人民代表大会和它们的常务委员会，在不同宪法法律、行政法规相抵触的前提下，可以制定地方性法规"[③]，"民族自治地方的人民代表大会有权依照当地民族的政治、经济和文化的特点，制定自治条例和单行条例。"[④] 这一变化对地方政府进行管理创新提供了直接的法律机制。

---

① 诺曼·尼科尔森：《制度分析与发展的现状》，见 V·奥斯特罗姆、D·菲尼、H·皮希特等编，王诚等译：《制度分析与发展的反思——问题与抉择》，北京，商务印书馆，1996。

② 罗豪才：《行政法学》，北京，北京大学出版社，2003。

③ 《中华人民共和国地方各级人民代表大会和各级人民政府组织法》。

④ 《中华人民共和国宪法》，1982。

第三，扩大了地方政府的某些职权。例如，省、自治区人民政府所在地的市人民政府和经国务院批准的较大的市的人民政府在其权限内可以根据法律和法规制定行政规章。省、自治区、直辖市人民政府在其权限内，可以依法律、法规的授权进行行政立法。法律秩序的上述变化是地方政府创新的基本、原始的规制因素，也提供了基本的法律保障和制度空间。

（二）文化环境动力

影响贵州政府创新的另一个主要因素是文化生态环境，其中，主要是意识形态环境的变化为地方政府创新扫清了思想和理论障碍。意识形态本身是一种非正式的制度安排，它为中国地方政府管理提供了一套与正式制度相呼应的规则体系，规制着政府行政管理活动的方向和界限，从而激励或约束其行为方式。随着改革开放的深入，传统意识形态所唤起的道德热情开始消退，依靠道德调节现实制度分配和地方政府实际收益的做法已经不再灵验。于是，传统意识形态积累的人力资本就走向衰竭，维护制度正常的费用就会变得昂贵，意识形态也就从节约机制转化成不经济的机制。改革开放以来的中国意识形态环境发生了重大变化：从教条主义的窠臼里跳出来，重新确立实事求是思想路线。提倡的是既脚踏实地又敢于开拓创新的领导干部；对待地方政府的评价标准，由"不问绩效、只求与中央保持一致"的标准被"既不与中央抵触，又能开创地方新局面"的标准所取代，老百姓心目中的好政府，是廉洁高效、敢于创新和实践的政府。在这种较为宽松的环境下，对地方政府的创新活动，即使马克思主义经典著作里没有提到的，即使中央政府还没有提出的，但只要不与宪法、法律相抵触，只要有利于开创新局面，促进经济发展，符合"三个有利于"，则中央政府既不制止、不干预，也不随便表态，而是先让其实践。

（三）经济环境动力

从经济环境看，一定的社会生产方式和生产活动对政府管理具有决定性的作用，其变革必然要求政府管理发生相应的改变，因为"随着经济基础的变更，全部庞大的上层建筑也或快或慢地发生变革。"① 中国已由单一的所有制结构逐步过渡到以公有制为主体、多种所有制经济成分共同发展的所有制结构，各种经济成分的比重随着社会经济的变化还将发生变动。随着市场经济的发展，市场在经济活动中发挥着越来越重要的主导作用，资源配置的效果也必将更加显著。新的所有制结构和市场经济条件对政府管理提出了更高要求，促使政府必须培育有效的市场环境，为多种所有制经济成分发展创造条件。政府既不能代替市场，又必须行使对市场的调控、培育、维护、监督和服务，必须对市场的管理内容、方式和手段进行创新，恰当有效地行使好经济职能，必须处理好政府与市场之间的关系。

（四）国际环境动力

市场经济的发展和科技进步带来了全球化的浪潮。全球化通过三种力量影响着地方政府管理。一是趋同力，即榜样的力量，使得各国政府相互借鉴管理经验；二是融蚀力，即全球化对各国固有的意识形态的消解和融化，意识形态不再成为政府间交往的障碍；三是碰撞力，即全球化对原有国际利益格局的调整必然会影响到国内利益格局的变化。② 各国政府在频繁的

---

① ［德］马克思、恩格斯著，中共中央马克思恩格斯列宁斯大林著作编译局编译：《马克思恩格斯选集》，第2卷，北京，人民出版社，1995。

② 参见刘靖华、姜宪利：《中国政府管理创新（管理卷）》，北京，中国社会科学出版社，2004。

联系和交往中，在上述三种力量作用下，地方民众以国际上绩效显著的地方政府为标杆，对本地方的政府管理提出更高的标准和要求，促使地方政府吸收和借鉴其他地方政府的先进经验进行创新，以回应民众的期盼。特别是中国加入 WTO 之后，客观上要求地方政府加快政府管理借鉴国际经验、遵循国际规则的步伐。因为 WTO 协议和规则是各成员国政府间相互妥协与协调的产物，是各国政府维护其根本利益的基本准则。政府入世意味着政府必须自觉、主动地了解和适应国际通行规则要求，对政府管理的各方面进行改革调整，包括行政体制结构、行政行为、行政观念、行政内容、行政目标和行政方式等进行革新，结合中国政府实际，着力推进政府创新。

二、区域动力：发达地区政府创新带来的巨大收益

政府改革和经济社会发展息息相关，经济社会的发展不仅要求政府发挥重要的作用，而且也推动着政府改革。政府改革和经济社会发展之间的这种内在关联在浙江省得到了显著体现。改革开放以来，浙江的经济得到了迅速发展，从 1978 年到 2003 年，浙江国内生产总值由 123.72 亿元增至 9200 亿元，经济总量从原来的第 12 位跃居全国第 4 位，居民生活水平和生活质量位居全国前列，浙江成为全国经济增长最快和市场经济最活跃的省份之一。[①] 快速的经济发展和市场取向改革得益于浙江政府的改革与创新，始于 2000 年已评选了四次的"地方政府创新奖"优胜奖中，浙江共获得了五项，位居全国第一。浙江省政府改革创新所带来的经济的高速增长极大地激发

---

① 参见郁建兴、徐越倩：《从发展型政府到公共服务型政府——以浙江省为个案》，载《马克思主义与现实》，2004（5）。转引自人大复印资料《公共行政》，2005（1）。

了贵州推进政府创新的热情。不仅如此，先行改革地区在制度创新过程中，由于对不确定因素的认识和把握能力逐步提高，不仅有能力对创新行动中暴露出来的各种矛盾与冲突进行相机调整，而且对实践已证明为行之有效的创新做法加以理论加工，逐步推广，成为全国的典型，如广东的"顺德经验"，政府创新的政治收益与社会收益也越来越明显。这些收益直接成为了贵州推进政府创新的外在动力。

三、基本动力：政府及官员的利益诉求

在计划经济时代，由于实行高度集中的计划管理体制，中央政府通过完整的指令性计划网络控制地方政府的行为。在此体制下的地方政府的利益要求被压制，地方政府缺乏制度创新的积极性。[①] 随着政治、经济体制改革的深入发展，特别是"放权让利"的改革及以财政包干为主要特征的财政体制改革的实施，确立了地方政府独立的利益，极大地调动了地方政府增加本地收入的积极性。地方政府被赋予了相对独立的利益和较大的经济管理自主权，地方政府的利益主体地位日渐凸显。市场经济条件允许政府官员在维护公共利益的同时也能合法地追求其各种正当的团体利益和个人利益，这就构成了地方政府管理创新的主观需求和内在动力。作为区域社会管理主体的地方政府及其官员在社会中扮演着多重角色，相应地，他们也有多重的自身利益，但他们的利益与社会公共利益是不矛盾的，"只不过社会制度应当要求形成这样的机制：利益主体的利益追求过程，同时也是社会公共利益的实现过程；而且一旦损害

[①]　参见林尚立：《国内政府间关系》，311～324页，杭州，浙江人民出版社，1998。

社会公共利益，自身利益也受到损害"。[①] 地方政府官员要在追求社会公共利益的过程中，实现公共利益以外的其他的合法利益，如职务、荣誉、物质等，就必须提高自己的行政工作质量和效率，完善自身的知识结构和提高管理和领导水平，使自己成为地方政府创新的推动者。

四、根本动力：摆脱贫困

2006 年，贵州省 88 个县（市、区、特区）中，有扶贫开发任务的有 83 个，国家扶贫开发工作重点县 50 个；全省 1440 个乡镇中，重点贫困乡镇 934 个，占乡镇总数的 64.9%，其中最贫困的一类乡镇有 100 个，占总数的 6.9%；全省重点贫困村 13973 个，占全省行政村总数的 54.3%，其中最贫困的一类村 5486 个，占总数的 21.3%。据最新统计，2006 年贵州省绝对贫困人口 278 万，低收入贫困人口 467 万，两者之和占到全省农业人口的 22.6%、全国贫困人口的 13.1%[②]，大大高于贵州省约占全国 2.6% 的人口比例。因此，笔者认为，摆脱贫困成为贵州推进政府创新的直接动力。

五、直接动力：解决新出现的社会问题

随着社会的发展、城市化的推进以及贫富差距的扩大，新的社会问题不断出现，如拆迁补偿、安置问题，就业问题，老龄化问题，等等。这些问题如不及时解决，将会影响社会稳

---

① 臧乃康：《政府利益论》，载《理论探讨》，1999（1）。

② 参见牛彤：《贵州省的山区扶贫开发：政策、行动与问题》。引自 http://creativecommons.org/licenses/by – nd/2.0/fr/deed.fr，2006 年 5 月 1 日。

定。在调查中笔者了解到，很多县级政府之所以愿意冒着风险去创新，不是因为上级给了压力，也不是为了突出自己的政绩，而是老办法解决不了新问题，只有求变才是唯一的出路。于是，经过领导集体的协商，在不违背原则、法律法规的情况下，一套新的解决问题的机制与模式应运而生，实践证明，这样的模式对解决新问题效果较好。曾在黔西县挂职的一位副县长告诉笔者，为了解决办火电厂时房屋拆迁所产生的社会问题，黔西县出台了"信访听证制度"，即由纪检监察机关借鉴行政处罚中的听证程序，召集有关单位或人员对群众举报的较为集中的热点问题进行直接公开调处，办结信访案件，并定期回访。这一制度取得了较好的效果，2004 年黔西县共召开 80 余次信访听证会，1—9 月份，县纪委共接待来信来访举报 152 件，比上一年同期下降 30%。

第二节 贵州推进政府创新的困境

一、思想观念落后，创新意识不够

政府创新，首先是思想观念的创新。李嘉诚先生在考察西部各省时，曾说过一句意味深长的话："西部什么都不缺，缺的就是观念。"因此，观念的落后是最大的落后，这也成为了制约贵州推进政府创新的首要因素。那么贵州有哪些落后的观念影响了政府创新呢？一是官本位思想。政府创新本身存在着双重风险：突破现行体制而带来的政治风险，政府创新失败带来的风险。创新暗含的对现行体制的突破必将在不同程度上"侵犯"某些既得利益层，从而进一步增加创新的风险。一旦创新失败，领导干部不仅需要承担政治责任，还需要承担法律责任与工作责任，不仅政治前途受到影响，甚至有可能连"乌纱帽"都保不住，因此很多地方官员抱着"不求有功、但求无过"的思想，创新意识被丢在一边。二是小的自满思想，即满足于目前的状况，满足于不出乱子。由于生产方式落后、地理位置不便，不少人有这种思想，并逐渐蔓延到了公务员队伍中，结果可想而知，大家都不愿意去主动创新。而一旦必须着手，许多公务员便选择"搭便车"，这样既能节省成本，还能少走弯路。更严重的是，小的自满思想还渗透到了人事管理中，以致政府官员对人才的选拔也从小的角度去考察，更不利于从思想上推进政府创新。

二、财政困难，政府创新的经济基础薄弱

贵州的经济发展水平低，财政困难。改革开放以来，不仅多项经济指标与人民生活水平指标均低于全国及西部的平均水平，而且政府的财政收支严重失衡，GDP 总量及人均 GDP 水平均排名均靠后。与 1996 年相比，2006 年贵州的财政收入增加了 3.6 倍，低于全国 3.9 倍的增长速度；支出增加了 5.1 倍，高于全国 4.3 倍的增长速度；贵州财政收入占全国财政总收入的比重下降了 0.6 个百分点，而支出却上升了 0.3 个百分点。2006 年，贵州财政收入占财政支出的比重只有 37.1%，大大低于全国 60.1%、西部 51.1% 的同比水平；与 1996 年相比，10年间财政收入占总支出的比重全国均呈下降趋势。其中，贵州下降了 12.7 个百分点，西部下降了 11 个百分点，全国下降了 4.7 个百分点，贵州的降幅是全国的 2.7 倍。[①] 由此可见，贵州

---

① 笔者根据《中国统计年鉴》（1997 年、2007 年）相关数据计算而成。

的财政收支严重失衡。不仅如此，2004—2006 年连续三年，贵
州省的人均 GDP 均排在全国最末位。其中，2005 年，贵州的
人均 GDP 为 4893 元，仅占全国平均水平的 30.5%、东部的
18.5%、西部的 65.4%、上海的 9.3%（详见表 5－1）。

表 5－1　2005 年人均 GDP 水平比较

	全国平均	东部平均	上海市	西部平均	贵州省
人均 GDP（元）	16064	26922	52378	7482.4	4893
贵州比重（%）	30.5	18.5	9.3	65.4	

资料来源：根据《中国统计年鉴》(2006) 相关数据计算而成

　　贵州微薄的财政收入无疑会限制政府对创新的投入，而创新
的投入不够，创新的收益与效果就会大打折扣，甚至会打击政府
创新的积极性。课题组下去调查时有位县长作了一个形象的比喻，
县里每年的财政收入连温饱问题都解决不了，怎么有心思与能力
去创新改革。对于投入较大的创新改革，开会时几乎都是全票否
决。不仅如此，财政困难也使贵州政府的工作始终以"经济建设"
为中心，日常事务都围绕经济活动来展开，在绩效评估时自然就
会重 GDP 等经济指标，轻政府创新指标。长此以往，贵州就会形
成"不重视甚至忽视政府创新"的不良局面。

三、"国有政府"增加了政府创新的难度

　　我省著名经济学者胡晓登研究员认为，"国有政府"指在国
有经济在社会生活中占统治和支配地位、政府职能与行为始终
围绕国有经济运转的政府。在贵州，由于经济体制转轨滞后，
非国有经济相当不发达，政府的职能与行为依然主要是围绕国
有经济运转，从而使贵州落后地区政府的"国有"性质更为突
出，在更大程度上带有"国有政府"的浓厚色彩，具体表现在：

（一）经济结构以"国有"为主

首先从工业结构看，贵州非国有经济比重过小，国有经济比重过大。截止到 2005 年，全国国有及国有控股工业企业 27477 个，占全国规模以上工业企业总数 271835 个的 10.11%，西部地区国有及国有控股工业企业经济的比重为 20.3%，贵州却高达 35.99%，是全国平均水平的 3.6 倍，西部平均水平的 1.8 倍。与此相反，发达地区国有企业在工业企业中所占比例很小：广东省仅为 5.1%，山东省仅为 5.1%，浙江省仅为 2.0%，江苏省仅为 3.0%，4 个发达省总计平均仅为 3.8%，仅有贵州的 10.6%（详见图 5 - 1）。[①]

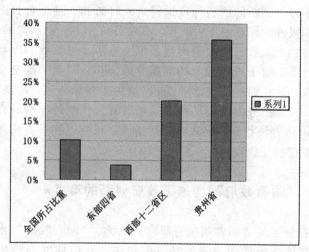

图 5 - 1 国有企业占规模以上工业企业比重
资料来源：《中国统计年鉴》(2006)

---

① 参见《中国统计年鉴》(2006)，转引自胡晓登：《道德的竞争力——加入 WTO 与贵州政府道德建设》，118 页，北京，中央文献出版社，2007。

其中，尤其是能对传统的大政府的管理模式和治理理念能产生巨大冲击的股份制经济、外商及港澳台经济，在贵州更为幼稚和薄弱：据统计，2003 年底，全国规模以上外商投资企业 17429 个，贵州省只有 43 个。占全国人口 3% 的贵州，规模以上外商投资企业仅为全国的 0.25%，而且远远低于周边省（区、市）：仅为云南省的 71%、广西壮族自治区的 34%、四川省的 22%、重庆的 23%，仅为周边省区平均水平的37.5%。[①]

从工业总产值构成的全国平均水平和东、中、西三个层次来看。2005 年底，全国工业总产值中，国有及国有控股企业占37.7%（按 1990 年不变价格，以下同），东部京、津、沪、粤、浙、苏、鲁 7 个发达省市，国有及国有控股企业平均占工业产值的 30%，中部的湘、赣、鄂、皖、豫、辽、吉、黑等 8 个省，国有及国有控股企业平均占工业产值的 61.8%，西部的比例为 65.3%，贵州省更是高达 73.3%。可见，国有经济比重在中国呈东、中、西、贵州逐次增大，即非国有经济的经济比重逐次减少状态。[②]（详见下页图 5-2）

（二）就业结构以"国有"为主

国有经济中占绝对统治地位，还直接反映在就业结构中国有职工占很显著的比重。截至 2005 年底，全国城镇就业人数中，国有单位就业人数 6488 万人，占全国年底城镇就业人数27331 万人的 23.7%。东部京、津、沪、粤、浙、苏、鲁 7 个发

---

① 参见《中国统计年鉴》（2004），转引自胡晓登：《道德的竞争力——加入 WTO 与贵州政府道德建设》，119 页，北京，中央文献出版社，2007。

② 参见《中国统计年鉴》（2006），转引自胡晓登：《道德的竞争力——加入 WTO 与贵州政府道德建设》，119~120 页，北京，中央文献出版社，2007。

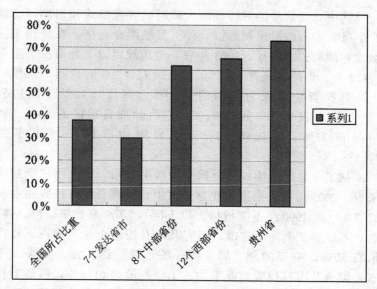

图 5-2 工业产值结构比重
资料来源：《中国统计年鉴》（2006）

达省市平均为 25.5%，其中粤、浙、苏、鲁 4 个发达省平均为 25.1%，西部所占比例为 45.7%，而贵州省比例高达 52.1%，比西部地区还高 6.4 个百分点。①

（三）社会经济活动的主体以政府为主

与上述国有经济为主的经济结构相应，落后地区社会经济活动的主体主要是政府。社会固定资产投资是社会经济活动中极重要方面。在这方面，同样可看出国有固定资产投资比重按东、中、西、贵州依次递增现象：截至 2006 年底，在全国社

---

① 参见《中国统计年鉴》（2006），转引自胡晓登：《道德的竞争力——加入 WTO 与贵州政府道德建设》，120 页，北京，中央文献出版社，2007。

会固定资产投资中，国有经济固定资产投资全国平均比例为30％。粤、浙、苏、鲁 4 个发达省平均为 20.2％，中部地区平均为 33％，西部 12 个落后省（区）平均为 39.1％，贵州高达45％，比全国、东部地区、中部地区、西部地区分别高 15％、24.8％、12％、5.9％。[①] 这些数据表明，在全国总体水平上，东部发达地区甚至中部地区，社会经济投资活动的主体已不是国家政府，而是非国有、非政府，市场的资源配置主导地位已经不同程度地形成。而在贵州，政府依然是社会主要经济活动的主导性、主体性力量，政府在资源配置活动中仍然起着支配性作用，社会经济基础仍然是以国有经济为主。

"国有政府"必然是庞大与冗杂的，改革创新涉及的面更大，人更多。因此，在"国有政府"中进行改革创新，需要付出更大的成本、代价与决心，需要更强有力的力量来推动，政府改革创新的难度大大增加。

四、政府创新奖励力度不够，抑制了创新积极性的发挥

调查时，贵州省发改委、省政府政策研究室相关领导均告诉笔者，贵州省对政府创新的奖励力度不够，极大地抑制了政府创新的积极性。具体表现在以下三个方面：一是没有设置省级、市级的地方政府创新奖。目前，对地方政府创新官方认可较高的奖励就是全国的"地方政府创新奖"，然而，这一奖项两年才评一次，一次才 10 个名额，让贵州同全国其他经济发达地方同等参与竞争，显然没有优势。二是政府创新没有专项资金，以致对创新中涌现的典型事件与个人只能进行口头奖励，没有物质奖励。三是公务员的考核评价体系不健全。从近

---

① 参见《中国统计年鉴》（2007）。

几年地方政府对公务员管理的实践来看，加强对公务员队伍的管理主要集中在严格录用标准和程序、强化对公务员的平时考核和年终考核等方面，部分县在如何激发具有创新精神的公务员的工作热情、调动工作积极性和创造性上做得还很不够，年终考核时对"创新能力"的考核比重较低。

五、创新人才短缺，制约了政府创新能力的培养与发挥

人才是第一资源，是政府创新的主体与保证。由于贵州经济社会发展的严重不平衡和巨大的区域差异，贵州创新人才一直处于短缺状态。突出表现在以下五个方面：

第一，人才需求量大。据贵州省人事厅 2003—2005 年人才需求统计显示，3 年共需求各类专业技术人才近 20 万人，这还不包括对科技人员需求量大的非公有制经济单位与大部分国有企业。全省机关事业单位与部分国有企业 2003—2005 年对博士的需求数为 3000 人，对硕士的需求数为 1 万人，而每年实际引进的人才远远低于这个数。①

第二，人才流失现象严重。据深圳市提供的数据，这些年流入该市年纪轻、职称与学历高的人才中，仅贵州省就有 15 万人，并且相当数量的人属中高级人才。2002 年全省机关、事业单位人才交流总数为 551 人，其中就有 124 人交流出省。②

第三，优秀本科生、研究生回省与留省的比率逐年下降。贵州省优秀高中毕业生考到外省后回来工作的比例在逐年下

---

① 参见胡晓登：《精神生产面向与研究焦点选择——贵州"三点"问题深度关注》，418 页，北京，中国方正出版社，2007。

② 参见胡晓登：《锤炼竞争力——社会科学选题·设计·研究的实证分析》，133～134 页，北京，光明日报出版社，2007。

降，从 2000 年的 57％下降到 2006 年的 30％；另外，在贵州读研究生的省外学生也大多离开贵州。

第四，贵州省人才素质总体偏低。2000 年，贵州县级以上政府部门新增科研机构人员 203 人，其中博士 0 人，研究生 1 人，本科 124 人，其余皆为专科及以下学历。[①] 2006 年，贵州大专文化程度以上的人口占总人口比例为 0.25％，而同期西部及全国的比例分别为 4.43％、5.84％，约是贵州的 18 倍与 23 倍；不仅如此，2006 年贵州大专以上人口占西部及全国大专以上人口的比重分别为 6.38％与 1.24％，这两个数字远远低于同期 10.4％与 3％的总人口比重。[②]

第五，"两高"人才（高学历人才和高级专业技术人才）总量少，与外省区差距大。贵州领军人才缺乏，2003 年，全省每万人口仅有高学历人才 0.58 人、高级专业技术人才 4.6 人。"两院院士"虽实现"零"的突破，但凤毛麟角，在国内具有一定影响力的领军人才和各领域的高级专家十分缺乏。与外省相比，江苏省每万人口有高学历人才 4.6 人、高级专业技术人才 17.6 人，分别是贵州的 7.9 倍与 3.8 倍；重庆市每万人口有高学历人才 5.2 人、高级专业技术人才 7 人，分别是贵州的 9.0 倍与 1.5 倍。[③]

可见，贵州人才短缺十分严重，已成为制约贵州推进政府创新的瓶颈。因此，对贵州推进政府创新而言，发现人才、留住人才、引进人才、重视人才就显得尤为重要。

---

① 参见胡晓登：《锤炼竞争力——社会科学选题·设计·研究的实证分析》，132 页，北京，光明日报出版社，2007。

② 参见《中国统计年鉴》（2007）。

③ 参见《中国统计年鉴》（2004）。

六、少数民族地区经济基础薄弱，思想保守，生产方式落后，堵塞了创新的思路与通道

贵州省是一个多民族省份，据第五次全国人口普查公报，全省总人口 3755 万人，有 48 个民族成分。省内有 3 个自治州、11 个自治县、253 个民族乡，自治地区面积占全省面积的 55.4%，少数民族人口 1333.9 万人，占全省总人口的 37.85%。其中人口超过 10 万的有苗族、布依族、侗族、土家族、彝族、仡佬族、水族、回族、白族。其中苗族、布依族、侗族、仡佬族、水族等少数民族在贵州分布较集中，全省苗族人口占全国苗族总人口的 49.8%，布依族人口占全国布依族总人口的 97.3%，侗族人口占全国侗族总人口的 55.7%，仡佬族人口占全国仡佬族总人口的 98.2%，水族人口占全国水族总人口的 93.2%。贵州少数民族成分居全国第五位，少数民族人口居全国第三位。[①]

由于历史与现实的原因，贵州少数民族在经济水平、生产方式、信息传递形式等方面都比较滞后，加之人口比例较大，是影响政府创新的重要因素之一。

第一，贵州少数民族地区总体处于人口多、经济总量小、贫困面积大、经济实力弱、经济发展后劲不足的状况，与全省、全国的发展存在着明显的差距。

2003 年，民族地区生产总值 404 亿元，占全省总量的 30.05%，人均 2628 元，仅为全省、全国人均水平的 73% 和 29%；财政总收入 40.9 亿元，占全省总收入的 17.4%（其中地方财政收入 22.61 亿元，占全省 18.15%），人均 258 元，占

---

① 参见庄万禄、来仪：《民族地区教育现状与对策研究——以云南、贵州、四川三省为例》，载《西南民族学院学报》（哲学社会版），2002（5）。

全省、全国人均水平的 42% 和 15.3%；城乡居民人均储蓄余额 1221 元，仅占全省、全国人均水平的 51.7% 和 15.1%；社会消费品零售总额 109.74 亿元，占全省总额的 23.9%，人均 714 元，仅为全省、全国人均水平的 58.1% 和 19.9%。从城乡居民人均收入水平看，黔西南、黔东南、黔南 3 自治州州府所在地城市（兴义市、凯里市、都匀市）的城镇居民人均可支配收入分别为 6373 元、6552 元和 6142 元，为全国人均水平的 75.2%、77.3% 和 72.5%，分别是贵阳市人均水平的 79.8%、81.7% 和 76.9%；农民人均纯收入三州分别为 1541 元、1450 元、1499 元，仅为全国人均水平的 58% 上下。在全省 50 个扶贫开发重点县中，民族自治地方就有 36 个，就是说，全省近 3/4 的扶贫县分布在民族自治地方。2004 年，全省民族地区人均生产总值 2934 元，只相当于全省平均水平的 69.6%；人均地方财政收入 164 元，只相当于全省平均水平的 42.8%，农民人均纯收入 1604 元，比全省平均水平低 118 元。目前全省还没有解决温饱的人口和低收入人口（人均年收入低于 675 元）半数以上分布在民族地区。由上分析看出，省内民族地区的发展总体上则处于初级阶段的最低层次。[①]

　　第二，少数民族农村传统落后的生产方式。

　　千百年来，生息在贵州的少数民族农民一直以土地为基础、以粮食为中心、以家庭小农生产方式与自然打交道，主要靠平面垦殖维系自身的繁衍。这一生产方式以其自身固有的运行机制，以日益加速之势，使垦殖规模不断扩大，自然环境不断破坏，人口不断膨胀。直至它自身能达到的农耕文明的巅峰。随后，待到宜耕地垦尽又无新的生存出路取而代之时，就

---

　　① 参见陈诗军、朱满德、罗敏、曹明华：《贵州民族地区经济发展试析》，载《贵州民族研究》，2006（3）。

不得不被迫向陡坡进军，从而进入较长时期以来的经济、生态、人口再生产之间相互关系的恶性循环，以至于经济、社会转型跃迁严重受阻，矛盾重重，进退维谷，难以自拔。

第三，少数民族农村信息传递方式单一，主要是人际传播。

近几年，大众传播已给社会生活带来了翻天覆地的变化，人们足不出户就可知"天下事"、识"天下人"，贵州少数民族地区的信息传播方式也受到了极大的影响。但由于农民的知识文化水平极低，传统生产方式又增加了大量的劳作时间以致身体疲惫不堪，再加上有些地方语言不通等因素，贵州少数民族农民的信息传递方式仍然是以人际传播为主，知识信息面相当窄。

七、地理位置的特殊性，阻碍了先进创新思想的导入

贵州是东亚喀斯特地形发育的中心，是我国喀斯特碳酸岩连片出露最集中的地区。全省 73％的国土面积属碳酸岩发育出露区，地表沉积岩盖层总厚度的 70％是碳酸岩；95％的县市有喀斯特分布，98％的城镇和工矿区人口、95％的农村人口、93％的耕地都分布在喀斯特地形发育区；94％的粮食产量和99％的工农业总产值也出自喀斯特地区。由于长期毁林开荒，全省森林覆盖率由新中国成立初期的 40％左右，下降到 20 世纪末期的 14.8％；水土流失面积已由 20 世纪 60 年代的 3.5 万平方公里增加到现在的 7.6 万平方公里，占土地总面积的43％。每年土壤侵蚀量达到 2.9 亿吨，平均侵蚀模数达 1600吨/平方公里。石漠化面积已经达到 2.2 万平方公里，占全省土地总面积的 13％，并且还在以每年 0.51％即 900 平方公里的速度扩大。即使在治理较好的普定县，每年的石化面积也扩大

5.53 平方公里，即石化率也达到 4.73%。据统计，贵州省石质荒漠化面积还在以每年 933 平方公里的速度增加。有专家预测，照此速度退化下去，再过 50 年，土地资源极为匮乏的贵州省将无地可耕！①

省内多处高山峡谷地带，相当一部分地区岩溶十分发育，除极为有限的谷地和盆地外，大多为旱地且坡陡水远，土层浅薄，产出力很低，农业生产十分困难。正如书中所写：西南地区，"绝不是东北平原那种一望无际的黑土地，也不是江南水乡那种肥墩墩的小土坡，更不是西北绿洲上香脆的沙泥土，而是喀斯特地形中的洼地和石缝地，跟桂林象鼻山山脊上那一窝窝集土一般模样，却又没有那一窝窝集土近水。这里的一块土地，小到只能种一棵玉米，雨水好的年景，地里的庄稼能有收成，无雨或多雨的年头，庄稼就得干死或涝死。就是这样的土地，上帝也不多给一些。"② 这正是以贵州为代表的西南喀斯特山区大多数耕地资源的典型写照。而且，这些极为匮乏有限的土地质量又极差，与江河流域富饶的稻田不能相比。地形是以山地为主，丘陵次之，平坝极少。因为山多平坝少，整个山区的耕地（包括旱地及梯田）的绝大部分都分布在山坡上。不少地方的垦荒已到山顶，甚至在那些连耕牛都不能上、人亦很难立足的陡峭石旮旯也要种上几棵玉米。这些陡坡耕地，在风调雨顺的年头还能多少有些收获，而在灾年特别是一遇干旱，哪怕持续时间很短，往往就得一个"种去种不回"（即连种子都不能收回）的结果。同时，由于耕地中坡耕地的比例很高，水

---

① 参见胡晓登：《道德的竞争力——加入 WTO 与贵州政府道德建设》，187 页，北京，中央文献出版社，2007。

② 转引自胡晓登：《道德的竞争力——加入 WTO 与贵州政府道德建设》，186 页，北京，中央文献出版社，2007。

土流失严重，所以土地耕层越来越浅薄，理化性质越来越差，导致耕地的地力迅速下降；有的地域，本来表土层就只有1030厘米，经过近几十年来的过伐、过垦及掠夺式粗放经营，表层活土层已经损失殆尽。土地缺乏，在人口和粮食压力下，该区域人地矛盾特别激化，毁林开荒成为缓解粮食长期危机的主要出路。严重的毁林开荒和过度砍伐，已经使喀斯特原始森林损失殆尽。森林覆盖率急剧下降，喀斯特原始森林损失殆尽。

封闭隔绝的地理地形，极其不便的交通条件，信息沟通的稀少，出门是山，抬头是山，山外还是山的生存环境的潜移默化，几百上千年下来，不可避免地使人封闭、保守，难以接受新的事物，长此以往，必将阻碍先进创新思想的导入。

八、传统行政文化对转型期贵州政府创新的制约

行政文化是一种管理哲学，是一种群体性文化，它为行政管理活动提供世界观和方法论，是行政理想、价值取向、道德规范和思维方式等思想要素的凝聚，居于行政体系的深层结构。行政文化通过行政人员的行政理念、价值观、行政理想、行政道德等因素，影响着行政组织的目标性质、顺序和结构；通过历史条件、地理环境、民族特性，文化心理、文化传统、社会制度、政治状况、经济水平等因素作用于行政体制；通过行政意识、行政思想、行政习惯等影响行政行为。因此，行政文化被誉为行政管理之魂，可见其在政府管理中的重要性。中国传统行政文化以封闭停滞的小农经济为根基，以封建官僚为载体，以儒家文化为核心，其基本特征是政治与行政一体化，行政伦理道德化，行政人格化和权威化。[①] 这种行政文化的影

---

① 参见沈亚平、王强：《社会转型与行政发展》，天津，南开大学出版社，2005。

响极为深远，行政人员官本位、权威主义、义务本位主义观念盛行，行政管理活动重权威而轻民主，重礼治、德治和人治而轻法治，追求等级而不尚平等，重形式而轻效率，行政人员守旧而不思进取等现象正是中国传统行政文化的典型表现。在转型时期，传统行政文化积淀仍然极大地影响着贵州政府的行政管理体制改革，其影响力不可能即刻消除。贵州政府要彻底克服传统行政文化的惯性制约，塑造适合市场经济的行政文化需要一个过程。由于"行政体制的改革，不仅仅是行政管理方式、组织结构及管理方法的变革，还涉及行政价值观念的交替与更新，它既是对传统行政文化的冲击与挑战，又是现代行政文化的呼喊与培育。"[1] 因此，在正在成长的现代行政文化因素与强大的传统行政文化的共同作用下，贵州政府创新的步伐越来越沉重。

---

[1]　刘怡昌等主编：《中国行政科学发展》，北京，中国人事出版社，1996。

第六章 贵州政府创新的路径选择

树立和落实科学发展观，坚持以人为本，全面、协调、可持续发展，是中央领导集体以邓小平理论和"三个代表"重要思想为指导，从新世纪新阶段党和国家面临的新形势新任务出发而提出的重大战略思想，也是推进政府创新的根本指针。贵州政府要牢固树立以人为本、立党为公、执政为民的执政理念，按照"权为民所用、情为民所系、利为民所谋"的要求，树立正确的政绩观，把科学发展观的总体思想与政府创新的具体实践有机结合起来，为经济社会协调发展提供服务。通过政府创新，实现政府职能向创造良好发展环境、提供优质公共服务、维护社会公平正义的根本转变，实现政府组织机构及人员编制向科学化、规范化、法制化的根本转变，实现行政运行机制和政府管理方式向规范有序、公开透明、便民高效的根本转变，建设人民满意的政府。

第一节 转变政府管理模式与政府官员的观念

一、转变政府管理模式

贵州政府必须树立竞争、效率、以人为本的协调发展理念，从以下四个方面实现政府管理模式的转变：

第一，由管制型政府向服务型政府转变。由计划经济条件下的管制型政府向市场经济条件下的服务型政府转变，是近年来贵州政府在深化行政体制改革中确定的一个目标选择，同时这也是政府管理模式创新的根本所在。服务型政府要求政府公共部门与社会公众之间由治理者与被治理者之间的关系变为公共服务的提供者与消费者、顾客之间的关系。社会公众成了政府服务的对象，是公共服务的消费者和顾客，从而使根据社会公众的需要提供公共服务成了政府公共行政的应有之义。

第二，由全能型政府向有限型政府转变。在计划经济体制下，高度集权的政府管理形态不仅极大地压制了非政府力量参与经济和社会事务的管理，而且导致政府职能庞杂、机构臃肿、成本高昂、效率低下，存在很多管理盲区，容易诱发行政权力腐败。政府管理中长期存在的越位、缺位和错位现象，根本原因就在于此。向有限型政府转变，要求贵州政府职能重点放在维护市场秩序和创造有效率的市场环境上，具体而言主要是三个方面：制定市场规则，维护市场秩序，创造平等竞争的环境；依靠经济和法律手段，保证经济总量关系的基本平衡，优化与提升经济结构，提升社会就业水平；组织公共产品生产，发展公共事业，提供公共服务，建立公共保障。

第三，由权力型政府向责任型政府转变。在计划经济时期权力高度集中的行政体制下，政府权力与责任严重脱节和失衡，强调权力配置而忽视追究责任，重视权力行使而忽视承担责任。权力和责任的不对等造成严重的集权主义、官僚主义和形式主义，政府权力渗透到经济社会的每一个领域，而且由于缺乏有效的监督制约机制，造成权力的滥用和行政资源的浪费。随着市场经济的发展和民主化进程的推进，计划经济的直接命令式的管理显然不能适应市场经济发展需要，把政府活动和行为规范到现代市场经济和现代民主法治的范围之内成为时代发展的必然要求。为此，贵州政府必须建立责任制，使其各就其位，各负其责，各尽其职。大力推行政务公开，增强政府管理的透明度，把行政行为放在公众的监督之下，使公共权力不仅在权力制约机制内得到监督，而且必须接受整个社会的普遍监督和普遍制约。

第四，由人治型政府向法治型政府转变。贵州要建设法治政府就要确立法律的至上地位，将法律所确定的秩序关系引入私人领域和政府领域。在日常交往中自觉将政府行为纳入WTO规则的轨道，自觉按规则行事。同时，按法制化的要求，贵州政府必须调整行为理念和行为模式，在遵守和履行世贸组织法的规则和义务时，推进政府自身法制化的进程。

二、转变政府官员的观念，增强政府创新的意识

在政府创新中，地方政府的行为选择不仅取决于其成本—收益核算，很大程度上还取决于地方政府领导人对创新的理解重视程度和对整个政治环境的把握。"在现有的任命体制下，在中国的地方层次上，许多地方的发展状态与领导本人有着直接的关系，他们的主观能动性是推动制度创新最明显的力量。"[①] 因而，必须转变贵州政府官员的观念，增强政府创新的意识。首先，贵州政府官员应抛弃"官本位"的思想与小的自满思想，变"应对型"创新为"主动型"创新。"应对型"创新是为了解决当前矛盾较为突出的问题，而"主动创"创新的关键在于贵州政府要客观深入地了解地方政府行政体制以及当

---

① 金太军、袁建军：《地方政府创新博弈分析》，见中山大学行政管理研究中心网站，2006年10月25日，http://cpac.sysu.edu.cn/xszy/gnxrwk/jtj/34002.htm.

时国际国内局势，把握行政体制矛盾的症结，在广泛听取意见及充分论证的基础上，提出科学、系统的创新方案。其次，贵州政府官员应充分认识到全面提高政府工作效率、降低行政成本是贵州政府创新的直接目的，增进西部社会总福利是根本目的，他们的创新并不是个人行为，不仅针对政府自身，更重要的在于服务社会公众。因此，应积极倡导创新，鼓励创新，推动创新。

第二节　积极稳步推进贵州政府
自身改革

与经济体制改与社会发展的客观需要相比，贵州政府自身的改革还显得滞后，政府越位、缺位和错位的现象仍大量存在。因此，需要大力推进政府自身改革：

一、积极推进地方政府机构改革

贵州应按照精简、统一、效能的原则和决策、执行、监督相协调的要求，继续推进政府机构改革，理顺省、市、县政府的职责权限，实现社会管理重心下移，探索社区管理的新方式。根据各层级政府的职责重点，合理调整地方政府机构设置，加强地区经济调节和市场监管部门，调整完善社会管理和公共服务部门。地方政府机构职能调整和机构设置与上级政府有关部门基本对应，同时结合本地实际，有的机构设置不搞"一刀切"，也不求上下完全对口。合理划分和界定各级各部门的事权和职责分工，理顺职能分工，实现政府职能、机构、编制的法定化。调整和完善垂直管理体制，深化乡镇机构改革，进一步理顺和明确权责关系。当前和今后一段时期，贵州政府还要紧紧围绕大部制机构改革方向，合理调整政府组织结构和部门职责权限，改变管理方式和运行机制。

二、转变政府职能

"国有政府"让贵州政事不分、政企不分的现象日益增多，甚至出现大量的政府直接干预国有企事业单位的生产经营活动和具体业务的行为。要遏制并最终解决这些矛盾，为政府创新开辟一条顺利的道路，就必须以转变政府职能为核心，加快推进政府行政管理体制改革。结合贵州的实际，政府职能必须进行以下转变：

第一，从"国有政府"向"公共政府"转变。贵州政府职能转变的首要目标是实现政府的"国有"性质向"公共"性质的历史性变迁，形成一个面向各种类型的经济主体、面向全社会提供公共产品的现代意义上的"公共政府"，政府的主要职能是提供公共产品，并以维持社会秩序、社会保障、促进就业、保护环境等作为行政目标。

第二，从经济职能向社会职能转变。在贵州，政府依然是社会经济活动的主导性力量，在资源配置中仍然起着支配性作用。应突破政府作为社会经济活动主体的职能框架，逐步过渡到政府对宏观经济的调控、社会事务与公共事务的管理，让政府职能从企业中、一般竞争性领域中退出来。只有政府职能更多地转向宏观调控、市场监管和提供公共产品，贵州政府的"国有程度"才会大大降低，政府创新受到的干预与阻力才会更小，政府创新的难度才会降低。

第三，从控制型向调控型转变。政府职能的又一目标是弱化直接经营、强化宏观调控；弱化计划、强化规划；弱化管理、强化监管职能，让政府职能从控制型向调控型转变。

三、政府权力退出市场，实现政府创新的范式转换

在考察转型期中国地方政府的制度创新时可以发现，地方政府经常直接参与本地企业的经营活动，代行了市场的职能。这种创新有其客观必然性，因为在市场不健全的情况下，难以诱发微观主体的制度创新，或者即使微观主体有创新的需求和动机，在中央制度进入壁垒的约束下也难以实现创新的愿望，从而使地方政府充当了制度创新的主角，弥补了市场和企业的不足，但其弊端也伴随而生。一方面，地方政府过多地干预市场，出现了制度供给过剩；另一方面，在公共产品的问题上却出现了制度供给不足。要走出这一困境，就要实现制度创新范式的转换：从代替市场到退出市场，即凡是市场能调节的领域交由市场去调节，由市场主体根据需求自主实施制度创新，政府则主要作为市场秩序的维护者而发挥作用。

在退出市场方面。相比较而言，贵州经济发展严重滞后，市场经济体制尚处于发育的初级阶段。这样，贵州应着力通过加快经济体制改革、建立和培育市场、催育社会中介组织等方式促进市场经济体系的建立，才能为机构改革奠定相应的经济体制前提条件，才能在不断推动的市场化改革和发展的基础上实现全国机构改革的总体目标。政府职能的转变是一个关键核心。而要实现这一转变，则需要有完善的市场环境。在落后地区，市场体系尚处于初期阶段，市场主体到位程度低、步子慢等一系列基础性缺陷。从总体上比较，比全国平均水平和发达地区滞后 5—10 年。政府该做的主要事情是要按市场经济要求，大力建设完备的、发达的市场，如商品市场、技术市场、金融市场、信息市场、人才市场、房地产市场，大力促进社会

中介组织的形成，建立社会保障体系等。

为实现政府创新范式的转换，贵州政府主要应在以下几方面有所创新：一是收缩公有经济的市场战线。今后在一般竞争性行业里，不再搞公有企业。对原有一般竞争性行业中的公有企业要改造成非公有企业，包括改造成混合所有制企业。这是解决地方保护主义问题的一个根本方法。只有斩断了地方政府与企业的资产隶属关系，才能从根本上解决无效扩张的现象。道理很简单，没有哪一个私人资产所有者会允许企业的无效扩张的。二是明确政府职能的合理边界。有关政府职能的边界问题，总的来说，它应限于市场失灵和维护秩序领域。类似于企业投资和经营等微观领域的事务，应交由市场去调节。"哪一个国家，哪一个地方，政府在处理企业问题上花的精力越多，企业在处理与政府关系上花的精力越多，这个国家就越落后。"三是放松管制。目前，放松管制的重点是对传统的行政审批制度进行改革。改革的重点是减少审批的事项和明确政府审批的范围。衡量的尺度主要包括以下方面：一是市场尺度，即凡是市场能调节的，政府就不要设立审批去干预；二是经济尺度，主要考察审批的收益与成本是否对称；三是技术尺度，即从技术能力方面看行政审批能不能把审批的事务管住。

四、全面推进依法行政，严格规范行政行为

坚持有法必依、执法必严、违法必究，是提高政府执行力和公信力的必然要求。贵州政府要深入贯彻实施《行政许可法》和国务院《全面推进依法行政实施纲要》，切实做好政府立法、行政执法和执法监督三个方面的工作。加强对行政规范性文件的备案审查，规范政府抽象行政行为。进一步明确行政执法权限，依法梳理各执法部门的"权力清单"，界定执法职

责,明确执法主体,规范执法程序,建立健全行政执法评议考核制,完善行政复议和行政赔偿制度,加快推进相对集中行政处罚权工作,加大综合执法改革试点工作力度,坚决克服多头执法、执法不公,甚至执法违法等问题。坚持科学民主依法决策,健全重大事项集体决策、专家咨询、社会公示与听证、决策评估等制度,建立健全决策反馈纠偏机制和决策责任追究制度。

五、始终坚持勤政为民,大力加强廉政建设

贵州政府要以勤政造福于民,让人民满意;以廉政取信于民,让党和人民放心。要按照奖优、治庸、罚劣的原则,加快建立科学合理的政府绩效评估办法和指标体系,积极开展政府绩效评估试点工作,充分发挥绩效评估的导向作用和激励约束作用。广大公务员要切实加强学习,不断提高自身综合素质和贯彻落实科学发展观的能力。要坚持艰苦奋斗,勤俭节约办一切事业,努力节约行政成本,做到少花钱、多办事、办好事。认真贯彻落实中央制定的《党政机关国内公务接待管理规定》,规范公务接待行为,加强对公务接待费用的预算管理,杜绝铺张浪费。要深入开展反腐倡廉,加快建立健全教育、制度、监督并重的惩治和预防腐败体系。切实加强对政府工作人员的廉政教育。进一步落实和完善工程招投标、经营性土地使用权出让、探矿权采矿权出让和转让、政府采购和产权交易制度,以及干部轮岗交流制度、领导干部经济责任审计制度,从源头上治理腐败。切实加强对掌控权力的岗位和人员的监督约束,将权力运行的每一个部位、每一个环节都置于有效的监督之下。各级政府在自觉接受外部监督的同时,要进一步强化监察、审计等政府内部的专门监督。要以人民群众关心的事项和容易滋

生腐败的领域为重点，在进一步完善各级政府和政府各部门政务公开的同时，在学校、医院和供水、供电、供气、环保、公交等与群众利益密切相关的公共部门和单位全面推行办事公开制度。

第三节 加大政府创新的配套制度建设

一、发展地方经济，夯实政府创新的经济基础

贵州经济发展滞后、财政收入微薄，这是不争的事实，而经济落后所带来的政府创新资金短缺、经济基础薄弱又成为了摆在人们面前的一道难题。如何解决，自我发展地方经济当然是首选。贵州是"三不沿"（不沿边、不沿海、不沿江）地区之一，加上薄弱的经济基础、低下的经贸水平以及落后的发展思维及其运作模式，贵州经济社会难以实现跨越式发展，更没法与周边省区进行横向比较。而坐拥中国能源资源、矿产资源、生物资源、旅游资源、气候资源、中药资源大省之一的得天独厚的自然优势，又是贵州经济社会发展的巨大的、足以让周边省区无法相比的后发优势条件。因此，在发展经济的过程中，贵州必须立足本地，充分利用自身的资源条件，变劣势为优势，加强与周边省份及发达地区的合作与交流，实现经济的跨越式发展。只有经济总量上去了，经济发展水平提高了，政府创新的经济基础才会进一步增强，政府创新的投入才会进一步增加；也只有这样，贵州政府才能逐步从烦琐的经济日常事务中解脱出来，更多地关注行政管理体制改革，推进与重视政府创新。

二、创造宽松的环境，鼓励地方政府主动创新

如前所述，创新是一个民族进步的灵魂，是一个国家兴旺发达的不竭动力。社会只有在不断地打破条条框框的创新中才能得到发展。政府创新本身存在着双重风险：突破现行体制而带来的政治风险；政府创新失败带来的风险。而创新暗含的对现行体制的突破必将在不同程度上"侵犯"某些既得利益层，从而进一步增加创新的风险。从现实情况看，旧体制、旧规则下政府工作效率极低，公众强烈不满，同时部分地方政府官员又竭力维系自身特殊的利益要求。这些错综复杂且相互冲突的因素使地方政府陷入进退两难的困境。为此就迫切需要形成一个有利于地方政府创新的良好环境，给创新者以人力、物力、财力、信息和政策的保证，形成足够强大的激励力量，激发人们的创新积极性。同时，也尽可能补偿地方政府为创新所付出的代价，降低地方为创新所承担的风险，支持敢冒风险的创新者，奖励为社会做出重大贡献的创新者。

为了激励更多的主动创新行为，激发公务员创新的积极性，掀起创新热潮，贵州省应结合自身实际，做好以下几点：第一，改善政治环境，减少因突破旧体制带来的政治风险；第二，加强政府创新意识宣传，改变因循守旧观念，营造创新氛围；第三，引入道德调节机制，增强选择性激励作用。通过培养领导人的创新道德意识、赋予锐意创新者较高的道德地位等手段，增加创新收益预期，提高地方政府领导的创新积极性。第四，设立"省、市政府创新"奖与"杰出创新人才"奖。该奖每年评选一次，县以上（含县）的每一级地方政府都应设置，层层上报，即有县、市、省三级奖，对获奖的地方政府与个人要发给荣誉证书与奖金，年终考核时适当加分。同时，把

奖励与职务晋升结合起来，为获奖的单位与个人提供更多、更大的职务晋升空间。第五，在公务员年终考核中加大对"创新"的考核力度。

三、加快政务公开建设，为政府创新提供信息保证

在信息化时代，通过现代信息技术促进政府自身改革和建设，提高政府的管理和服务能力，已成为政府管理创新的重要手段。省委书记石宗源在贵州省第十次党代会的报告中明确要求要推进政务公开、厂务公开和村务公开，提高公共行为的公正性和透明度。那么，贵州省应如何做到政务公开呢？一是要普遍加速政府内网建设，大力推进网上办公。核心政务如公文、信息、档案、督查、值班等，必须尽快实现信息化和网络化。二是制订政府信息公开的标准，将政府职能、机构设置、办事程序、办事指南、法律法规等一些可以而且应该公开的信息在政府网站上发布，以便民利民。三是积极开展网上办公，逐步开展网上申报、审批、注册、年检、采购、配额、招标、纳税、招商、投诉、举报等服务，实现政府管理的透明化与公开化。四是建立便民服务超市，尽量减少审批环节，提高行政效率。

要加快电子政务建设。在信息化时代，通过现代信息技术促进政府自身改革和建设，提高政府的管理和服务能力，已成为政府管理创新的重要手段。我国的电子政务建设应以为公众服务为导向，强化互动和服务功能，提高应用水平，扩大政务公开的范围和内容，探索网上办事、网上服务、网上监督的有效方法。

四、建立科学的绩效评估体系，正确引导政府创新

鼓励创新与规范创新必须齐头并进。地方政府在巨大利益诱惑面前难免做出有悖于创新本意的"创新"行为，这些创新行为的结果将是少数人获益、多数人利益受损，社会总体福利降低。因而地方政府创新行为必须得到规范和引导，并使偏差行为得到及时纠正。上级政府对下级政府的考核与奖惩是上级政府影响下级政府在创新行为中策略选择的重要手段之一，其作用在于改变地方政府对创新成本和收益的预期，从而达到诱导和规范创新的目的。时下热门的政府绩效评估正是"兼具激励与约束双重功能"。俞可平指出，评价政府效益的主要标准是其公共服务和公共产品的质量，是公民对其产品和服务的满意程度。政府创新的切入点是民众参与到政府的绩效评估中去，由民众来制定政府的考核指标体系，并由民众来评价打分。因此，贵州省要必须以科学发展观为指导，逐步建立符合实际的绩效评估指标体系。具体表现在：第一，实行以结果为导向的目标绩效管理，如预算绩效管理、公共服务绩效管理、政府运行成本的节约管理，等等。第二，改进评估方法，实行内部评估与外部评估相结合，通过政务公开的平台和手段，进行公众测评、网上评议、专家评议，评估结果要与行政效能监督结合起来，与干部使用、评优、奖惩挂钩，实现目标、绩效、奖惩之间互动；制定相关政策法规，推进政府绩效管理评估的制度化和法制化。第三，建立多元的评估主体结构、客观公正的评估程序、透明的评估过程以及开放的绩效评估报告，学习发达地区的经验，发展民间评估机构，包括独立的民意调查机构、大学科研机构和媒体以及不同利益群体组成的独立评估委员会等。第四，高度重视公众在绩效评估中的作用与力

量。因为公众是地方政府创新增进社会总福利目标实现的现实感知者和最终评判者，是检验地方政府创新真伪及成功与否的最可靠力量。缺乏公众参与、激励与监督的地方政府创新绩效评估必定是不完整的、不科学的。第五，对本研究而言也是最重要的，完善绩效评估指标，加大对政府创新能力及领导干部创新水平的考核力度，进一步提高考核机制的客观公正性，保证地方政府创新的积极性。

五、引入竞争机制，打破行政性垄断，为政府创新提供动力

当前，行政性垄断行为对我国的政治、经济和社会生活具有巨大的危害性。一方面，行政垄断在政治上败坏了我国一些政府或其授权部门的名声；另一方面，行政垄断限制竞争，扭曲价值规律，严重破坏了我国经济生活中初步培育起来的市场机制，使社会资源不能按照效率原则进行合理和优化的配置，而且由于它们使"官商勾结"行为在推动价格上涨方面较一般经济垄断更加有恃无恐，对社会上的暴利行为和投机行为起到了推波助澜的作用，在一定程度上滋生了社会腐败并引起民怨。

贵州省要推进政府创新，必须引入竞争机制，打破行政性垄断，具体来说要做到以下几个方面：首先，政府部门与私营部门展开竞争，如公共服务的提供；其次，通过政府部门之间的竞争降低行政成本、提高行政效率，鼓励更多的创新行为；最后，政府应退出公共性不强、私人愿意进入的领域，指导私营部门之间进行合理、有序的竞争，为政府创新提供良好的市场环境。

第四节 大力提升贵州政府
创新的能力

一、加强人才队伍建设，强化创新型人才的开发和使用

贵州政府创新关键在人才，特别是高素质的公务员和高层次的专业人才。为了加强人才队伍建设，贵州必须做到以下几点：第一，加大干部的交流力度，通过调动任职、挂职锻炼、对口支援等多种方式，每年选派相当数量和相应级别的干部到贵州县级以上领导班子中工作，适当延长贵州县级以上干部到东部地区、中央和国家机关单位挂职锻炼期限。第二，逐步完善艰苦边远地区津贴制度。建立科技、教育、卫生、文化等专业人才定期到贵州农村支援工作的制度。第三，加快研究制定有利于贵州留住人才、吸引人才、用好人才的政策措施，鼓励各类人才及大中专毕业生到贵州发展、创业。第四，以就业和再就业为导向，依托贵州现有职业教育培训资源，充分利用东部地区职业教育资源，加强贵州各类适用人才和劳务输出人员的职业技能培训和创业培训，加强少数民族干部和人才培养。只有通过创新人才队伍建设，突破人才发展的障碍，充分发挥人才的潜力，才能从根本上提高贵州政府创新的能力，降低政府创新的成本，提高政府创新的质量与效率。

由于政府创新是通过政府官员的改革行为得以实现的，因而，其直接动力就是政府官员的责任心和进取心。正是从这个意义上说，选拔和培养一批具有改革精神和公共责任感的高素质官员队伍是政府创新的基本条件。因此，贵州政府要致力于培养地方政府管理者尤其是政治领导人的创新思维和能力，发

111

挥其政治远见和管理经验优势，推动地方政府创新实践。

二、积极扩大公民参与政府创新的过程

虽说政府创新是通过政府官员的改革行为得以实现，其直接动力是政府官员的责任心和进取心，然而从根本上说，政府创新的动力来源于活生生的社会实践。这种社会实践往往以信息的形式通过政府组织机构进入政府系统，而强大的政府创新能力需要有能迅速而全面汇集相关信息、拥有一套正式规定和持续运转的组织安排。正因为此，政府部门职能不同，接收公众信息的程度和流量不同，部门创新的动力不同，最终政府创新能力培育与提升的机会也不同。政府部门工作与公众生活相关性越强，相互间交流与沟通频率越高，相互间制约程度就越深。政府部门与公众互动性的增多，在扩大公民参与的同时，给政府部门行政无形中增添了压力，也为政府创新提供了动力源。因此，贵州政府要积极扩大公民参与政府创新的范围与渠道，加强与公民的对话，通过与不同利益、政策观点的公民进行讨论和协商谈判，获取群体智慧，增强共识感和责任感，实现公共利益。同时，加强公民参与的制度化建设，使公民可以按一定的程序实际操作，并用法律的形式固定下来，使公民参与经常化、制度化。

三、加强合作，提升政府创新的质量

一般而言，政府创新过程中政府与社会生态圈的合作包括政府间合作（包括政府与上级政府、同级政府以及下级政府）、政府与企业合作（包括国有企业、私营企业以及外资企业等）、政府与专家学者之间的合作。这些创新主体间密切有效的联系

与合作，能够使创新资源在主体间高效流动，有利于降低创新风险，减少创新成本，加快创新速度，提高创新效益，增强创新能力。第一，从政府间的合作来看，在既定的中国政府体制及政治格局下，政府创新过程不仅需要政府部门内部的团结与协作，其合法性还必须得到上级政府的肯定，创新的执行则必须得到下级部门的认可。因此，上、下级政府是否能紧密合作，就成为制约政府创新能力的重要因素。第二，政府创新还必须获得这些企业的支持与配合。政府创新是对社会利益格局的调整，它必然要影响到市场领域活动中的主体。新的经济体和经济力量的不断出现和增长，势必要求改善其生存的传统社会环境，也就自然向政府提出创新的要求。这种经济与政治的交融关系，虽也掣肘着政府的创新行动，但更为政府与企业的合作提供了广阔的前景，深受大多数企业欢迎的政府创新必然能得以顺利开展。第三，专家学者是社会的精英分子，在其所研究的领域一般都有相当的造诣，有更敏锐的分析、判断能力，对特定的问题有独特的认识，比一般的民众站得高、看得远、想得透。政府创新必需的知识储备在其主体尚不完全具备时，专家学者就是一个良好的智力源、蓄能池。另一方面，知识分子有着较强的社会责任心，是社会的良知，对社会问题一般能持中立的态度，不偏不倚地进行探讨，从而能较为客观而深刻地把握问题本质，提出解决之道。

因此，贵州政府在推进制度创新与管理创新的过程中，必须充分认识到加强合作的重要性，要经常加强上、下级政府部门之间的联系，向先行改革地区取经，尽量少走弯路；在与企业的合作中，要考虑如何在互利的基础上规范地为社会提供公共产品和公共服务，扩大公共福利。另外，在政府创新的过程中，贵州还要强化专家、学者与政府之间的联合，进一步增强知识精英在政府创新中的作用，激发知识分子群体的参政议政意识。

第七章　改革开放三十年来行政管理体制改革的回顾与前瞻

改革开放以来，我国政府机构先后进行了六次改革，形成基本上五年一次周期性的、渐进式的改革路径。这六次改革的总体思路是适应经济体制和政治体制改革的要求，加快政府机构自身建设，但每次改革的侧重点有所不同。1982年政府机构改革侧重于精简机构、实行领导干部离退休制度。1988年、1993年政府机构改革侧重于转变政府职能、实行政企分开。1998年政府机构改革一方面精简机构，另一方面体现了制度创新，创立了国家局制度、稽查特派员制度，设立了公共服务机构。2003年政府机构改革进一步转变政府职能，力求建立公正透明、廉洁高效的政府体制。2008年政府机构改革以大部制改革为重点，强化政府宏观调控职能，建设服务型政府。纵观政府机构的改革历程，可以概括为主攻"一线"、突破"两点"的改革格局。"一线"是指以提高行政效率、提升政府服务水平为主线；"两点"是指以精简机构和人员为难点，以转变政府职能为重点。可以说，机构改革是行政管理体制改革的永久话题，反映了政府改革创新的历史轨迹。

第一节 贵州行政管理体制改革回顾

改革开放 30 年来, 贵州经济社会发展发生了翻天覆地的变化:

第一, 经济发展水平不断提高, 经济总量稳步上升。其中, 遵义市 2007 年实现生产总值 566.4 亿元, 比 30 年前增长 63 倍; 人均生产总值达 7574 元, 比 30 年前增长 45 倍。六盘水市 2007 年人均生产总值达 7574 元, 比 30 年前增长 45 倍; 生产总值达 300.55 亿元, 增长 73 倍; 人均生产总值 9844 元, 增长 45.8 倍。[①]

第二, 人民生活水平日益提高。一是人均可支配收入大大增加。2007 年, 六盘水市城镇居民人均可支配收入 11125 元, 是 1978 年的 35.7 倍; 农民人均纯收入 2348 元, 是 1978 年 78 元的 30.1 倍。遵义市城镇居民人均可支配收入 11340 元, 是 1978 年的 34.8 倍; 农民人均纯收入达到 2819 元, 是 1978 年的 19.5 倍。二是人民生活质量大幅度提高。以十几年前的奢侈品——电话与网络为例。30 年前, 电话用户 3.8 万户, 平均每百人 0.2 部电话。而截至 2008 年 11 月, 全省电话用户超过 1700 万户, 平均每百人 41.8 部电话, 分别增长了 310.6 倍、446.4 倍和 208 倍。互联网从无到现在的 83 万宽带用户, 与有统计的 2000 年相比, 8 年增长了 21.7 倍。[②]

第三, 社会保障事业突飞猛进。改革开放初期, 贵州社会救济资金年投入约 200 万余元、享受救济人数 20 万余人。截

---

① 参见《贵州省人民政府公报》, 2008 (5)。
② 同上。

至 2008 年年底，贵州社会救助资金投入总量年逾 20 亿元、覆盖 390 万余人。其中，城市低保投入 8 亿，保障人数达 54 万人，月人均补助 140.9 元；农村低保投入资金 13 亿，保障人数达 324.4 万人，人均补助水平 124.9 元；供养农村五保对象 11.9 万人；投入城乡医疗救助金 1.56 亿，443.14 万人受惠；累计救助流浪未成年人、城市生活无着流浪乞讨人员 12.2 万人次；农村敬老院由改革开放前的 70 所增加到 808 所，供养人数由 953 人增加到 7628 人。救助站由 14 个增加到 50 个。城乡贫困人口从社会救助体系建设中得到极大实惠，基本生活得到切实保障。[①]

第四，农村基层民主取得重大进展。全省自 1988 年、1989 年启动首届村居委会换届选举以来，已先后成功组织完成七届村居委会换届选举。从第五届开始探索推广不指定候选人的"海选"，选举质量逐届提升。陈龙应就是在第六届换届选举中通过"海选"当上了村主任。到第七届，选民平均参选率达 86.3%、最高达 99.5%，"海选"范围扩大到 3864 个村居，占贵州村居总数的 20.5%。[②] 村务公开、民主管理，广大城乡基层群众的民主选举、民主决策、民主管理、民主监督权利得到切实维护，极大地调动激发了人民群众当家作主的积极性。

贵州所取得的以上骄人成绩，离不开省委、省政府的正确领导，也离不开全省人民的共同努力与奋斗，更离不开行政管理体制改革的有效推进。行政管理体制改革在我国改革开放和现代化建设中居于重要的战略地位，它是全面深化改革开放的关键因素和重要环节。之所以把行政管理体制改革提到这样的高度，是因为各级政府拥有人民赋予的公共权力，掌握和控制着大量的公共

---

① 参见《贵州省人民政府公报》，2008（6）。
② 同上。

资源，处于国家和社会生活决策者、管理者的特殊地位，在经济社会发展进程中承担着无可替代的重要职责。不论是发展社会主义市场经济、发展社会主义民主政治、建设社会主义先进文化，还是坚持以人为本、推动科学发展、促进社会和谐、维护社会公平正义，政府都具有至关重要的作用和影响。

一、贵州历次机构改革回顾

改革开放以来，贵州省先后进行了四次规模较大的机构改革，即 1983 年、1993 年、1999 年、2004 年改革。

(一) 第一次机构改革：1983 年——提高政府工作效率，实行干部年轻化

这次政府机构改革的主要目的是为了提高政府工作效率，实现干部年轻化，废除领导干部职务终身制，精简了各级领导班子。改革后，省政府机构机构由 62 个精简为 38 个，地州市政府机构平均由 46 个精简为 25 个，县（市）政府机构平均由 45 个精简为 25 个。1984 年年底，全省各级党政群机关人数为 112762 人（不含公检法），比 1982 年的 132559 人减少 19797 人，精简比例为 15%。

由于这次改革没有触动高度集中的计划经济管理体制，政府职能没有转变，改革后又迅速膨胀。1992 年底，省政府机构增加到 71 个，地、州、市政府机构平均 50 个，县（市）政府机构平均 45 个。

(二) 第二次机构改革：1993 年——适应建设社会主义市场经济的需要

贵州第二次政府机构改革始于 1993 年，这次政府机构改

革是在将建立社会主义市场经济体制作为我国经济经济体制改革目标，改革的目的是为了适应建设社会主义市场经济体制的需要。1991 年底进入试点，确定 22 个试点县，1994 年 3 月进行 34 个县改革，直至 1997 年上半年才告一段落。这次改革，省政府机构由 71 个精简为 45 个，地、州、市政府机构平均由 50 个精简为 38 个，县（市）政府机构平均由 45 个精简为 28 个，乡镇政府机构平均设置 5 个。

1993 年的机构改革，虽然在在转变职能、理顺关系、精兵简政与提高效率方面取得一定的成效，但由于是过渡性的改革，机构庞大、人员臃肿的问题还没有从根本上解决。据统计，贵州省省级政府机构设置 71 个（含部委办公厅管理机构 16 个、直属机构 2 个），其中政府组成部门 45 个、政府直属机构 2 个、政府部门管理机构 11 个；地州级党政机构平均设置 46 个，其中政府（行署）机构平均设置 36 个；省辖市党政机构平均设置 58 个，其中政府机构平均设置 48 个；县级党政机构平均设置 35 个，其中政府机构平均设置 27 个（三类市平均 31 个）。各级机构的设置不同程度地突破了前次机构改革中央规定的限额。另外，各级党委和政府还设立了不少议事协调机构和临时机构，清理撤销一部分后又有所增加，各级机构庞大、人员臃肿的问题仍十分突出，财政不堪重负。

（三）第三次机构改革：1999 年——消除政企不分的组织基础

1999 年开始的贵州政府机构改革的目标是：建立适应社会主义市场经济体制的办事高效、运转协调、行为规范的地方行政管理体系，完善国家公务员制度，建设高索质的专业化行政管理干部队伍。改革的原则是：转变职能，政企分开；划分事权，理顺关系；精简机构，精兵简政；实事求是，因地制宜；

规范行为，依法行政。

省政府主要履行本行政区域经济调节和社会管理的职能，根据国家法律、法规和有关政策，制订经济与社会发展战略和国民经济中长期规划，集中精力抓好经济调节、政策指导、执法监督、组织协调，加强社会主义精神文明和物质文明建设，打破地区、条块分割，维护市扬秩序，促进统一市场的形成。

根据上述要求，省政府在转变职能方面，一是把政府与企业的行政隶属关系转变为资产纽带关系，政府按投资人企业的资本额享有所有者权益，将企业生产经营权和投资决策权交给企业，实现政企分开；二是逐步改变政府在资源配置中的主导作用，充分发挥市场的基础性作用；三是大力推进政事、政社分开，将一些辅助性、技术性和服务性职能从政府职能中分离出去，分给事业单位和社会中介服务机构；四是合理划分省、市（州、地）、县（市）政府的事权，明确各自的权力与责任，做到权责一致。

省政府工作部门原则上对应国务院机构进行调整和设置，重点是加强综合经济部门和执法监管部门，精简撤并专业经济部门，适当调整社会管理部门和政务部门。

——综合经济部门。

强化省发展计划、经济贸易和财政部门经济调节的职能，减少具体审批事务。主要职能是：制订本地区国民经济和社会发展战略及中长期发展规划，运用法律和经济手段，以市场为导向，搞好总量平衡和结构调整，监测与协调国民经济日常运行，保证国家宏观调控目标和各项产业政策的顺利实施，促进本省经济与社会发展。

计划委员会更名为发展计划委员会。

保留经济贸易委员会、财政厅。

不再保留经济体制改革委员会，其承担的国有企业改革、股份公司的设立、上市公司的审核及推荐职能划归经济贸易委员会，其他职能并入省政府办公厅。

不再保留国有资产管理局，其职能并入财政厅。国有企业改革和经营性国有资产营运监管由经济贸易委员会负责。

——专业经济管理部门。

专业经济管理部门的主要职能是：根据国家有关行业发展的方针、政策和法律法规，制定行业规划和行业政策，实施行业管理，引导本行业产品结构调整，维护行业平等竞争秩序，为企业提供服务。

水利电力厅更名为水利厅。

不再保留电子工业厅、无线电管理委员会及其办公室、信息化工作领导小组办公室，组建信息产业厅。

不再保留对外贸易经济合作厅、商务厅，组建贸易合作厅。

不再保留机械工业厅、化学工业厅、轻纺工业厅、冶金工业厅、建筑材料工业总会，其行政管理职能并入经济贸易委员会。不再保留煤炭工业厅。

不再保留黄金公司所挂的黄金管理局牌子，黄金工业行政管理职能并入经济贸易委员会。

保留建设厅、交通厅、农业厅、林业厅、乡镇企业局、粮食局、国防科学技术工业办公室。

——执法监管部门。

执法监督管理部门的主要职能是：加强综合行政执法与市场监管，规范市场秩序，消除部门、地区、行业之间的分割和封锁，克服地方保护主义，营造公平、公正、公开的竞争环境。

技术监督局更名为质量技术监督局，为省政府直属机构。

不再保留医药管理局，组建药品监督管理局，为省政府直属机构。将药政、药检和药品生产流通监管职能划入药品监督管理局。

保留地方税务局、环境保护局、工商行政管理局，为省政府直属机构。

地方税务、工商行政管理、质量技术监督部门实行省以下垂直管理体制。省以下环境保护部门实行双重领导，以市（州、地）、县（市）政府为主。

——社会管理部门和政务部门。

社会管理和政务都门主要强调规划、协调、监督和服务职能，加强宏观管理和指导。

教育委员会更名为教育厅，保留省委高等学校工作委员会，与教育厅合署办公。科学技术委员会更名为科学技术厅。

广播电视厅更名为广播电视局，体育运动委员会更名为体育局，为省政府直属机构。

民族事务委员会与宗教事务局合并，组建民族宗教事务委员会。

在劳动厅基础上，组建劳动和社会保障厅。

不再保留国土厅、地质矿产厅，组建国土资源厅。

保留政府办公厅。法制局改为政府法制办公室，作为办公厅内设机构，但保留政府法制办公室牌子；参事室设在办公厅，对外保留政府参事室牌子。

保留公安厅、国家安全厅、司法厅、监察厅、民政厅、人事厅、文化厅、卫生厅、计划生育委员会、审计厅、统计局、新闻出版局（挂版权局牌子）、旅游局、外事办公室（挂侨务办公室牌子）。

保留物价局，由发展计划委员会管理。保留监狱管理局、劳动教养管理局，由司法厅管理。

农业办公室挂农业综合开发办公室、扶贫开发办公室牌子，为省委、省政府议事协调机构的常设办事机构；人民防空战备办公室更名为人民防空办公室，为省国防动员委员会的常设办事机构，也是省政府人民防空工作主管部门，挂交通战备办公室牌子。

档案局与档案馆实行局馆合一体制，为省政府直属事业单位。专利局更名为知识产权局，为省政府直属事业单位。

经上述调整，省政府设工作部门 39 个。其中，办公厅和组成部门 25 个，直属机构 14 个；监察厅与省纪律检查委员会机关合署办公，列入省政府工作部门序列，不计政府机构个数；办公厅分别挂法制办公室牌子和参事室牌子；外事办公室挂侨务办公室牌子，新闻出版局挂版权局牌子。

此外，设置部门管理机构 3 个，物价局由发展计划委员会管理，监狱管理局、劳动教养管理局由司法厅管理。

各部门的内设机构按照"精简、统一、效能"的原则进行综合设置，总的精简比例为 25% 左右。①

全面清理省政府议事协调和临时机构。凡职能可以由常设机构承担的或任务已完成的原则上撤销；工作跨地区、跨行业、跨部门，协调任务较重的，暂予保留，但不设实体办事机构、不定级别、不配编制。今后省政府原则上不再新设立议事协调和临时机构，工作确实需要的，采取建立联席会议制度的办法。

经过改革，省政府机关行政编制由 3976 名减为 2068 名，减少 1908 名，精简 48%。政府部门的领导职数一般配备 2～4 名，不再配备部门领导助理。省政府正副秘书长与办公厅正副主任实行相互兼职。厅级领导职数精简 15%，处级领导职数精简 25%。②

---

① 参见张志坚：《中国地方政府机构改革（1999—2002）》，南宁，广西人民出版社，2003。

② 同上。

人员编制精简实行一次定编定岗，3 年完成人员分流任务。各部门要按按照精简要求重新核定人员编制和领导职数，实行定编定员。同时，按照"带职分流、加强培训、充实企业、优化结构"的原则，结合贵州省的实际情况，多途径、多渠道安排富余人员。

同时，市、县、乡人员编制精简在"分级负责、从实际出发、权责一致、积极稳妥"原则的指导下，取得了较好的成绩，市、县、乡机关行政编制由现有 127841 名减为 102273 名，精简 20 ％。①

（四）第四次机构改革：2004 年——进一步转变政府职能

2004 年开始的机构改革是贵州省改革开放后的第四次改革，也是历次改革中影响最大的一次。这次政府机构改革按照"政企分开、所有权与经营权分离原则，精简、统一和效能原则，依法行政原则，实事求是、因地制宜原则"进行。主要内容包括组建省人民政府国有资产监督管理委员会，保留省经济贸易委员会，将省发展计划委员会改组为省发展和改革委员会，省贸易合作厅更名为省商务厅，在省药品监督管理局的基础上组建省食品药品监督管理局，组建省安全生产监督管理局，将省计划生育委员会更名为省人口和计划生育委员会，省人民政府法制办公室改为省人民政府直属正厅级机构，撤销行业管理办公室，组建省经贸委老干部工作办公室，将省轻纺行管办和省轻纺资产经营公司的有关职责与省轻纺集体工业联社合并组建省城镇集体工业联社，省政府其他机构维持不变。调整后的省级政府机构由 58 个减为 41 个，行政编制减了 48％；

---

① 　参见张志坚：《中国地方政府机构改革（1999—2002）》，南宁，广西人民出版社，2003。

其中，办公厅和组成部门 25 个，直属特设机构 1 个，直属机构 15 个。另设置议事协调机构的常设办事机构 2 个，部门管理机构 4 个。市（州、地）级政府机构由原平均 36 个减为 29 个，行政编制减了 35%。[①] 通过政府机构改革，政府职能进一步转变，弱化微观经济管理职能，强化社会管理和公共服务职能，更加注重用经济和法律手段调节经济运行。审批制度改革继续推进，清理并废除了一批行政审批事项。

2008 年年末，省级政府机构又膨胀到 45 个。其中，办公厅和组成部门 27 个，直属特设机构 1 个，直属机构 17 个。另设置议事协调机构的常设办事机构 2 个，部门管理机构 6 个，贵州省人民政府直属事业单位 18 个。[②]

二、贵州机构改革取得的成效

通过这几次改革，政府职能转变取得重要进展，机构设置和人员编制管理逐步规范，体制机制创新取得积极成效，行政效能显著提高。

第一，改变了高度集中的政府管理模式，促进了政府职能转变，增强了政府宏观调控能力，特别是通过产权制度改革，使政企分开迈出了重要步伐。政府直接参与经济活动、经营企业的规模与程度大为减低，国有经济固定资产投资比例由 2003 年的 60%下降到 2006 年的 45%。[③] 同时，政府应对突发公共事件的能力明显提高，履行社会管理和公共服务职能的能力明显增强。

---

① 参见国家发改委经济体制改革综合改革司网站，http://tgs.ndrc.gov.cn/.
② 参见贵州省人民政府网站，http://www.gzgov.gov.cn/.
③ 参见各年度《中国统计年鉴》。

第二，机构设置和人员编制管理逐步规范，机构不断精简，人员编制不断压缩，政府内部结构进一步优化，职责、权限进一步得到明确，行政效率和效能不断提高。1984 年到 2004 年，贵州省政府机构由 62 个精简为 41 个，精简率为 33.9%。

第三，加强了制度建设，制定了一系列政府管理的法规、规章，初步建立了以经济手段和法律手段为主的调控体系，基本确立了依法行政的理念，推进了民主政治建设和政府管理法制化进程。

第四，通过深化干部人事制度改革，特别是通过探索实施竞争上岗、公开选拔制度，不断完善公务员制度，促进了公务员管理的规范化，初步建立了一支善于治国理政、高素质的公务员队伍。

第五，政府工作方式、方法发生了变化，管理手段不断完善。行政审批制度改革的推进，使行政审批范围不断缩小，行政审批事项得到削减。在宏观调控方式上，从主要依靠行政手段调节转向经济手段、法律手段和行政手段并用。积极推行政务公开，探索建立重大问题专家咨询、社会公示和听证制度等。尤其是通过发展电子政务、不断降低行政成本，逐步实现政府管理方式的科学化、现代化。

第二节　贵州行政管理体制改革
存在的问题

贵州的行政管理体制改革虽然取得了较大成绩，但行政管理体制改革的步伐还明显滞后于东部地区，滞后于企业改革与经济发展的需要。随着西部大开发的推进、中国加入 WTO、经济全球化进程加快以及市场经济体制的不断完善，贵州行政管理体制暴露出越来越多的毛病与弊端，突出表现在以下几个方面：

一、管理理念滞后，与社会主义市场经济和 WTO 规则要求差距较大

由于受计划经济的影响，贵州政府长期以来形成了"全能政府"、人治政府、管制政府、无责政府的管理理念，管理上强调的是政府本位。改革开放以来，贵州政府与市场、社会、企业的关系正逐步向市场经济转轨，但反映在管理理念上，仍在很大程度上带有浓厚的计划经济的痕迹，无所不包的全能理念并没有根本改变，仍习惯于大包大揽本地经济社会事务。这样的政府管理理念是与市场经济和 WTO 规则要求的有限政府、法治政府、透明政府、责任政府理念严重背离，阻碍了政府职能的有效转变。

2002 年，贵州省政协港澳台侨与外事委员会和省委统战部牵头，省工商联、省台办、省台联、省侨联、省民建等部门参加，在省政协副主席的带领下，对贵州省部分"三资"企业进行重点调查，重点了解在该省投资的台湾同胞、港澳同胞和海外侨胞对贵州投资环境的看法和意见（以下简称"重点调查"）。[①] 调查历时数月，共到全省 9 个地、州、市实地考察了 58 家"三资"企业，走访了有关部门，走访"三胞"投资者或其代理人等 200 多人次，获取了大量第一手材料。

"重点调查"表明，大多数外资企业认为贵州缺乏一个真

---

① 参见贵州省工商联等：《贵州省部分"三资企业"重点调查》，转引自胡晓登：《道德的竞争力——加入 WTO 与贵州政府道德建设》，25 页，北京，中央文献出版社，2007。

正公开、平等的竞争环境。贵州民用气体工业有限公司董事长李龙翔先生说："从1990年到贵州办企业，没有花国家一分钱，自主经营、自负盈亏，解决了贵阳市近9万户居民的燃气问题，受到建设部的表扬。但与我们相比，政府至今对贵阳市煤气公司实行政策倾斜，行业保护，财政补贴，我们认为不平等。一是贵阳市规定新建房子必须搞煤气，不准搞管道液化气，包括郊区和一市三县，限制我们的发展；一个行业应有一个政策，而不应对不同所有制企业制定不同政策。二是税赋不公平，同是开户费，煤气公司缓税，而我们要按13%的税率上缴，后经过力争后才降为3.3%。我们希望有一个平等和合理的生存空间，否则只有撤退了"。李龙翔认为："贵州的落后是观念的落后，贵州的贫穷是思想上的贫穷"。有的"三胞"投资者也反映："有关部门召集开会，发的资料与内企是一样的，但收的资料费就不一样，不交还不行。这种无处不在的不平等经常陪伴我们。"①

以上事实表明，贵州的这种"肥水不流外人田"的政府管理理念，将直接导致管理的随意性大、透明度低，"暗箱操作"、随意裁决、执法混乱、内部文件权威大于法律与法规的问题时有发生，这与WTO要求的"公开、透明、平等"、与市场经济要求的"开放、竞争"等思想格格不入，严重制约了贵州经济、社会的全面发展。

贵州政府管理理念的落后限制着政府管理效能的提升。在一定的意义上说，政府创新的内在要求就是要克服政府管理的落后状态，实现政府管理的现代转型。

---

① 胡晓登：《道德的竞争力——加入WTO与贵州政府道德建设》，25～26页，北京，中央文献出版社，2007。

二、政府职能转变不到位，"越位、错位、缺位"现象时有发生

30年的改革和发展，使我国东、西部形成强烈的发展反差。这种反差除了可以用一大堆经济指标来勾勒之外，最本质、最具根本性的是东部地区在传统国有经济周围成长出一大块日趋强大的非国有经济，相应地，在传统的计划型社会结构中发育出一个生机勃勃的民间社会。这种民间社会以社会分工和契约关系为纽带，形成了自组织能力很强的非计划型经济关系和社会关系，其自我组织、自我协调、自我发展需求很高，在政企、政社和政事关系上，集中到一句话，就是希望政府"少少干预"；反之，落后地区社会结构仍然是以计划型国有经济为基础，民间社会十分不发育，也可以用一句话来概括，即希望政府"多多关照"。这种差异使东、西部政府的职能形似而神不似。在东部发达地区，由于民间社会较发达，社会中介组织、社会服务网络、社会劳动与保障系统等逐步取代传统的政社不分模式，逐步简化了政府的职能，不仅可使政府集中财力、物力和人力发展经济，也使得发达地区政府职能转变较落后地区容易。相比较而言，落后地区政府由于民间社会极不发育，仍不得不陷在政社不分的窠臼中不能自拔，上到国计民生、方略大计，下至"率土之民"的生、老、病、死，无所不包，无所不管，社会能办的事不多，政府要管的事不少。

1988年以来，以政府职能转变为主线的政府机构改革推动着贵州政府的职能转变取得了不同程度的进展，但仍没有彻底摆脱计划经济体制下的职能划分框架模式和运行方式，职能转变还未完全到位，职能体系还不尽合理，政府职能转变显得与形势发展的要求不同步，明显滞后。在贵州，这种滞后性突出

表现在：

第一，政事不分。经济发达地区的事业单位在市场经济大潮的强劲带动下，纷纷面向市场求生存，走进社会求发展。反之，由于经济落后地区体制转轨的严重滞后及相应的经济发展滞后，众多的事业单位走向社会、面向市场的冲动不足，能力微弱，只得仍然挤在政府财政的极狭窄"独木桥"上勉强生存。这种政府办事业、政府养事业、政事不分状况，一方面使得贵州的地方财政不堪重压，仅事业单位开支就几乎吃光了地方财政收入，如无中央各项财政补助，贵州政府连生计也难以维系；另一方面如此众多的事业单位及人员，大大增加了政府管理的工作量，使得政府职能更加混杂，政府职能更加"错位"，政企、政社、政事更加不分，该管的互相扯皮、相互推诿，不该管的事管的事无巨细。

第二，政企不分。截至 2003 年底，全省规模以上国有工业企业 1269 家中，建立起现代企业制度试点企业只有 45 家，实行股份制改造的企业 35 家，工业企业集团 6 户，总计仅占全省规模以上国有企业的 6.8%，这还不包括其他拥有大量资金资产的国有独资公司和政策性经济实体。[①] 也就是说，绝大部分国有企业仍然是按照传统管理体制方式进行管理，何况已改制的部分企业也并没有从真正意义上实现"政企分开"。这样，政府只能对庞大的国有经济进行从人、财、物到供、产、销等方面事无巨细地直接管理，从而"政企不分"的面更大、程度更深。政企不分、政事不分，导致政府直接干预国有企事业单位的生产经营活动和具体业务。因此，要遏制并最终解决这些矛盾，为政府创新开辟一条顺利的道路，就必须以转变政

---

① 参见胡晓登：《道德的竞争力——加入 WTO 与贵州政府道德建设》，北京，中央文献出版社，2007。

府职能为核心，加快推进政府行政管理体制改革。

由于职能转变不彻底，贵州政府"越位、错位、缺位"的现象时有发生。首先是越位，即政府还没有完全从微观经济活动中超脱出来，包揽了许多本应该由市场、企业和社会承担的经济管理职能。在贵州，有些政府不应当进入的领域、不应当从事的活动，政府部门却大量介入；有些本应由企业管理或市场调节的微观层次事情，政府仍然没有放弃干预。例如，财政支出"越位"，对竞争领域的投资占据了相当一部分有限财力，挤占了公共领域的份额。在 2004 年财政支出中企业挖潜改造资金比上年下降了 36％，结果在安排 2005 年财政预算支出时，就提出企业挖潜改造资金要比上年有所增长。[①] 另外，一些具有垄断性的政府部门，人为地设置各种障碍，层层审批，不仅加重了政府负担，为官僚主义与寻租腐败提供了土壤，而且严重影响了经济运行效率，压抑了企业作为经济主体的创造力与活力。其次，政府行为不到位，也就是干预不足，即缺位。一些属于政府职责范围内的事情政府没有做或没有做好，出现了许多管理真空与漏洞。例如，贵州政府对已经建立现代企业制度的以国有股为主的股份有限公司不知道该怎么管，有些应由政府提供的无偿公共服务却以有偿、收费的方式来提供。财政支出"缺位"现象也较为严重，"养人"重于"养事"，一些本应由政府承担的社会公共事务如社会保障、基础教育、公共卫生、环境保护没有完全承担起来，公共服务没有得到有效供给。时任贵州省委宣传部部长李军指出，2004 年贵州省预算内财政支农支出中，农、林、水、气象部门事业费支出占到整个支出的 1/3，这些资金主要用于各级农口事业单位开支，名义

---

① 参见王振宏、刘书云、黄庭钧：《公共服务差距紧逼财政改革》，载《瞭望》，2005（13）。

上属于支农支出，但实际上大部分以职工消费形式流向了城市。① 再次，政府行为错位的现象也时有发生。主要表现在政府与企业、政府与市场的关系上。政府仍然包揽与承担了不少应由企业、市场来办的事情，如"拉郎配"组建企业集团，为企业提供贷款担保，行政任命企业领导，干预企业正常的生产活动，等等。而企业又承担了政府、社会该管的事情，如工厂办幼儿园、托儿所、医院、学校、商店等。政府在规范和整顿市场秩序、为企业提供良好服务方面存在很大的差距。

三、行政管理成本过高，地方财政不堪重压

近几年来，贵州机构庞大，"吃财政饭"的人员增加明显，行政管理成本过高。2003 年仅省级党、政、群及事业单位共有 150 个厅（局）级机构。其中党委系列的有 14 个厅（局）级机构，国家机关系列的有 66 个厅（局）级机构（含人大和政协），民主党派 6 个，人民团体 13 个，公检法司 7 个，省直厅（局）级事业单位 44 个。如果再加上党政部门非常设机构 192 个，仅省级党、政、群及事业单位至少有 300 多个"吃财政饭"的机构。在省级党、政、群及事业单位的 143 个机构下面，还有 1804 个内设机构。其中党委系列内设 122 个处级机构，国家机关内设 689 个处级机构，民主党派内设 30 个处级机构，人民团体内设 75 个处级机构，公检法司内设 111 个处级机构，省直厅（局）级事业单位内设 777 个处级机构。在这些处级机构里，下设科的单位也是一个不小的数目。从地、州、市一层看，全省 9 个地（州、市）的党、政、群及事业单

---

① 参见王振宏、刘书云、黄庭钧：《公共服务差距紧逼财政改革》，载《瞭望》，2005（13）。

位共有 1266 个，其中国家机关就有 630 个处级局、委、办，事业单位 658 个。在这 1288 个机构里，如果平均内设 4 个科级机构，则全省就有 5152 个科、室。从县（市、区）这一层看，全省 86 个县（市、区）平均每个县（市、区）下设 70 个科级局、委、办，每个科级局、委、办又下设 4 个股级机构，则全省就分别有 6020 个科级局、委、办，24080 个股级机构。[①]

机构庞大冗杂必然带来的是"人满为患"，吃"财政饭人员"比例较高。2006 年，贵州省公共管理与社会组织职工人数占各行业职工总人数的 16%，比全国平均比例高 5.9%，比西部地区高 2.6%，比中部地区高 2.8%，比发达地区高 7.3%。[②]由于行政管理成本过高，地方财政压力特别大。据统计，贵州行政管理费占地方财政收入的比例逐年上升，并远远超过西部地区与全国平均水平。从 1999 年到 2006 年，行政管理费占地方财政收入的比例，贵州上升了 4.17%，而同期全国为 1.59%，西部地区为 3.54%。[③] 2006 年，贵州地方财政收入 226.82 亿元，支出 610.64 亿元，收入仅为支出的 37.14%，同期全国的比率为 60.14%，贵州比全国的比率低 23 个百分点。[④]可见，贵州政府开支对其财政的压力特别大，如果没有中央的大力扶持，贵州的发展将举步维艰。例如，2005 年，榕江县的财政收入为 2.5 亿元，其中中央资金达 2.2 亿元，占比高达 88%；财政扶贫资金 1177 万元，占整个支农资金 1406 万元的

---

① 参见胡晓登：《道德的竞争力——加入 WTO 与贵州政府道德建设》，122～124 页，北京，中央文献出版社，2007。

② 参见《中国统计年鉴》（2007）。

③ 笔者根据《中国统计年鉴》（2000、2007）相关数据计算而成。

④ 笔者根据《中国统计年鉴》（2007）相关数据计算而成。

84%、占中央专款 7252 万元的 16%。[①]

四、政府的成本—效益极低，行政性收费偏高

政府的成本—效益分析就是对政府的财政开支所能带来的社会财富的比率分析。贵州政府的成本—效益低，体现在以下两个方面：

第一，政府每投入 1 元所带来的 GDP 的比率极低。2006 年，政府每投入 1 元所能带来的 GDP 的比率，贵州为 30.6，西部为 48.5，中部地区为 72.2，发达地区为 103.2，全国为 79.8。[②] 由此可见，贵州政府每投入 1 元的行政开支所创造的财富还不到全国平均水平及其他地区的一半。

二是公共管理与社会组织人均开支费用同社会劳动者的人均 GDP 的比例偏高。2006 年，贵州该比率为 3.8，西部地区为 2.3，中部地区为 1.5，发达地区为 1.0，全国为 1.3。[③] 由此可见，贵州的比率约是全国的 3 倍，发达地区的 4 倍，中部的 2.5 倍，西部地区的 1.7 倍。

由于成本—效益极低，贵州的财政收支严重失衡。2006 年，贵州省地方财政收入为 226.82 亿元，占全国地方财政收入 18303.58 亿元的 1.24%，但全省的支出占全国总支出的

---

① 参见严文彬：《为支农资金政策落实护航——审计署广州办对贵州省中央转移支付资金审计调查记》，载中华人民共和国审计署网站，2007 年 12 月 24 日。

② 西部地区包括重庆、四川、贵州、云南、广西、陕西、甘肃、贵州、宁夏、西藏、新疆、内蒙古 12 个省、市、自治区，中部地区包括安徽、山西、河南、湖北、湖南、江西 6 省，发达地区指广东、上海、江苏、浙江、山东、北京 6 省、市，以下所有指代等同。该数据为《中国统计年鉴》(2007) 第 3 章的 GDP 与第 8 章行政管理经费支出之比。

③ 笔者根据《中国统计年鉴》(2007) 相关数据计算而成。

2%，其中行政管理经费开支却高达 74.59 亿元，占全国 2894.72 亿的 2.58%。要让政府财政收支平衡，除了中央的财政补贴外，最好最直接的途径就是收取高额的行政性收费。2006 年，地方财政收入占全国 1.24% 的贵州省，行政性收费却占全国总计的 2.03%。罚没收入占全国罚没收入的比例更是高达 2.52%。[1] 由此可见，贵州的行政性收费偏高，已远远超出了财政收入占全国的比率。

五、行政性垄断突出

行政性垄断在贵州经济生活中是一种普遍存在的社会现象。其含义是：市场管理部门滥用手中的管理权，对市场主体实施不当干预或限制，并直接造成市场主体间的不公平竞争，从而破坏公平的市场竞争秩序。其突出表现有地区壁垒、行业壁垒、政府限定交易以及行政性公司。[2] 以贵州为例，2005 年，全国非公有制经济企业创造的产值已超过国民经济的 1/3，东部沿海地区高达 80%，贵州省只有 27.8%，其中最大的原因就是行政性垄断、行业壁垒、市场不准入等。[3] 贵州的行政性垄断大都集中在资源条件优越、市场前景看好、经济效益好的领域，如电力行业，除部分小水电站外，贵州的主体与骨干电厂、电站、电网均是国家电力公司、地方国有电力公司、外省国有电力公司等国有资本独占。这种绝对控制地位肯定会存在

---

① 参见《中国统计年鉴》(2007)，279～282 页。

② 参见李秀潭、田忠林、汪开国：《西部地方政府行为模式》，113 页，杭州，浙江人民出版社，2004。

③ 参见胡晓登：《精神生产面向与研究焦点选择——贵州"三点"问题深度关注》，336 页，北京，中国方正出版社，2007。

排斥与限制竞争等不符合市场经济规则的行为。由于垄断，市场准入不可避免地会使自身利益受损失，作为垄断行业的决策者与利益主体之一的地方政府就会用各种行政手段构筑准入壁垒，维护本地国有企业的垄断地位。同时，垄断行业在人事制度、决策机制、管理体制等方面仍受制于政府，政企不分现象十分严重，以致债务负担重、效率低下。行政性垄断问题不仅严重制约了政府的职能转变，更与市场经济、WTO 的规则格格不入，严重抑制了政府创新的动力。

六、依法行政困难重重

近几年来，贵州政府在依法行政方面已取得明显成效，但也存在一些问题。一般来说，当前政府依法行政工作与 WTO 不相适应的状况突出，表现为：一是政府体制不适应，主要是政府管理职能、运行机制与 WTO 规则相距甚远，政企不分现象仍普遍存在，政府管理企业多年来形成的是自上而下的"指挥式"管理模式，与加入 WTO 后所需要的"服务式"管理模式有很大差距。二是政法不分。政府实际上不仅仅在行使行政管理职能，而且在立法、司法和执法中有着很高的实际参与权和决策权。法制观念不强。许多行政机关工作人员不懂法、不知法，法律意识差，法制观念淡薄。三是行政执法队伍不适应。四是法律法规体系不健全。

第三节　贵州政府创新前瞻：
大部制改革

党的十七大在部署未来的行政管理体制改革中明确指出：

"加快行政管理体制改革，建设服务型政府"，"着力转变职能、理顺关系、优化结构、提高效能"，在此基础上要形成"权责一致、分工合理、决策科学、执行顺畅、监督有力的行政管理体制"。报告特别指出，要"加大机构整合力度，探索实行职能有机统一的大部门体制，健全部门间协调配合机制。精简和规范各类议事协调机构及其办事机构，减少行政层次，降低行政成本，着力解决机构重叠、职责交叉、政出多门问题。统筹党委、政府和人大、政协机构设置，减少领导职数，严格控制编制"。应该说，党的十七大报告对未来行政管理体制改革提出的一系列有别于以往改革的思路，为未来行政管理体制改革指明了方向，值得高度重视。

那么，究竟什么是大部制呢？所谓大部门体制，或者大部制，就是在政府的部门设置中，将那些职能相近、业务范围类同的事务相对集中，由一个部门统一进行管理，最大限度地避免政府职能交叉、政出多门、多头管理，从而达到提高行政效率、降低行政成本的目标。① 大部制是市场化程度比较高的国家普遍实行的一种政府管理模式，比如"大运输"、"大农业"等，并在公共管理变革中有了新的发展，如决策权与执行权的分离等。市场化国家之所以普遍实行大部制管理模式，主要在于它有一些明显的优越性。首先，这种管理模式能够减少部门、机构的数量，降低行政成本；其次，这种管理模式能够有效地避免政府机构之间由于职能分工过细，导致政府职能交叉、重叠等引发的政出多门、多头管理；再次，由于实行相近业务的统一管理，因此可以防止部门之间沟通难、协调难等政府经常会遇到的通病。

---

① 参见汪玉凯：《中国的"大部制"改革及其难点分析》，载《学习论坛》，2008 (3)。

所谓大部制改革，就是调整政府部门的职能和管辖范围，把那些职能相近、业务性质类同的政府部门，经过整合，侧重于横向的宏观管理，避免或减少政府部门对微观经济活动的干预。党的十七大报告及十七届二中全会提出大部制改革的思路，是我国行政管理体制改革在新的历史条件下适应市场经济发展的一种新的举措。这种改革涉及的范围，不一定仅仅限定在政府系统范围之内，甚至可能涉及执政党以及人大等部门。

一、地方政府大部制改革的经验模式

在中央政府进行大部制改革探索的同时，一些地方政府也启动了大部制改革的探索实践，形成了一些进路各异、特色鲜明的经验模式。

（一）"单部门突破"的成都模式

作为全国统筹城乡发展综合配套改革试验区，成都市政府把与城乡协调发展关系最为密切的农、林、水和交通部门作为改革的"突破口"。从2005年年初开始，先后推出了撤并机构的举措：撤销农牧局、农机局，成立农业委员会；撤销林业局和城市园林管理局，组建林业和园林局；组建水务局，对全市城乡水资源实施统一调度和管理；撤销交通局、市政公用局，成立交通委员会，等等。成都市政府组建这些新的大部门的基本思路，是在对原有部门职能进行梳理的基础上，把职能和管理范围相近、业务性质相同的部门合并，集中资源和力量办大事、办实事、快办事、办好事。这些"大农业"、"大林业"、"大水务"、"大交通"等大部门，与计划经济体制下的部门大权独揽不同，其主旨在于做到分工合理、决策科学、执行顺畅、办事高效。①

成都市政府大部制改革进路的主要特点是以单部门突破来改革职能交叉分割体制。与一揽子推进改革的做法相比，这种改革减少了改革的阻力。从效果上看，成都市新组建的水务局结束了长期存在的"多龙治水而难治水"的局面，形成了"一龙治水而善治水"的良好格局。当然，成都市的大部制改革也面临一些难题，如机构"上下不对口"、人员分流难等。

（二）"两集中、两到位"的镇江模式

镇江市政府的大部制改革主要体现在行政服务中心的构建上。2004 年，镇江市政府明确提出市行政服务中心要尽快实施以归并审批职能为核心的"两集中、两到位"，即进驻行政服务中心的各部门行政审批职能向一个处室（行政服务处）集中，部门行政服务处向行政服务中心集中；部门行政审批事项进驻行政服务中心的工作要落实到位，部门对窗口工作人员的授权要落实到位。2005 年 8 月，镇江市政府对"两集中、两到位"工作进行了动员部署，成立了以常务副市长为组长的工作检查验收领导小组。2006 年 11 月，在温州举行的"苏、浙、皖、沪"第九次行政审批中心联席会议上，镇江市行政服务中心的"两集中、两到位"经验，引起了入会各方的高度关注，成为会议的共识，被业界称为"镇江模式"。②

镇江模式的基本特点是行政服务中心职能归并的"两集中、两到位"，体现了大部制职能归并、统一的要求。从效果

---

① 参见从锋等：《"大部门体制"的成都实践：分割交叉体制非改不可》，载人民网，2008 年 3 月 11 日，http://cpc.people.com.cn/GB/64093/64387/6980958.html。

② 参见汪孝宗：《镇江市行政审批率先尝试"大部门体制"》，载《中国经济周刊》，2008（5）。

上看，到 2007 年下半年，镇江市进驻中心部门（单位）的事项到位率达 97.2%、职能归并率为 97%，极大地提高了行政效率。但也应当指出，镇江模式仅仅注重机构与职能集中、事项与人员到位，未能真正体现各种行政权力相互协调的诉求。

（三）"多牌同挂"的随州模式

与上述两种模式相比，随州市政府的大部制改革不仅时间较长，而且改革内容更为全面，呈现出整体推进的态势。2000 年 6 月，随州市由省直管市升格为地级市。从此，该市按照升格不增编的要求，进行了 7 年多的大部制改革探索。随州市的主要做法是：把一些职能相近的机构合并，有的只挂牌不单设。比如，外事、侨务和旅游部门合并，设立"外事侨务旅游局"；文化局、文物局、体育局、新闻出版局合并，统称"文体局"；社科联、作协、文明办、网络办、外宣办都挂在宣传部；党史办、地方志编纂办公室、档案局、档案馆也合并成一个机构。[1] 随州市大部制改革的"多牌同挂"，不仅仅是为了解决人员编制问题，还体现出机构整合的主旨。《随州市直党政群机构设置及人员编制方案》中的"合并同类项"，彰显出机构整合的思路：职能基本相近的机构能合并的尽量合并设置，职能衔接较紧的机构采取挂牌设置，职能交叉的机构能不单设的尽可能不单设。随州模式的表现形式是"多牌同挂"，实质是机构整合。从效果上看，职能部门的合并、人员的精简促进了行政效率的提高。如随州市实行基本养老保险、基本医疗保险、失业保险、工伤保险、生育保险"五保合一"，社保中心的 27 个编制内工作人员负责 59.2 万人次参保人员的保险费征

---

① 参见李梦娟：《湖北随州七年探索大部制改革：机构整合是关键》，载《民主与法制时报》，2008 年 2 月 24 日。

收和保障金支付。当然，随州市的大部制改革也出现了机构反弹的困局，改革 7 年多出了 9 个市直机构。①

除了以上三种模式，长、株、潭城市群、长三角地区等区域管理体制改革及其他省市行政管理体制改革也积累了一些有关大部制改革的经验。② 综上所述，我国一些地方政府在大部制改革方面因地制宜、各辟进路，取得了积极进展和有益经验。但是，这些改革大都是外延型的初步尝试，与职能有机统一、权力相互制约又相互协调的内涵型改革要求相比，还有较大差距。

二、贵州大部制改革的难点

（一）政府的职能转变如何做到既遵循中央原则、又符合贵州实际、符合大部制改革的要求，难度较大

中央在机构改革时强调将政府直接管理经济的职能转变为对经济的宏观调控职能。但由于贵州是典型的以乡村为主的农业省份，城市化水平极低，基层政府管理的广大农村经济落后、交通闭塞、通讯不便，贵州在扶贫、农业开发、生态环境治理与基础设施建设等方面，都离不开政府的直接管理。

第一，扶贫与农业开发，离不开基层政府的直接管理与运作。晴隆县自 2002 年建立的生态畜牧示范场扶贫模式，采取"中心 + 养羊协会 + 农户"运作模式，县、乡政府通过自己在农户中的权威与信誉，维持与处理企业与农户的经济关系。这

---

① 参见李梦娟：《湖北随州七年探索大部制改革：机构整合是关键》，载《民主与法制时报》，2008 年 2 月 24 日。

② 参见薛黎：《长株潭综合配套改革或走大部制路线》，载《上海证券报》，2008 年 2 月 6 日。

一模式，始终是政府这只无形的手在发挥作用，取得了不小的成功。全县现建成人工草场 3.6 万亩，羊存栏 1.5 万只，带动附近 631 户农户参与种草养羊，养羊农户年收入最高达 3 万元。此外，从江县的"柑橘模式"、榕江县的"西瓜模式"、织金竹荪以及罗甸的"反季节蔬菜模式"都是在当地政府的推动、组织、引导、操作下取得成功的。而遵义的杜仲开发项目由于缺乏政府的直接管理与具体操作，杜仲长起来后，被农民拔掉，造成公司巨大的损失。以上的事实并不是说明政府职能不需要转变，而是表明，在像贵州这类的经济落后地区，由于商品经济不发达、市场发育滞后、农民居住分散、意识落后、素质低下，因而在相当长的一段时间内，农村的扶贫与开发都离不开政府的直接管理与具体操作，政府职能的转变也不能到位。

第二，自然生态环境的治理，离不开政府的直接干预。贵州是我国最大的喀斯特石山区，占全省总面积的 73%。由于喀斯特发育的石灰岩地区地表、地下岩溶不均匀发育，岩溶水、降水与地表水之间"三水"转化迅速而排泄，旱季时可利用的岩溶水资源量十分有限。喀斯特地貌特殊的环境条件，地下岩溶发育，地下水埋藏深，地形切割强烈，使地表水易渗漏，地下水易污染。加之岩溶水资源的时空分配不均匀，致使在水资源总量丰沛的喀斯特地区常常出现人畜饮水困难、农田旱涝灾害。另一方面，喀斯特山区土层薄，极易在雨水作用下流失。更严重的是，贵州省的石漠化最为严重，目前全省石漠化面积已达 2.25 万平方公里，且每年仍以 900 多平方公里的速度继续扩展。由于石漠化造成的生态恶化，贵州每年流入长江和珠江的泥沙达 2 亿多吨，直接影响到两江下游的生态安全与可持续发展。因此，贵州的水土流失与石漠化迫切需要及时的治理，不仅需要政府出钱，更离不开政府的直接管理与运作。岩溶面积占土地面积 96% 的普定县蒙辅河小流域的治理，从封山育林、植树造林到各项治理措施的制定、落实、评估、验收，无一不是政府在具体操办。因此，贵州政府在治理自然生态环境方面的职能不应削弱，反而应该加强。在大部制改革的过程中，转变政府职能时如何解决好这个问题必然引起政府的高度重视。

第三，基础设施建设也离不开政府的直接管理与运作。目前，贵州还有不少的行政村和自然村仍不通路，信息和通信不能到户，电网改造没有完全到位，人畜饮水困难不同程度地存在，普及沼气困难很多，发展清洁能源难度很大，文、教、卫等公共设施及公共事业还相当落后。贵州少数民族地区基础设施方面存在的问题突出地表现在两个方面：其一，交通条件差，对经济发展的制约较大。全省三个自治州尚未通高速公路，自治州辖县和自治县的主干道相当部分路况很差；县、乡、公路通车率低，晴通雨阻现象突出。其二，邮电通信向乡村延伸的任务较繁重。实现乡乡通程控电话（尤其是"村村通"）难度很大。因此，无论是铁路、公路、电力、通信还是水利设施、小水窖等基础设施建设，都离不开政府的投资与运作。2009 年 2 月 11 日，全省交通工作会议在贵阳召开，副省长孙国强出席会议并作工作部署。会议确定，我省交通基础设施建设投资规模今年将达到 255 亿元，比上年增长 22% 以上。其中，以重点公路建设为龙头的交通建设项目将投资 185 亿元，比上年增长 68% 以上，路网改造、运输站场及水运设施项目建设投资也有较大幅度增长。

不仅如此，贵州固定资产投资中的政府投资比例较大。2006 年，固定资产投资中政府预算内资金投资占总投资的比例，全国为 3.93%，贵州为 4.71%，比全国高 0.78 个百分点；相反，外资对固定资产的投资比例贵州则很低，仅占 1.12%，为全国比例 3.64% 的 1/3。[①]

由此可见，在喀斯特山区，要按平原地区的运作模式进行基础设施建设，按照市场经济的运作规则筹集资金非常困难，设置完全做不到，政府依然是基础设施的投资者、组织者、建设者、管理者。

（二）人员分流的问题

分流人员是历次机构改革最为头疼的事。"大部制"下，机构、官位相对减少，机构精简和重组势必带来人员的分流。富余的分流人员如果得不到妥善安置，就不可能达到精兵简政的目的，即使一时精简了，还可能出现回潮，不仅不利于政府机关工作的连续性和稳定性，而且易使已有的政府机构改革成果丧失殆尽。因此，如何切实做好政府机构改革中的人员分流，是十分重要的理论和实践性课题，是维护正常国家秩序的保障和基础，关乎公务员队伍的稳定，关乎社会稳定。

与其他地区相比，贵州的人员分流问题将更加困难。因为历次机构改改革时中央所提出的"带职分流、定向培训、加强企业、优化机构"四种分流方法在贵州实行起来都会面临诸多困难。

第一，"带职分流"途径狭窄。带职分流就是定编定员后超编干部离开岗位，保留职级。国务院及发达地区可向事业单位、国有大中型企业分流。贵州经济总量偏低，财政收入低下，二三产业发展滞后，就业岗位极少，分流人员进入工商企业的渠道非常狭窄。贵州事业单位大多资金紧张、效率低下、人满为患，与市场经济的要求格格不入，大多面临走向社会、进入市场，逐步实现自收自支的局面，要接收分流人员，可谓

---

① 参见《中国统计年鉴》（2007）。

难上加难。

第二，"定向培训"既缺钱又无去向。定向培训就是对离岗公务员进行会计、审计、法律、经济管理等方面的培训，为走向新的岗位做准备。对于那些长期生活在计划经济体制下的思想观念落后的干部进行培训是完全必要的。但是，实施定向培训，一个人的工资福利加住房补贴大约要2万元，如攻读硕士学位，又要1万元，两项合计3万元。如果每年培训1000人，则需要3000万元。贵州财政实在无力承担这笔开支。再说，要把培训后的这些人充实到相关部门，对城市化水平极低的贵州而言也是困难重重。

第三，"加强企业"难以落实。所谓加强企业，就是选调政府机构改革中下岗人员首先充实到工商企业、金融企业。然而，贵州省市场发育水平低下，国有经济占的比例大，银行呆账率高、企业亏损严重，本身面临裁员的严峻形势。贵州的资源优势是煤、电、磷、铝等能源与原材料产品，但在计划经济时期，他们都是低价位产品。改革开放以来，由于国家对此采取控制价格的治理手段，再加上长期过度开发，这些产品往往产大于运，供大于求，价格也上不去。于是，生产这类产品的企业产期处于亏损或微利的状态，贵州的资源优势也不能变成经济优势。因此，如果大部制改革企图通过加强企业来分流是极其困难的。

第四，"优化结构"困难重重。优化结构，就是通过人员分流，调整政府和企业、机关和基层人员的年龄结构、知识结构和专业结构，达到优化组合，全面提高公务员队伍的整体素质。在贵州，这样的结构优化困难重重。根据调查数据显示，2001年至2005年全省363家用人单位共招录主任科员以下非领导职务的公务员2178人，公开招录的公务员占同期公务员招录总数的17.89%，其中硕士以上学位的仅占0.83%，本科学历的占 59%，专科学历占 37.97%，中专学历的占 2.2%。[①]在学历整体水平逐步提高的今天，大多数地区尤其是发达地区录用公务员的学历门槛已提升至本科甚至硕士研究生，博士考公务员的比例也大大提高，而贵州的招录却还停留在本科与专科层面。2007 年，全国领导干部和公务员具备基本科学素质的比例达 10.4%，贵州省的比例为 7.5%，尽管比往年有所提高，但仍低于全国水平。

（三）如何按照"决策、执行、监督"相互协调、相互监督制约的改革思路，重构政府权力结构和政府的运行机制，为大部制的权力监督提供保障

这不仅是贵州政府面临的问题，也是其他地方政府面临的难题。实际上，十七大报告在提到大部制改革时，是放在"建立健全决策权、执行权、监督权既相互制约又相互协调的权力结构和运行机制"上的，这就意味着大部制的整体构建要与政府决策权、执行权、监督权相互协调、相互制约，在这个基础上建立权力机构和运行机制，是大部制改革的难题之一。在进行改革时，要把调整、整合政府的议事协调机构、事业单位改革，特别是有行政职能的事业单位的改革进行统一考虑。也就是说，要把有些议事协调机构改革为决策机构，把有行政职能的事业单位改为执行机构或者法定机构。只有这样，才能实现功能的整体分化，确立起权力的结构性约束机制。当然，对大部制的约束监督，更值得笔者关注的还是如何从外部对其进行监督。实践证明，对公权力的制约最有效的还是外部的监督，特别是人大、司法、公众、媒体等。如何发挥这方面的作用，

---

① 参见聂毅、魏杰：《贵州：对公开招录的公务员调查》，载《贵州都市报》，2006 年 3 月 11 日。

对大部制改革将是一个很大的挑战。

（四）部门利益如何有效地遏制与整合，也成为贵州大部制改革最关键的问题之一

大部制机构设置有可能把部门职能交叉、政出多门、相互扯皮问题，通过改变组织形态来加以抑制。过去部门之间职能交叉，决策周期长，制定成本高，协调沟通困难，原因就在于受到了部门利益的严重影响。所谓"权力部门化，部门利益化，利益集团化"，导致政府运行成本太高、效率太低，甚至把部门利益凌驾于公众利益之上。贵州实行大部制改革后，不可避免地要将其中一些职能重叠的部门和机构进行撤并，通过改变组织形态来理顺部门之间及其内部的关系。这就涉及部门利益的分割与重组问题。同时，大部制改革也有可能会把分散的部门利益积聚为集中的部门利益。如果一个部门变为一个超级部，权力很大，对它进行监督恐怕更加困难。

三、贵州大部制改革的基本原则

贵州的大部制改革面临着许多主客观条件的巨大制约，承受着极大的改革难度与风险，面临着一系列巨大的矛盾。为了能动地、创造性地、行之有效地推动地方机构改革，必须理顺基本思路。

贵州在自然条件、经济发展程度、体制改革、市场条件、人力资源等方面均与全国一般水平有相当大的差距，而统一的机构改革部署是根据全国一般水平制定的。因此，贵州应当一切从实际出发，实事求是地确立具体的改革思路。根据贵州实际，拟应确立以"四个必须"为主的基本改革原则，即必须有更积极的改革态度，必须有具体的改革目标，必须有更长期地

改革战略，必须有因地制宜的改革方针。

（一）必须有更积极的改革态度

贵州的大部制改革除了具有全国一般意义上的必要性、紧迫性和重要性之外，还有自身经济社会发展问题对政府和政府机构改革的特殊需求：其一，落后的本质是体制性改革滞后。经济体制改革滞后，是贵州之所以落后的基础性原因，而机构改革又是加快经济体制改革、促进地方经济社会发展的重要前提。因此，贵州更应持积极的改革态度。其二，贵州经济社会发展对政府的倚重程度更高。根据社会愈小、政府作用愈大这一贵州的基本规律，在当前今后相当一段时期，政府需要做的工作很多。中央政府和发达地区可以不管而交由市场自己去做的事，在贵州则难于交出去。诸如市场主体不到位、生产要素市场极不完备、法律体系极不健全、社会保障极不配套、社会中介组织极不健全等"五不"问题，还是需要依赖政府通过行政手段加以建立培育和完善；贵州的农业、农村和农民问题、严峻的生态环境和生态治理重建问题、极其薄弱的基础设施问题以及严重发展滞后的科技教育问题等，在市场发育极不充分条件下，贵州仍需要规模适度的政府，需要相当程度的政府直接管理，而不是一般泛泛而论的"小政府"。其三，贵州更需要精简高效、廉价、理性的政府。正因为贵州对政府的倚重程度更高，同时又无法承受一个臃肿庞大、效率低下、管理方式陈旧的政府，从而更迫切需要进行政府改革，以适应和促进贵州经济社会的发展。因此，贵州的政府机构改革更为迫切、更为必要。据此，贵州对待机构改革的基本态度不应当是消极的、被动的、应付的，而必须是积极地、主动地、切实地进行机构改革。

（二）必须有因地制宜的改革目标

贵州的大部制改革必须从实际出发，制定因地制宜的改革方案与目标。笔者认为，贵州大部制改革的目标应是：建立一个高效、廉价、规模适度而强有力的服务型政府。所谓高效，即是坚决按政企、政事、政社分开要求，将过多地集中在政府的事务、权力、责任和矛盾还给企业、还给事业单位、还给社会，在政企、政事和政社之间以及政府部门之间明晰职能和权责。所谓廉价，即是指贵州不仅需要一个廉洁的政府，同时还需要一个"廉价"的政府。这就需要大力裁减冗员，大力推进各项相关政策，尽快将"吃饭财政"转化为发展财政，使有限的经济积累成果用于区域经济社会发展事业。所谓规模适度，是指贵州政府模式不应当简单地按"小政府"或"弱政府"模式来设置，而应当在充分认识和把握住贵州经济社会发展水平、市场发育程度、地域和人文特点等诸方面个性特征基础上，建立与地方财力相适应、与区域经济社会现状和发展需要相适应的、保持一定规模的政府。总之，贵州的这种政府，一是小不了，二是不能太小；所谓强有力政府，是指贵州需要一个强有力的管理中心，更好地管理和引导地方经济社会的发展。贵州经济基础十分薄弱，以市场机制为中心的社会经济自组织能力较低，尚无起主导地位的主流经济形态。一方面计划型经济正趋于削弱，而另一方面市场型经济尚远未成气候，总体上处于从"计划—市场"的转型初级阶段。在此阶段上，计划与市场交错冲突、体制内外利益相混淆、社会意识互相抵触而分裂，市场型运作机制和社会各阶层行为道德规范极不成熟，这些均需要一个较强有力的政府在推动经济体制转型、协调社会各阶层业已分化且日趋冲突的利益关系、规范社会行为以及在农业、农村和农民问题上，在日趋严峻的生态问题上，在极其薄弱的基础设施和公共设施诸多方面，发挥政府在贵州当前乃至今后相当一段历史时期内不可替代的主导作用。

通过机构改革，将使贵州传统的低效、昂贵、庞大而软弱的政府得到针对性改观，政府政策制定能力和执行权威将得以提高，规范与协调功能将变得更强，仲裁和斡旋角色更加突出。只有这种切合贵州实际的政府，才能管理和引导贵州在一个脆弱的生存环境和严峻的发展态势中度过种种难关。

（三）必须有更长期的改革战略

全国机构改革的总体目标是要建立起与社会主义市场经济体制相适应的精简统一、责权一致、政企分开的符合现代化国家效能政府。这当然也是贵州机构改革的目标。然而，相比较而言，贵州经济发展严重滞后，市场经济体制尚处于发育的初级阶段。这样，贵州应着力通过加快经济体制改革、建立和培育市场、催育社会中介组织等方式促进市场经济体系的建立，才能为机构改革奠定相应的经济体制前提条件，才能在不断推动的市场化改革和发展的基础上实现全国机构改革的总体目标。因此，贵州的大部制改革更为艰难、任务更重。在贵州，按市场经济要求运作的、完备的、发达的市场环境远远没有形成，传统的计划型资源配置方式仍然起居于主导或统治地位；此外，还存在着社会中介组织严重残缺、社会保障体系尚处雏形阶段、市场主体到位程度低、步子慢等一系列基础性缺陷。这样，贵州的大部制改革不应当而且也不可能通过这次自上而下的改革一蹴而就或是应景之举，而是一个长期的战略性任务。必须通过以经济体制转轨为中心的各项配套改革，加快建立社会主义市场经济体制，为机构改革创造必不可少的经济基础和社会条件。

（四）必须有因地制宜的改革方针

政府机构改革必须遵循中央确定的方针、原则和目标。同时更应当看到，机构改革的实质是在于建立社会主义市场经济相适应、推动经济发展和社会进步的管理体制，而不是为改机构而改机构。因此，必须在中央大政方针框架内，从贵州的实际出发、从贵州的"三个有利于"出发进行地方机构改革；必须在党中央、国务院给地方的活动空间内，能动地、创造性地、"唯实而不唯上"地制订地方具体的改革方针。在职能转变方面，该弱化即弱化、该强化则强化。例如，农、林、水、科学技术、教育、基础设施等这些贵州最为薄弱、最为致命、最亟待发展的方面，政府职能应当强化。在相当一段时期内，在注意向间接管理过渡的同时，还应适当保留某些领域和产业的直接管理职能；在政企分开方面，对于已改制或企业的市场环境较好的行业企业，要坚决按照机构改革的基本原则进行改革，把政企不分、政府直接干预企业生产经营活动的传统管理模式，转到按市场经济的基本原则，管产权代表、管立法和监督、管社会保障的新型管理模式。但是，鉴于贵州支柱产业幼稚、地方经济发展缺乏带动、地方经济极为薄弱的现实条件，地方政府应当不避嫌疑，运用权力，集中力量发展地方支柱产业，带动地方经济复苏与发展；而对众多属于重复建设的企业、没有较好市场前景的企业、连年亏损资不抵债的企业等，则应坚决实行政企分开，使之成为独立的市场主体，在市场化资源配置和竞争中去优胜劣汰；对未改制企业应加速改制，尽快实现政企分开。鉴于社会保障体制尚未建立，政府应当在下岗职工再就业与基本生活保障方面起主导作用。在处理政府与市场的关系上应当认识到，贵州的市场体系总体上仍处于形成初期，没有完备的市场环境来接管原有行政调节机制，如果不切实际地抛弃行政调节，就容易形成"调节真空"。因此，贵州政府在一定时期中，更重要的任务是大力建立健全市场体系，这个体系包括"八大市场"、"三大方面"。"八大市场"是：商品、技术、金融、人才、信息、房地产、旅游和文化市场。"三大方面"是：市场组织体系，包括交易机构、场所及交易者协作组织；规范体系，按市场运行规则和公开、公平、公正的要求，实行合法的、有序的经营交易，制止不法行为；流通体系，要形成货畅其流、统一的、无障碍的、没有地区封锁的市场体系。在精简人员方面，应根据贵州不同行政层次、不同发展类型的经济社会的实际状况和发展需要，制定具体的精简方案，不搞"一刀切"。各职能部门和政府办事机构的人员精简比例，宜大则大，宜小则小；省、（地、市）县、乡（镇）精简比例也应有所不同，拟以"上大下小"方式为好；经济社会发展类型不同地方，应因地制宜，分类指导。

四、贵州大部制改革的基本思路

（一）分析现状，因地制宜作好规划

我国目前地方政府机构构成的特点主要是：机构的种类数量较多；上下对口色彩较浓；机构设置仍重视管制，忽视服务。而我国地方政府所面临的情况是有所差异的，因而政府机构的设置也绝对不能"一刀切"，例如在一些自然资源相对丰富的地区，政府可以根据当地资源配置的需要，组建必要的行政机构。因此地方政府的大部制改革必须坚持因地制宜的原则，根据本地实际情况，在《宪法》和其他法律的引导下，由地方党委、人大、政府全面、科学地设计大部门体制改革的方案。具体到贵州省，要做到充分发挥省内各级政府的积极性、创造性，对

关系政府管理组织架构、规则、程序、运行机制等监督机制，因地制宜地统筹考虑大部制改革、决策与执行适当分离、行政审批制度，等等。此外，还要统筹规划党委、人大、政协与政府大部制的权力、机构等诸方面的整合与衔接问题。

（二）理顺关系，合理定位政府职能

贵州现行的地方政府在很大程度上存在职能不清、职能错位等现象。长期以来政事不分、政企不分、上下之间权限不明，政府直接干预微观经济生活而弱化了社会管理、公共服务职能。政府职能是政府机构设置和改革的重要依据，实行职能的合理划分是构建大部门体制的重要前提。因此，贵州政府必须着力转变政府职能，对政府职能进行合理的整体性定位和结构性调整，才能真正构建职能有机统一的大部门体制。鉴于我省的实际，政府的职能应该定位为：执行中央宏观调控政策，做好本地区市场监管、社会管理和公共服务，弱化微观经济管理职能，强化社会管理和公共服务职能，转化部分公共服务执行职能，适度实现决策与执行分离。

（三）统筹协调，加大机构整合力度

贵州政府可以在理顺部门关系的基础上，以地方政府的职能定位为基础，自上而下地在县级以上政府整合部门资源，主要任务是大幅度精简经济类部门；相对集中行政、监督和行政处罚权，设置综合执法部门；对社会和文化事务进行综合，尝试大系统管理模式。

（四）变革政府运行机制，实行决策、执行、监督相互协调与相互制约

主要是：第一，建立以行政首长为责任人的大部门决策责

任主体，这个主体必须具有广泛的覆盖性和代表性。第二，探索实行决策权与执行权适度分离，执行部门负责执行和服务，业务要相对独立。第三，建立有效的监督体制。除强化党的监督职能外，主要是健全问责制，包括政治问责（人大对政府进行质询甚至罢免），行政问责（建立行政首长问责制、行政机关责任制和岗位责任制），法律问责（司法机关追究行政违法行为），道德问责（通过媒体、公众监督，强化道义责任）。此外，还要强化审计监督和纪委监察机关监督。

（五）构建平台，实现部门协调配合

职能定位、机构整合和方式创新，必须在部门间协调配合机制平台中才能实现。只有建立了政府部门间协调配合的平台，政府部门才能树立整体观念和大部门观念，及时沟通，加强协调，有序运行，充分发挥行政系统的整体功能。因此，贵州必须切实加强部门间协调配合的制度安排和平台构建。有效的途径是强化政府权威，强化行政首长权威，强化办公厅（室）协调职能，对现行行政资源加以整合，在部门间进行沟通机制建设、业务衔接与配合机制建设、行政资源整合机制建设等，并在这些方面提供切实的制度供给，以克服多头管理、各自为政现象；大部门内也应建立相应机制，以协调部门内部工作。

五、贵州大部制改革的具体对策

大部制改革，第一位的任务和目标就是精简机构，转变政府职能。不转变职能，压缩编制和分流人员的问题就会成为一句空话。贵州也要坚决、持续地大力精简各级政府机构，减少行政管理层次，切实转变政府职能，实现政企分开，合理划分

和界定政府部门的人事权，理顺上下左右的工作关系，逐步建立起一套办事高效、运转协调、行为规范的行政管理体系，坚持走"小机关、大服务"的路子。

我国现行的各级地方政府机构设置的基本框架是在计划经济体制的条件下逐步形成的。由于历史条件的制约和宏观环境的限制，一些深层次的矛盾和问题虽然已经多次精简改革，但仍未得到根本解决，机构设置、职能配置与社会主义市场经济发展的矛盾日益突出。针对这种情况，贵州的对应政策是必须依据社会主义市场经济体制的要求，认真研究各级政府的机构设置与调整压缩方案，坚决精简机构，转变政府职能。

（一）大力推进政企分开

各级政府的专业经济管理部门，解除企业与政府行政部门的隶属关系，实现政企职责分开，使企业成为完全独立自主的企业法人。通过调整改革，切实把各级政府的职能转移到经济调节、社会管理和公共服务等方面来，把企业的生产经营和投资决策权真正交给企业，把社会可以自我调节与管理的职能交给社会中介组织等去承担。

（二）精简合并

根据有利于精简和避免权力纷争的原则，对那些职能交叉、互相扯皮、工作效率不高、形不成集中统一管理的机构，要下决心实行精简合并，集中其行政职能由一个部门管理，克服管理多头、政出多门的弊端。

（三）职能对应

在纵向关系上，省级政府部门的组成部门应与国务院的组成部门基本对口，以利工作的相互衔接。省级以下各级地方政府一般不设置与国务院办事机构相对应的机构和部门管理的机构。州、县两级由于机构个数的限制，有的可采取一个机构几块牌子的办法，以求同上级政府部门的职能对应，保证业务工作联系渠道的畅通。

（四）机构设置限额

除地（州、市）、县两级的某些特殊情况外，各级政府总体上应坚持在中央规定的机构限额内设置机构。具体途径除前述原则外，凡能通过改变机构性质改为企事业单位的要坚决改为企事业单位；凡属接待管理性的机构，要通过合并组建为后勤服务机构。在一个省的范围内，各级政府的机构设置模式要相对协调，坚持统一的机构规范。

（五）加强政府综合经济部门和执法监督部门

省级政府综合经济部门要强化区域经济调节职能，计划、经济贸易以及财政部门的主要任务是贯彻执行国家关于国民经济和社会发展的方针政策及发展战略，以市场为导向，对本地经济社会发展实施区域调节与管理，保证国家宏观调控顺利进行并促进地区经济的发展与社会进步。省级以下的一些执法监督部门，要按照中央的部署，逐步垂直到省一级统一管理。

（六）压缩编制，减少各级领导副职

压缩编制、减少各级领导副职是精简机构的必然要求，同时也是巩固机构精简成果的重要条件。光减机构，不减编制，不仅人浮于事的问题难以解决，地方财政负担难以减轻，且会成为机构减而复增的直接因素。机构少了，编制不减，许多人就会无事可干。无事必然生非，其中之一就是要求分设机构，恢复昔日的权力。因此，随着机构的精简，必须相应地压缩各级政府机关的行政编制，优化人员结构，提高工作效率，这是各级部门必须共同遵守的普遍原则。

在压缩各级政府机关行政编制的同时，要努力减少各级领导副职。领导副职过多是目前政府机构一个症结问题。贵州不少地方一二十来万人口的县也配了近 10 名政府领导副职。同时，各级党、政、群、团事业单位也存在严重的副职过多问题，有的厅级单位一个厅级干部甚至只能分管一个处，有的一个单位四五十人，也是"厅级"，正副厅级干部六七个，下设七八个处级机构，处长、副处长几乎就是"寡头司令"。职浮于事，效率低下。因此，减少各级领导副职的原则是，既要定得精干，又要符合实际；既然定了，就必须严格遵守，体现出其应有的约束力。

依据上述原则，市（地、州）级政府（行署）的领导副职为 2～4 名，即辖 8 个县级行政建制及其以下的为 4 名，在此基础上每增加 3 个行政建制可多配 1 名，至多不超过 4 名。县级为 2～3 名，辖 40 万人口可增配 1 名，至多不超过 3 名。省级政府部门的领导副职为 1～2 名，市（地、州）级政府部门的领导副职为 2～3 名，县（市、区、特区）级政府部门的领导副职为 1～2 名。在市、县级政府部门中，凡一个部门完整地对应上级几个部门的职能范围的，每增加一个对应部门，可增加 1 名副职领导职数，至多不得超过本级政府部门领导副职限额的上限。现有领导职数超过上述限额，要予以调整分流。

（七）妥善处理人员分流

人员分流是精简机构、压缩编制的必然要求和重要保证，同时也是机构改革中的一个热点、难点和焦点问题，可谓是机构改革的重中之重。为保证各级政府机关现有人员的顺利分流，首先必须提出停止增员问题，这是实现人员分流的前提和条件。入口不堵，出口就难以撇开。政府机关一边要求富余人员分流，一边又增加新的人员，不仅人员与编制的数量难予调平，而且会给分流人员的心理带来严重不平衡，以致阻碍分流工作的顺利进行。因此必须明确规定，从现在起，除个别特殊专业和特殊情况外，在各级政府机关的富余人员尚未完全"消肿"之前，各级党、政、群机关一律停止新增人员；缺编部门所需的人员，应从超编部门的现有人员中选调，以促使机关人员的顺利分流。

　　笔者认为，人员分流的主要途径是：第一，严格执行退离休制度，按时办理退离休手续，并可提前2～3年退休或离岗退养。第二，随着部分政府机构在机构改革中转变机构性质，可随建制划转部分人员。第三，从政府机关中选调干部去充实加强公检法、城管、稽查、地税、工商、技术监督等执法队伍。编制外临时人员大量充斥执法部门是贵州普遍存在的问题，这种状况产生了一系列不良结果：首先，降低了执法队伍素质。临时人员大都为待业青年，未经任何培训即上岗执法，严重影响执法质量；其次，加剧了地方"三乱"状况。由于这些人员不是由正规财政负担，而是主要通过乱收费、乱罚款、乱摊派来筹集。相当程度上助长了种种不法行为，劣化了社会秩序和社会风气。因此，从整体素质相当好的政府部门中分流部分人员充实执法部门，无论于机构改革本身还是执法部门人员优化均大有好处。

实

践

篇

第八章 贵州政府创新的主旋律：
政务公开

政务公开，是指行政机关将依法管理事项向社会公开，便于公民、法人和其他组织知晓、监督的制度。政府系统实行政务公开，是接受社会监督、促进政府职能转变和依法行政的重要措施，是加强社会主义民主政治建设的重要内容。实行政务公开，有利于提高工作效率，方便企事业单位和群众办事，有利于提高依法行政水平，严格依法管理，有利于强化对政府工作的监督，有效遏制消极腐败现象，有利于进一步落实民主决策、民主管理、民主监督制度。全面深化政务公开，努力做到"阳光行政"，是加强政府自身建设、推进政府管理创新的重要举措。

第一节　政务公开与政府创新

由于贵州政府创新的总目标是构建公共服务型政府，而公开、透明、阳光、便民等皆是服务型政府的典型特征，因此，持续不断的政府创新、改革的过程必须"公开、透明"，让公众有知情权、参与权，也就是说，政府创新的过程必须做到政务公开，政务公开是政府创新的基本要求。反过来，政府创新能有效地促进了政务公开，因为：第一，政府制度创新能进一步畅通群众参与政府重大决策的信息渠道。在政府创新的过程中，推行重大决策时都会做到事前、事中和事后公开，建立社会公示、重大事项听证、专家决策咨询、市民旁听政府会议、新闻发言人和新闻发布会等项制度，广泛开展市民意见建议征集活动，有效拓展了政府信息的反馈渠道。第二，网站上"政务服务中心"、"政务公开"、"省长信箱"、"便民利民"、"网上办公"等栏目的开辟与建立，进一步拉近了干群关系，公开了政务工作。全省仅 2007 年上半年"省长信箱"就办理群众意见和建议 105 件，办结控告申诉 104 件。① 第三，政府制度创新与管理创新能进一步规范事关群众切身利益的信息公开方式。针对"上学难"、"看病贵"等群众关心的热点难点问题，在医疗卫生单位普遍推行治疗费用"一日清"制度，在学校普遍推行"一费制"制度，水、电、气等公用行业的收费依据、收费项目、收费标准均已全部向社会公开。

第二节　创新村务公开方式：
遵义市红花岗区村务
"点题公开"制度

随着基层农村民主政治进程的加快，广大党员群众的民主意识增强，要求参与民主管理、民主决策的热情越来越高。而村级组织作为农村各项工作的组织者、实践者和推动者，必须正确地对其加强引导，这样才会赢得党员群众的支持。实践

---

① 参见《贵州省大力推进政务公开　不断创新公开工作方式》，载贵州省人民政府网，2006 年 2 月 15 日，http://www.gzgov.gov.cn/.

证明，村务公开制度就是推进基层民主建设的一把"利器"。如何做到"村务公开"，让村民对村务有充分的知情权与参与权，拉近干群距离，营造和谐干群关系，已成为新农村建设中实现"村务公开"的重要手段。

为了了解"点题公开制度"的真实情况，笔者两次到遵义红花岗区调研，走访了长征镇镇政府、新蒲镇新蒲村村委会及部分群众，采取普遍调查与重点调查相结合的方式，收集了大量的第一手资料。

一、遵义市红花岗区"村务点题公开"的主要做法

近年来，遵义红花岗区认真贯彻落实中央《关于加强农村基层党风廉政建设的意见》精神和省、市要求，创造性地开展了"村务点题公开"，2007 年 6 月获"全国村务公开民主管理制度创新提名奖"。其主要做法是：[①]

（一）规范"点题公开"内容，把选择权交给群众

红花岗区推行的"村务点题公开"制度，即村民以口头或书面形式，将村委会应该公开而未公开或已公开但不详细、不清晰的村务以及其他想要了解的问题，向村委会提出，由村委会相关人员当场或限期答复。这种方式改变了以往村民被动接受公开内容、村委会公开什么村民就只能看什么的状况，把公开内容选择的主动权交给村民，让村民想看什么就公开什么。同时，为增强村民点题的针对性，点题公开的主要内容规范为

---

① 以下内容主要参见红花岗区纪委：《红花岗区深化村民点题公开　促进农村和谐》，载遵义廉政网，2008 年 7 月 22 日，http://jyj.zunyi.gov.cn/cms/cms/website/lianzheng/jsp/page.jsp? channelId = 5772&infoId = 2008261969.

"财务类"、"政务类"和"自治事务类"三个部分，共计 23 个小项，方便村民提问。2005 年至 2007 年，全区"点题公开"现场会共提出问题 1103 个。

（二）强化"点题公开"职责，做到责任明确

一是健全领导机构。首先是建立红花岗区村务公开和民主管理协调领导小组，加强对全区村务公开和民主管理及点题公开工作的领导。点题公开推行初期，个别村干部认为村民现场提问这是与村干部"过不去"，让村干部"难堪"，从而产生抵触情绪，不热心点题公开工作；有的村民认为让村民监督村干部只是走走形式，实际作用不大，而且担心意见提多了，日后遭打击报复。针对这些情况，区纪委、监察局、民政局多次深入镇、村进行调研，做干部、群众思想工作，组织各村干部向村民作出自觉接受民主监督的承诺，并明确由镇包村领导主持"点题公开"现场会，消除村民的顾虑，提高了参与积极性。同时，各镇成立以镇党政主要领导为组长、分管领导为副组长、相关机构负责人为成员的镇"点题公开"指导小组；各村成立村务公开和民主管理小组以及村务公开监督小组，具体负责组织实施本村的"点题公开"工作。

二是明确部门职责。红花岗区民政局负责组织协调相关部门和指导、督促各镇开展村务"点题公开"工作；镇"点题公开"指导小组负责指导、督促本辖区村委会开展"点题公开"工作；村务公开和民主管理小组负责组织本村"点题公开"现场会；红花岗区委组织部负责将村务"点题公开"纳入"五个好"镇党委和村党组织建设考核评比的一项重要内容。

三是加强监督检查。村务公开监督小组对本村开展的"点题公开"进行全程监督；镇、村领导和干部对会议现场进行监督，确保村干部如实回答村民的提问；镇社会事务办及时掌握

"点题公开"工作情况，对村民所提问题的落实情况进行督促检查；镇纪委及时受理群众举报，认真查处通过"点题公开"发现的违纪问题；区纪委监察局对全区村务"点题公开"的开展情况和各相关单位履行职责的情况进行监督、抽查。

（三）搭建"点题公开"载体，确保公开有序进行

一是组织召开"点题公开"现场会。每年 7 月和次年 1 月各村召开两次"点题公开"现场会，由村民根据需要就想要了解的村务当场进行提问，村干部根据工作分工当场进行解答。对于特殊情况不能当场答复的，10 日内必须将办理情况通过村务公开栏进行公示，并将该问题的《解答回复单》送达提问人。2006 年 7 月，新蒲镇新蒲村委会准备以 8.8 万元的价格处置闲置办公楼，在"点题公开"现场会上，有村民就办公楼处置提出疑义，要求在群众代表和镇纪委的监督下实行公开拍卖，结果由保底价 8.8 万元拍卖到 12.6 万元。

二是以《提问联系卡》为载体。尽管在村民会议或村民代表会议上进行"点题公开"是干群面对面沟通的最有效方式，但半年召开一次，时间跨度较长，存在着平时监督乏力的弊端。对此，2006 年，红花岗又增加了《提问联系卡》，各镇把《红花岗区基层工作守则》和镇纪委书记、镇社会事务办主任、包村干部、村干部联系电话、镇信访举报电话印制成折叠卡发放到农户手中，解决"点题公开"现场会工作的盲点。

（四）规范"点题公开"程序，防止走过场

一是做好会前准备。村委会结合村情实际制定公开方案，召集村务公开监督小组审查、完善后，以村委会名义提前一周通过张贴公告、广播等形式告知村民。

二是进行现场质询。镇包村领导主持"点题公开"现场

会，介绍议程并宣布纪律。村委会主任代表村委会作述职报告，村民就报告涉及的内容和想要了解的问题当场提问，村支两委成员根据工作分工现场解答。2005年1月，长征镇和礼仪镇合并后，镇政府对原低保户进行清理，取消了原礼仪镇34户村民的低保资格，在村务"点题公开"现场会上，部分被取消资格的村民认为"两镇合并把低保都合并掉了"，要求"给个说法"，否则就到区里上访，针对这个问题，村干部对申领低保的有关条件作出了解释。

三是开展群众现场测评。质询完毕后，村民现场对村支两委成员进行民主测评，当场公布测评结果。第一次测评满意率达不到60%的，由镇纪委责令其限期整改。若连续两次测评满意率达不到60%，对村委会班子成员的劝其辞职，不辞职的依法启动罢免程序；其他村务管理人员，由村民会议或村民代表会议作出处理决定。2006年，根据测评情况，对3名满意率较低的村干部给予了警示谈话，8名满意率低、群众意见较大的村务管理人员被辞退。

四是落实会后答复。对于特殊情况不能当场答复的，镇"点题公开"指导小组督促村务公开和民主管理小组在10个工作日内将办理情况通过村务公开栏进行公示，并将《解答回复单》送达提问人，由提问人签署意见。2005年至2007年，全区"点题公开"现场会共提出问题1103个，现场解答994个，占90.1%，会后以书面形式答复109个，占9.9%。

二、遵义红花岗区开展"村务点题公开"活动的意义

"村务点题公开"推行阳光村务，让村民参与村务管理和监督，对进一步扩大基层民主、促进农村和谐稳定起到了重要的推动作用。

第一，满足了广大群众的知情权和参与权，化解矛盾。"村务点题公开"的内容来自于广大群众的"点题"及时反映了农民的呼声，合乎民意。"村务点题公开"还畅通了群众诉求渠道，村两委能够及时了解群众的意见、呼声，对村务管理中存在或者可能存在的问题，及时进行纠正解决，把矛盾化解在萌芽状态。

第二，"村务点题公开"的内容都与广大群众的切身利益密切相关，有利于群众当家做主，民主理财，大大激发了农民参与村务管理的热情，使村务公开沿着健康有序的轨道运行。由于村民的民主权利得到保障和落实，意志得到充分反映，对村干部的工作也更加理解和支持。过去有的村"干部说东群众往西"，村民对村里组织的各项工作不参加、不支持，通过"点题公开"，工作透明了，村民的心气顺了，逐步形成了干群合力干事的良好风气。

第三，广大群众对村干部能有效地行使监督权，防止干部隐瞒农民关心的"村误"及暗箱操作等不良行为的出现，真正做到了"给村民一个明白，还干部一个清白"，有效地促进了村干部廉洁从政的作风。"村务点题公开"规范了村干部依法、依纪、依规办事的行为，使一些抱有个人私利的人失去了市场，防止权力失控、决策失误和行为失范，从源头上遏制腐败现象的发生。2005年，遵义红花岗区共受理群众对"村官"的信访举报31件，立案查处14件；2006年各为27件和11件，分别下降12.9%和21.4%；2007年各为22件和1件，分别下降18.5%和90.9%。①

实践证明，"村务点题公开"搭建了村干部与村民的"连

---

① 红花岗区纪委：《红花岗区深化村务"点题公开"　促进农村和谐》，载遵义廉政网，2008年7月22日。

心桥", 密切了农村基层干群关系, 保证了村民的知情权、参与权和监督权, 合民意, 顺民心, 保民利, 已经成为红花岗区农村基层党风廉政建设的重要推手, 有力地推进了社会主义新农村建设, 是相信群众、依靠群众、尊重群众的具体体现, 更是忠实践行"三个代表"重要思想的具体行动。

三、遵义市红花岗区"村务点题公开"的启示

通过红花岗区的实践, 笔者发现, 要使村务"点题公开"制度得以认真贯彻执行, 确保取得预期效果, 必须把握好以下几点。

(一) 必须规范点题程序

红花岗区"村务点题公开"的程序为: 点题、审题、答题、反馈。这四个程序缺一不可, 否则"点题公开"就会流于形式。可通过设立"点题意见箱"、召开会议、电话征集、口头征集等形式征集点题, 点题主体及时梳理, 筛选群众的意见、建议, 确定点题内容。然后, 点题主体牵头人及时向村"两委"通报点题内容, 使其按点题主体提出的要求在村务公开栏内的"'点题公开'栏"上作出答复, 并及时收集反馈消息。

(二) "村务点题公开"要正确处理两个关系

"点题公开"是政务公开的一种有效补充形式。"点题公开"制度的推行, 使群众达到了维护自身利益、监督干部行为的双重目的, 提高了群众参与公共事务管理的积极性, 促进了党委政府与群众之间的良性互动。但是, 村务"点题公开"工作要取得实效, 还必须处理好两个关系: 一是公开的要求与公

开内容的关系。"点题公开"是让群众了解他们所要了解的东西，解除心头的"疙瘩"，给群众一个明白，还干部一个清白。但是，公开也要把握好"度"，要把握好哪些内容能公开、哪些内容不宜公开。在依法公开的基础上，要区分哪些只能在党内公开，哪些可以在党外公开。对于群众的要求，要区分是某一个人的要求还是多数群众的要求，是无理的要求还是正当的要求，处理好少数群众利益和多数群众利益的关系。二是"点题公开"与正常的政务公开的关系。"点题公开"是对原有的政务公开的深化，首先要做好原有的政务公开工作，在此基础上推行"点题公开"。"点题公开"是对政务公开工作的查漏补缺。推行"点题公开"，并不是哪个村的"点题公开"项目越多就越好，相反，应是政务公开越完善越好，"点题公开"越少越好。群众对政务公开的内容满意了，知道了自己想知道的事情，自然而然就不会要求"点题公开"。因此，要辩证地处理"点题公开"与正常的政务公开的关系，不能为片面追求"点题公开"的绩效，就丢掉原有的政务公开工作。

（三）必须完善点题配套机制

第一，必须建立完善的考核机制，把"村务点题公开"工作列入乡（镇）村党风廉政建设责任制考核和干部岗位目标考核内容。第二，要严格责任追究。明确"点题公开"实施主体的责任，对"点题公开"工作不力或不称职的干部进行批评教育，对拒不公开、弄虚作假、打击报复、侵犯群众民主权利的，实行责任追究。第三，要建立健全监督机制。乡镇纪委和"点题公开"工作领导小组成员负责对制度实施的情况进行检查和督促，确保在实施过程中不走过场、不避重就轻。县纪委、监察局建立投诉中心，设立专用投诉电话，对群众有意见、有投诉的事项及时督促有关部门认真改进和办理。

第三节　创新信访矛盾化解机制：
黔西县 "信访听证制度"

　　随着社会主义市场经济各项工作的全面推进，社会矛盾呈现出复杂、激烈的特点，由于群众反映的问题得不到及时的解决或群众仍然不满意，重复上访、无限申诉、集体访、越级访层出不穷，严重影响了国家权威，其示范效应又促使上访愈演愈烈，乃至影响社会和谐和国家机关权威。2006 年，中央纪委副书记张惠新同志公开要求各级纪委大力推行信访举报办事公开。他要求："针对部分群众反映强烈的重大、复杂、疑难信访问题，采用信访听证会的办法解决，推动信访工作运行机制改革，搭建有效解决信访问题的新平台。"[①] 对重大、复杂、疑难的信访案件举行信访听证，纪委定期召开信访听证会，与新闻媒体联手，实行 "阳光作业"，是化解信访人对信访部门产生的抵触情绪的重要途径，往往会收到事半功倍的效果，其处理结果也往往会使信访人更加容易接受。因为听证在于 "听"，不仅是主持人听，而且信访人也在听，各方均有平等的发言机会，一方面可以吸收多个部门、地区的人员参加，有利于信访案件的快速解决；另一方面，可以给信访人发表意见的机会，通过质证和辩论可以进一步了解事实真相、化解信访案件，有效避免矛盾激化。

----

　　① 《张惠新出席部分省（区、市）信访举报工作办事公开研讨会》，载《中国纪检监察报》（第 1 版），2005 年 11 月 14 日。

信访听证是指处理信访问题的机关在作出影响信访人和被反映人合法权益的决定之前采取听证会的形式，由信访人、被反映人（即利害关系人）就特定信访事项向处理信访问题的国家机关表达意见、提供（出示）证据、陈述申辩、质证，以及国家机关听取意见、核实并接纳证据并据此作出决定的一种制度。包括四层涵义：一是信访听证的直接目的在于弄清事实、发现真相，给予当事人就重要的事实、证据提供质证的机会，保护信访人的合法权益；二是信访听证的价值在于规范国家机关办理信访事项的程序和信访人的信访行为，最终实现依法处理信访问题；三是信访听证的本质在于是公民运用法定权利抵抗有关机关可能的不当公权行为，缩小"弱势群体"与国家机关之间因地位不平等所造成的巨大反差；四是保证处理决定的合法性与公正性，确保当事人的合法权益不受侵犯，督促有关国家机关依法处理信访事项。实现事先、事中监督，促进有关国家机关自我监督、自我改正。①

2004 年，黔西县在地委、行署的领导和地纪委监察局的精心指导下，结合工作实际，积极探索和实践，在全省范围内率先推行信访听证制度，经过一年的努力，黔西县信访率比去年同期下降 30.1%，信访问题在基层的消化率达 50%，基本实现了"小事不出村、大事不出乡镇、疑难问题靠听证"的目标。

为了了解黔西县推行"信访听政制度"的具体内容及做法，笔者采访了黔西县原挂职副县长陈永堂，收集了丰富的第一手资料。

---

① 参见张毅：《行政处罚听证程序的适用》，载 www.chinapostnews.com.cn .

一、黔西县推行"信访听政制度"的背景及基本做法[①]

黔西县历来重视信访举报工作，多次得到省、地有关领导的表彰和肯定。近几年来，随着国家重点建设工程贵毕公路、洪家渡电站、索风营电站、东风电站、黔西火电厂等一系列重大项目在黔西县相继实施，全县初步形成以"三水一火"为骨架的新型工业体系，城乡面貌焕然一新，经济社会获得了空前发展。在改革不断深化、开放日益扩大、发展不断加快的同时，新旧体制转换过程中许多利益矛盾碰撞日趋激烈，多年改革和建设中所积累的深层次矛盾也不断显现，诸如水电开发中的移民搬迁补偿问题、国有企业改革改制过程中的下岗职工安置问题以及公路建设、煤矿开发、城镇建设中的征地拆迁问题等，都不同程度地影响了全县的改革、发展和稳定。突出的表现是：信访案件增多，群众对干部产生怀疑，干群关系紧张，集体上访、重复上访、越级上访等问题加剧，机关、干部职工的工作秩序和群众的生产生活秩序受到严重影响，这些问题牵制了县委、县政府的大量精力，处理不好就会激化矛盾，影响社会稳定，影响党和政府的形象和声誉。

由于改革与发展、政策实施与法律颁布、陈旧观念与传统观念、职责明确与关系理顺中出现了一些不衔接的情况，导致有的信访问题虽能在当地解决，但当事人却往更高一级的组织信访上访，有的群众无论是大事、小事还是不清楚不明白的琐事都要来找政府解决。如何解决好群众信访问题，理顺关系，明确职责，形成分级负责、归口管理、层层抓落实的信访工作

[①] 以下内容参见中共贵州省黔西县纪律检查委员会：《黔西县信访听证制度的主要做法及成效》，载《中国党政干部论坛》，2005（5）。

格局，防止重复访、越级访和集体访现象出现，成了信访工作迫切需要研究和解决的问题。2004年年初，黔西县委、县政府通过认真总结经验，分析形势，决定把做好信访工作作为贯彻党的十六大精神、实践"三个代表"重要思想、密切党和人民群众的血肉联系、提高党的执政能力的一项重要举措，从人民满意的地方做起，从人民不满意的地方改起，从小事做起，从群众看得见、摸得着和最关心的热点难点问题做起，着力推出了信访听证制度等一系列配套措施和办法，面对面地解决事关群众切身利益的很多困难和问题，使大量信访问题再次得到有效的解决和消化。其结果是改善了党群干群关系，有效地维护和促进了社会政治稳定，保证了改革开放和经济建设等其他各项工作的顺利进行。主要做法有以下三条：

（一）加强领导，明确责任，确保信访听证制度落到实处

县委、县政府领导班子高度重视信访举报工作。成立了县委书记任组长，县长和县委副书记、县纪委书记任副组长的信访工作领导小组，全面负责信访工作的领导、协调、指导和督促。领导小组下设办公室，抽调业务能力精、政治素质好的人员办公。建立了处理信访问题协调联系会议制度，明确25个部门联合办信访。28个乡镇和72个县直部门相应成立了领导小组和办公室，并建立信访问题联席会议制度。为提高信访听证工作质量和水平，实行了"六制"管理，即跟踪督察制、月通报制、诫勉谈话制、绩效考核制、倒查制、责任追究制。同时，明确各级各部门主要领导要站在全县经济发展、社会稳定的高度，抓好信访举报工作，研究信访举报事项，接待上访群众，协调解决疑难复杂信访问题，形成主要领导亲自抓、分管领导具体抓、其他领导配合抓、有关部门协助抓、县抓乡、乡

抓村、一级抓一级、层层抓落实的信访举报工作格局。信访部门组织召开的每一次重大疑难信访听证会，主要领导或分管领导都要听取汇报，对听证范围、质证问题等相关的程序性和实体性的问题进行研究，周密部署，并随时掌握听证会的进展和动态，及时帮助解决听证过程中出现的新情况、新问题，确保听证制度落到实处。

（二）分析形势，规范运作，强化"三个"环节保障

通过对黔西县近3年来的信访举报情况进行梳理排查，共有6大类47个问题。对这些问题反复研究后认为，造成重复访、越级访和集体访的原因很多，而工作透明度不够、实效性不强、解决问题不彻底、重视程度不够是造成上访人久诉不息的主要原因。黔西县立足工作实际，将信访工作关口前置，防线下移，深入走访群众，广泛征求各方意见，提出了信访工作"听证制度"：规定把群众信访举报中反映党员干部的有关问题，在征得信访双方当事人同意后，借鉴行政处罚中的听证程序，召集信访当事人、有关单位和人员在上访户家门口面对面答辩听证，进行直接公开公正的调处，避免信访升级，防止重复访、越级访和集体访现象发生。在整个信访听证过程中，突出抓了"三个环节"：

第一，规范答复程序，建立听证运行机制。出台了《黔西县纪检监察信访听证暂行办法》和《黔西县信访听证制度工作实施方案》，对信访听证的指导思想、工作原则、范围、程序、步骤、上访群众的权利和义务等提出具体要求。同时，对所有听证会，要求会前必须制订好听证方案，确定参加人员、选择地点并提前告知参会人，然后才召开听证会，由双方答辩，既要讲法，又要讲理，最后由信访部门当场作出信访案件的处理意见。

第二，开展试点，探索创新。黔西县中坪镇老街村部分村民承包的土地，1997年和2000年被县供电等部门征用修建变电站和学校，有关部门除当时兑现部分征地补偿款外，剩下的9万余元迟迟未予解决。2004年3月份，老街村群众到县纪委上访，要求有关部门兑现补偿款。经过初查核实，4月16日县纪委组织国土、民政、供电、公安等部门和当地政府有关人员及上访群众共28人，在中坪镇老街村委会首次举行信访听证会，会上把争议的热点问题逐一解疑释惑，有关部门承诺在一周内一次性付清征地补偿款，拖了7年的补偿问题，2个小时就彻底解决。上访群众很满意，由衷地说："公道不公道，一听就知道。听证会贴近了笔者老百姓的心底。"在这次公开听证取得成功的基础上，黔西县又对群众举报洪水乡源水村、谷里镇天桥村村级财务管理混乱、村干部有以权谋私的问题分别进行听证。在听证过程中，主持人通报基本调查情况，举报人提出的问题村干部均一一作答，凡村干部说不出开支理由的资金，当场被责令退还村委会，上访群众心服口服。黔西县还广泛征求参加听证的各方面人员的意见和建议，组织有关部门开展试行信访听证的理论研讨，在实践的基础上进行理性的思考，进一步完善健全了信访听证的各项措施和办法，最后才在全县28个乡镇和县直部门进行推广。

第三，实行阳光操作，注重民主与监督。将听证原则、听证范围、参加人员、事前准备和听证程序、上访人的权利义务等向社会公开，让群众知晓，认真听取有关群众和信访当事人的意见和建议，主动接受监督，进一步强化领导监督、社会监督和上访人监督，进一步扩大上访群众的参与权、知情权和监督权，增强了信访工作的透明度，充分体现了公开、公平、公正的原则，使"一线"信访率同期下降12.5%。大关镇政府前年曾派人帮助桂花村、桂箐村清理村级财务，前后花了3个多月都没清理明白。今年，他们采取听证会的方式，仅用两天就完成了。村干部感言，今后如果不依法治村或牟取私利，肯定过不了听证会这座"火焰山"。

（三）找准问题，完善制度，认真推行四项便民措施

实施信访听证的宗旨是便民利民，在建立一系列信访听证配套制度的基础上，先后出台了《信访首问责任制》、《信访双向承诺制》、《信访回访制》等多项制度，并在此基础上着力推行了"三制一室"的便民措施，为推行信访听证制度奠定了坚实的基础。

第一，推行信访首问责任制。针对一些单位和部门对群众反映的问题漠不关心，不认真处理，不耐心听取意见，导致越级上访造成一定影响的，按照属地管理原则，明确党政部门负责人、分管领导为首问责任人，限期内未答复、办结或报结果的，将追究相关人员责任，解决了群众信访人难找、门难进、事难办的问题。2004年初，镇里、县纪委均接到群众举报，称大关镇河村委会主任、2名副主任在2003年12月挪用公款4200元各买了一部手机。为了彻底弄清情况，镇纪委召集被举报人、村民代表、党员、包村干部及村中德高望重者，在村委会召开听证会。许多村民闻讯而来，参加者达100多人。当时镇里尚无证据证明他们购机的钱来自公款，因此3名村干部均不承认。在场的群众对一张金额为1300元的"白条"餐费质疑，查清了事实真相：3名村干部购买手机后，除了用接待费用冲账外，还毁掉村财务原来的真实单据，采取加大数额的办法进行伪造，从而将挪用数额分摊到各张单据中将账做平。事后，3人退回了全部公款，并受到相应的党纪处分。

第二，推行信访双向承诺制。针对大部分上访人担心久拖不办或乱办敷衍了事的问题，将受理范围、受理条件、办理时

限、上访人的权利义务等内容以书面或口头形式告知，受理部门向上访人承诺答复期限，要求上访人承诺在办理时限内不得上访。同时在办理过程中加强与双方当事人联络，使上访人了解办信的全过程，减少了累诉。

第三，推行信访回访制。针对信访举报案件办结后，对信访双方当事人的情况了解和跟踪教育不够等问题，采取定期或不定期的方式回访信访当事人，增进受理部门和信访当事人双方的沟通，避免了信访问题的"回潮"。

第四，建立村级信访接待室。针对农村群众上访难的问题，在全县28个乡镇382个村都建立村级信访接待室，既使干部下访形成制度，又使基层特别是村级组织做到"守土有责"，形成抓信访工作各负其责、各司其职的工作格局，使各种问题和矛盾得以及时解决。截止到2004年11月，全县村级信访室共接待群众来信来访2764件（次），自办调处2718件（次），转乡镇办理46件（次），办结率提高了9.8%、上转率下降了2.4%。[①]

二、黔西县实施信访听证制度的成效

黔西县推出信访听证制度后，把听证会开到上访户家门口，变接待群众"上访"为干部主动"下访"，取得了较好成效。

（一）还干部以清白，给群众以明白

在群众信访举报的问题中，有的针对乡镇和县直机关干

---

① 参见中共贵州省黔西县纪律检查委员会：《黔西县信访听证制度的主要做法及成效》，载《中国党政干部论坛》，2005（5）。

部，有的针对村干部，其中不少属于道听途说捕风捉影甚至恶意编造。不论是否属实，都会在当地造成不良影响，恶化干群关系。听证会由于各方全程参与，既容易弄清问题，又能得到群众认同和识别，特别是一些子虚乌有的举报，一经质询听证就真相大白。如中坪镇老街村郭某、陈某等3人因征地补偿费等个人不合理要求被政府拒绝后，为引起上级部门重视，他们谎称上面有政策要对去年的受灾农户进行补偿，愿意代表大家去争取，从而骗取398名村民按了手印附在举报信后，移花接木，变成村民联名举报，同时还四处散布和举报该镇党政主要领导有违纪行为，造成该镇工作很被动。县纪委组织有关部门和人员进村入户召开信访听证会，逐一解答，陈某、郭某等3人无话可说，承认是自己编造所为，并签字认可，当场澄清了该镇党委书记、镇长被诬告的问题。

（二）给违纪干部以惩戒，还群众受屈以公道

对一些确实有问题的干部，通过听证会予以公示和解决，对违纪干部作出诫勉谈话或党纪政纪处分，使广大党员干部意识到，如果不依法行政或牟取私利，是经不起听证会检验的。如前文提到的大关镇3名村干部用退耕还林补助款购买手机的事，经过召开信访公开质询听证会，让相关违纪人员受到了处分。这样，上访群众对村两委的工作一目了然，心平了，气顺了，表示不再上访。

（三）给移民以说法，保社会以稳定

移民信访是黔西县信访举报工作中最突出、最复杂的问题。按照信访听证制度的程序，采取部门联合办信访的方法，实行变接待移民上访为干部主动下访，"零距离"解决移民反映的突出问题，化解了一些移民群众关注的热点难点和敏感问

题，消除了社会不稳定因素。如针对移民群访事件频繁的现状，组建工作组进驻涉及移民遗留问题的 21 个村 9 个居委会，召开听证会 80 余次，其中参会人数最多的达到近 300 人，多数会议人数在 50 人至 200 人之间。典型的事例有：第一，通过信访听证会的方式，解决了城关镇幸福村近 3 年来迁居的 9 户移民的用电、51 户移民的饮水、6 户移民的排水渠、7 户移民安装电话等问题，同时，为新潭村 13 户移民解决了 3 年来未用上自来水的问题。第二，通过信访听证会，解决了五里乡原中沙村李德忠因在安置过程中请人帮助搬迁实物而造成 3 人死亡和财产损失、自身所得移民款用于安葬死者从而造成生活困难的问题。第三，通过听证会，解决了库区原锦星乡凹水街上 47 户移民上访要求解决实物指标的补偿问题。第四，通过听证会，解决了自移民签订搬迁协议到政府规定搬迁时间内新增近 100 名移民的补偿问题。第五，通过听证会，在政策范围内，解决了外县安置在黔西县的 1500 多个移民应享受的基础设施配套费返还补偿款 75 万余元；解决了 5000 人的调控费返还款 250 余万元。第六，通过听证会，解决了城关镇上马村支书巧立名目私自收取洪家渡电站库区移民"基础设施费"和"安置费"2.65 万元的问题。事后，30 多个移民代表敲锣打鼓、手捧鲜花，向县纪委送上一面写着"依法办事、为民排忧"的锦旗。[①]

三、黔西县实施信访听证制度的创新特征

第一，创新了信访矛盾化解机制。黔西县信访听证会制度的实践说明，信访听证会制度是一项行之有效、深得民心的好

---

① 资料来源于中共贵州省黔西县纪律检查委员会办公室。

制度，不但使疑难矛盾纠纷得到了较公平解决，问题解决后还得到群众的认可，能提升党和政府在人民群众心目中的形象和地位，促进了社会秩序的好转，维护了社会的稳定。

第二，增加了矛盾纠纷处理过程的公开透明，增强了行政部门和信访人的法制观念，有利于规范信访人行为和信访工作行为，有利于密切党群、干群关系，有利于维护群众利益。如蔡坊乡渡江村信访人曾某由于对村道占用其田地的补偿不满，几年来不断上访。对这一长期困扰当地政府的疑难信访案件，该乡举行了一场信访听证会，信访人充分陈述理由和意见，村理事会重申了村民对修路公益事业的要求，公布了修路财务收支，参会的村民代表也纷纷谈论自己的观点。经反复举证、质证，信访人与理事会就补偿标准问题达成了共识。评议委员会根据信访事实、有关政策法规和本村实际作出了公正、公平的信访结论，双方对此没有异议。多年信访"疙瘩"一朝解开，信访人曾某愉快地在结论书上签了字，表示心服口服，不再上访。

第三，创新了村民参与农村公共事务的形式。黔西县信访听证会制度为信访人搭建了平等对话、辩理析法、明辨是非的平台。通过听证会这个平台，把问题摆在明处，把观点亮在桌面上，给了信访人充分表达意见的机会，有利于化解社会矛盾，达到停访息诉的效果。即使信访人对调处意见分歧较大，在听证会说理过程中，信访人的不满情绪也可得到宣泄，也可获得心理上精神上的安抚，这有利于信访人接受调处措施。

四、黔西县实施信访听证制度的启示

第一，信访工作要注重部门相互协作。在信访处理过程中，镇纪委、国土、农经等部门各司其职、联合调查、共同参与，公平、公开、公正处理信访，实现了部门监督、群众监督，避免了相互推诿现象，增强了处理矛盾的科学性、合理性，从而变纪委唱"独角戏"为多个部门"大合唱"，形成了多方协作、联动解决的"大信访"工作格局，提高了办事效率。

第二，信访工作要注重与群众互动。信访听证会变被动接访为主动约访，为解决矛盾提供一个平台，有效地解决了群众有访无处说、有气无处出、有理无处摆的问题，变以往仅仅与信访对象单边交涉为多向对话，充分发扬了民主，尊重了信访人的知情权和发言权，拉近了干部与群众的距离，也为群众提供了一个宣传政策法规、做好思想政治工作的平台，为维护社会稳定起到了积极的作用。

第三，信访工作要提高透明度。信访听证会过程中，邀请信访代表、村民代表、党员代表参与，将问题置于大庭广众之下，让与会代表了解实情，方便与群众沟通思想，便于向群众做些解释，增强说服力，化解群众的猜疑和对立情绪，有利于掌握群众反映最强烈、最敏感的问题的缘由，有利于提高信访问题的调处公信力，有利于改变部分信访人胡搅蛮缠的现象，杜绝无理要求，规范信访行为。

第四，信访听证要建立回避制度、告知权利义务制度、证据制度。回避制度、告知权利义务制度、证据制度是信访听证会的保障制度，其保留司法程序的内容和特点，是信访听证公正运行的基石。如告知权利义务制度要求有关部门即在法定的合理期限内，告知当事人享有的权利、应履行的义务以及不履行义务的法律后果，具体表现在告知当事人有要求或放弃听证、委托代理人、申请回避、提供证据、进行陈述申辩质证审核听证笔录的权利与义务。如果有关部门应当告知而没有告知就构成程序违法，申请人有权得到法律上的救济权利。从法律上确立告知制度，对于信访听证活动中充分保护听证参与人的合法权利，保证听证会活动的顺利进行具有十分重要的意义。

第五，要强化信访听证笔录的作用。听证笔录对决定的约束力有两种情况：一种是听证笔录对行政机关的行政决定有相对约束力，除法律明确规定之外，听证笔录只是有关机关作出决定的依据之一，如德国、日本；另一种是听证笔录对决定产生有决定约束力，有关机关的决定必须根据案卷作出，不能以当事人不知道或没有论证的事实为根据，奉行"案卷排他主义"。那么，在听证笔录的效力问题上，是采相对拘束力还是绝对约束力？笔者认为，听证笔录在听证会上各方提交并经质证无异议的证据应成为信访问题处理决定的主要依据，以会外取得的证据为辅。只有如此，才能保证听证会不流于形式，使其充分发挥作用。

第六，信访听证工作可引入法律援助制度。很多信访人缺乏法律专业知识，又没有雄厚的财力来聘请代理人，在听证过程中若为其提供法律援助：由其熟悉法律规定的代理人听取和反映被代理人的意见与需求，而相关的费用由国家承担，如此一来，可使信访听证会形成"高手过招"的局面，真正使参与各方心悦诚服。

第九章 贵州政府创新的核心 价值：管理民主

政府创新是政府观念、体制、过程的创造性变革。这种变革的根本动力是社会的经济和政治发展。随着我国社会主义市场经济的深入发展和世界经济全球化趋势的日益明显，政府主动进行创新是政府发展的必然趋势，其价值取向表现为民主、效率与公正。政府创新应该使决策更民主、行政更有效率，社会也更公正。建设与完善民主是政府创新的首要选择，发展民主是政府创新的根本方向。政府应该在民主创新过程中发挥着积极的主导作用，通过创造性的实践，使民主更完善、更成熟。

第一节 民主：政府创新的核心价值

民主是一个古老的政治词语，它指的是人民的统治或者说民治的政府。在现代用法中，它指的是人民政府或人民主权，代议制政府及直接参与政府；甚至可以指共和制或立宪制政府，也就是说法治政府。在人类政治生活的早期，民主被看成是各种政体中的一种，而 18 世纪以后，民主政治已经成为评价政府体制的一个主要标准而不仅仅限于一种政体形式。20 世纪至今的政治发展实践表明，从价值和制度两个方面建构并完善民主，已经成为世界各国政治实践追求的目标。

民主政府是指公共权力的最终来源在于人民，人民是主权的拥有者的一种政府体制。从完整的意义上讲，民主政府这一概念内涵四个层面的内容：一是在价值层面，民主政府将人民作为其权力的最终来源，人民拥有至高无上的主权；二是在制度安排层面，民主政府有一套配置合理的政治制度以保证实现其内在价值；三是在运作机制层面，民主政府的权力运作是相互制约的，同时接受社会与人民的监督；四是在文化层面，民主政府的基础在于社会民主的生长，在于民主精神的弘扬。

发展民主、构建民主政府是我国政治体制改革和社会主义政治文明建设的重要内容。政治体制的重要内容就是采取何种方式行使政治权力。我国是社会主义国家，必然要求采取民主的方式行使政治权力。随着社会主义市场经济的发展，我国的政治体制改革也已经提到议事日程。"现在经济体制改革每前进一步，都深深感到政治体制改革的必要性。不改革政治体制，就不能保证经济体制改革的成果，不能使经济体制改革继续前进，就会阻碍生产力的发展，阻碍四个现代化的实现。"①政治体制对经济体制改革的阻碍说明社会主义民主政治还需要完善，还需要进一步的发展。因此，进行政治体制改革实质上也就是社会主义民主政治建设。也就是说，进行政治体制改革是促进社会主义民主政治的完善，提高社会主义民主程度。作为执政党，中国共产党非常明确地坚持将发展社会主义民主政治，建设社会主义政治文明作为我国政治体制改革的目标。政府创新作为政治体制改革的重要内容，必须以民主为方向。因此，民主是政府创新的核心价值。

---

① 转引自陈家刚：《政府创新与民主：一种分析模式》，载《学习与探索》，2006 (2)。

第二节　创新公民政治参与渠道：
贵阳市人大常委会
"市民旁听制度"

改革开放以来，我国经历着经济、政治和社会结构等领域的转型。社会的转型，促进了利益主体多样化和公民政治参与意识的觉醒，公民要求参与政治的愿望和要求增强。但从总体上说，目前我国政治参与的形式和渠道相对单一，同公民要求参与政治的愿望和热情还不适应。因此，努力创新政治参与渠道，保证公民积极有序地参与政治，对于实现党的领导、维护政治稳定、促进社会主义民主政治建设，都具有重大的现实意义。党的十六大报告明确提出要"扩大公民有序的政治参与"，这一重要的议题再次成为了全国上下关注的焦点，成为了创建民主政府的重要途径。早在 1999 年，贵阳市人大常委会就进行了创新公民政治参与渠道的探索，现在看来，具有相当的前瞻性。

一、贵阳市人大常委会"市民旁听制度"的背景及内容

根据《中华人民共和国宪法》，人民代表大会制度是中国的根本政治制度。它直接体现了人民民主专政的国家本质，是人民当家作主管理国家事务的基本形式，是其他各项制度赖以建立的基础。法律规定，县级以上人大的职权有 15 项，县级以上地方各级人大常委会的职权有 14 项。这些职权包括：领

导选举权、区域内重大事项的讨论决定权、人事任免权、监督权、地方荣誉。尽管如此，长期以来，许多地方的人大工作开展的并不活跃，法律规定的各项权力没有得到切实的落实。在不断推进"依法治国"的进程中，地方人大及其常委会应该学会发挥自己的制度优势，使自己的权力从纸面规定转化到现实措施之中，为人民提供参与政治、管理国家的有效合法渠道，从而提高全民的法治意识和民主意识。贵阳市人大常委会从1999年开始实行的"市民旁听人大常委会会议并发言"的制度就是地方人大通过创新发挥合法作用的典型。允许市民旁听人大常委会会议并不是贵阳市的首创。在贵阳之前，武汉、大连等城市都曾经实行过这种做法，但是旁听市民并不是自愿报名的，而是单位推荐的，旁听过程中市民也不允许发言。这项制度已经在贵阳市其他区县以及贵州省得到了推广。它生动地展现了地方如何把一种观念转化为制度现实的过程。

1999年1月贵阳市第10届人大常委会决定，从第11次会议开始，贵阳市民可以自由旁听常委会会议并在会上发言，这在全国尚属首次。实行市民旁听的基本办法是：人大常委会每年分两次在贵阳市的报纸、广播电台和人大的墙报上公布未来半年常委会各次会议的议题。市民可以根据自己的兴趣报名参加某次或某几次会议的旁听。然后，人大常委会根据报名的情况通知报名的市民参加具体某次会议的旁听。

该制度有四个特点：一是市民自愿报名，凡年满18周岁的市民均可报名参加；二是随机确定，按市民关注的议题，每次会议随机确定12名市民参加旁听；三是阅读资料，旁听市民会前到市人大常委会办公厅阅读会议有关资料，准备简要发言提纲；四是适时发言，即在常委会组成人员审议和列席代表发言之后，允许旁听市民围绕议题作简要的建议性发言。参加会议旁听的市民，在人大常委会会议上不仅旁听了全部审议过程，而且分别就自己关注的议题作了建议性发言。

2007 年贵阳市人大常委会在坚持"市民旁听人大常委会会议，并可作建议性发言"的基础上，结合新的实际，重新制定了《贵阳市人民代表大会常务委员会会议旁听规则》。其主要内容有：一是发言顺序安排在常委会组成人员审议完毕、列席的人大代表及其他列席人员发言之后；二是举手示意，经主持人同意，可围绕本次会议议题作五分钟以内的建议性发言。这一规则使"市民旁听并可作建议性发言的制度"规范化，从而为群众的有序政治参与提供了保障。新规则还规定旁听人员从"凡年满 18 周岁、具有完全民事行为能力的本市市民"扩展到"凡具有完全民事行为能力的中国公民和外籍人士"，包括外来投资、旅游、居住的各方面人士；同时，旁听形式创设了自由旁听，从报名旁听扩展到可以临时登记旁听，使常委会决策更加公开、透明。在规则修改后，即由首位外籍人士报名参加了常委会旁听。

围绕人大常委会会议开放普通市民旁听并听取旁听市民发言这项制度，贵阳市人大还实行了立法公示、公开征集执法检查项目、设立市民谏言信箱、上任干部要在常委会作供职报告、在任干部每半年要向常委会作述职报告、述职报告不评功摆好等一系列的改革。

目前，贵阳市人大常委会会议的市民旁听席位有 12 个，人大常委会的领导表示，今后随着会议场地的扩大市民旁听的席位要大大增加。此外，市人大常委会的市民旁听制度还产生了良好的示范效应，贵阳市各区县、省内其他地区的人大常委会已经在 2000 年开始陆陆续续实行了开放市民旁听并听取市民发言的制度。截至 2007 年年底，已有 568 名普通市民旁听了39 次人大常委会会议，他们中有工人、农民、机关干部、教师、营业员、研究生、大学教授、个体工商户、的士司机、退休职工；既有刚满18周岁的青年学生，也有年过八旬的耄耋老人。① 他们先后对《贵阳市绿化条例（草案）》、《贵阳市汽车维修业管理办法（草案）》、《贵阳市社会客运管理办法》、《消费者权益保护法》、《食品卫生法》等多条法律制度进行了旁听，提出了200多条建设性意见。对贵阳市人大的这一举措，市民们"感到人大同百姓的距离这样近"。这一创新举措引起媒体和社会各界的广泛关注，中央电视台、中国国际广播电台、《法制日报》、《中国人大》、《中国妇女报》以及地方新闻媒体纷纷给以报道。

贵阳市人大常委会开放市民旁听并听取旁听市民发言的制度是一项富有成效的创新，获得了第一届"政府创新奖"。

二、"市民旁听"的创新特征及意义

近十年的实践告诉笔者，实行这一制度已产生良好的社会效果，不仅增强了人大常委会会议的透明度与常委会组成人员的责任感，还拓宽了公民有序政治参与的渠道，增强了人民群众的参与意识和当家作主的自信心、自豪感和责任感，其创新

---

① 参加第一次发言的市民名单有（12人）：郁忠铭，男，40岁，汉族，研究生学历，贵州工业大学采矿系副主任；张翼，男，31岁，汉族，大专学历，贵州百货大楼（集团）有限公司；辜立琼，女，35岁，汉族，初中学历，出租车司机；达凤莲，女，54岁，回族，大学本科学历，贵阳中医学院第二副院副主任医师；李登洋，男，25岁，汉族，大专学历，乌当区新场乡政府企业办主任；陈学斌，男，41岁，大专学历，贵钢铸造车间书记兼主任；成克坤，男，44岁，汉族，大学学历，贵州科技学校校长；尹利年，男，53岁，小学学历，贵阳市劳保公司；吴勇，男，40岁，汉族，大专学历，贵州摩托车工业公司试车工；王光炬，男，49岁，布依族，高中学历，清镇麦格乡麦格村村委会主任；周兴福，男，42岁，汉族，初中学历，息烽水靖镇个体户；曾国强，男，41岁，回族，大学学历，省建总公司处长。

特征有：

（一）增加民意表达的便利渠道

在公民意见表达上，城市和乡村是完全不同的。在乡村，由于居住的集中，人际关系的密切以及个人时间的充裕，许多公民更愿意到政府直接面对官员表达自己的意见。而在城市，这些条件都不充分，必须建立更正规、更便利的渠道，为公民表达不同看法和意见提供帮助。贵阳市人大常委会 1999 年 6 月 4 日在贵阳市中心设立了"市民谏言信箱"，接受市民对政府、法院、检察院提出的建议和批评。每隔一天，人大办公厅的工作人员定时开箱。《贵阳日报》的"民主与法制"专版以及常委会主办的《人大工作》也被利用起来，从中收集意见、建议。在获得这些信息后，有关人员进行分类整理，根据来信反映的问题，或者交给常委会的专门委员会进行调查，或者反馈给有关部门参考。而对于属于"一府两院"职责范围又必须解决的，人大办公厅信访部门编印《民情、民意、民智》简报，在两日内反馈给"一府两院"。许多部门在收到简报后都比较重视，给予了及时回复。

（二）立法公示制度

1999 年 3 月 2 日，贵阳市第十届人民代表大会第三次会议通过的《贵阳市人大常委会工作报告》明确提出："进一步实行立法公示制，凡是和人民群众切身利益密切相关的重要法规，要公布草案，广泛征求人民群众的意见，使立法的过程成为集中民智的过程，成为法制教育的过程。"立法公示制根据法规草案范的内容，采取不同方式征求各方意见。征求意见的方式主要有四种：①对涉及行政管理面较窄、管理相对人集中的法规草案，采取召集行政相对人代表进行论证，比如《贵阳市道路货物运输管理办法》(1999);②对涉及特殊群体、弱势群体代表权益保护的法规草案,采取召集特殊群体、弱势群体代表座谈征求意见,比如《贵阳市残疾人保障规定》;③对涉及争论较大、问题集中的法规草案,采取召开听证会进行听证,比如《贵阳市汽车维修业管理办法》;④对涉及群众切身利益的重要法规草案,在报上公布法律法规草案,以征求全市人民的意见。比如《贵阳市绿化条例》是第一个向全市公示的法规。《贵阳市房屋拆迁管理办法》在公示中征集了近 300 条意见,是收集意见最大的一个法规。到 2001 年 7 月,已经对十部地方法规进行了公示,提出各类意见 800 多条。

从已经实行的公示活动来看,基本上达到了以下几个目的:一是有利于立法机关收集来自各方面的尤其是利害相关人的意见,防止立法强化部门利益的倾向。《贵阳市促进非公有制经济发展办法》的出台以及《贵阳市汽车维修业管理办法》的流产是这方面的典型例子。二是有利于公民利用公开的质证论坛,向立法机关反映真实意愿。《贵阳市房屋拆迁管理办法》的出台体现了这点。该办法从 2000 年 3 月提出到 2001 年 11 月批准通过经过了近两年的时间,收集各种意见近 300 条,较为充分地考虑到被拆迁人的利益。三是有利于公民的广泛参与,提高立法的科学性和民主性,并增强公民的法治意识。

在《贵阳市绿化条例》制定的过程中,许多市民通过电话来信等方式提供了修改建议。其中的一些建议被写入了条例。比如"城镇绿化"。一些具有地方特点的说法,比如"铲土烧灰积肥"、"焚纸烧香"、"挖树刨根"等郊县毁林方式也被写入条例,使该法规更具有针对性和可操作性。

(三) 参与式执法检查

执法检查是人大代表的一项重要权力和职责。按照惯例,执法检查项目是由人大专门委员会向"一府两院"征求意见，然后由有关政府部门提供的，检查也是事前通知的。这种方法有明显的弊端。人大代表的行为客易被一些政府部门操纵。这些部门为了避免暴露自己工作的问题，往往会事先通知自己的管理对象，让他们做好准备。在安排检查路线、检查对象上做文章，尽量绕开问题。这样的检查时常流于形式，无法发现公众反应强烈的问题。在市民旁听过程中，已经有市民向贵阳市人大常委会提出要加强市民对执法检查的参与。① 2000 年 10 月 15 日，贵阳市人大常委会第 24 次会议做出了《贵阳市人民代表大会常务委员会关于加强执法检查的决定》，其中第三条提出："执法检查项目（或）向社会公开征求意见后提出。"2000年 12 月 6 日，人大常委会办公厅发布了征集 2001 年执法检查项目的公告，在接下来的两天里，在贵阳市主要新闻媒体上发布消息，并把 37 项待选项目登报，供市民参考。在 10 天的时间里，共接到 500 多个电话，收到 147 封来信，接受 48 人来访。经过认真归纳，最后确定市民意见相对集中的消费者权益保护、食品卫生管理、房地产管理、环境卫生、消防等问题作为 2001 年的检查对象。检查方式采取了不事前通知、明查与暗访相结合的方式，对发现的问题当场处罚。② 让市民参与检查项目的确定，使检查的目标更具有针对性，力度更大，不仅及时发现并解决了一些市民最为关心的问题，比如在米粉加工中添加"吊白块"，而且也督促了有关执法部门提高自己的执法水平，一定程度上减少了某些执法人员与被管理者在检查中

---

① 参见达凤莲：《旁听之后》，引自李长兴主编《二十春秋人大路》，389 页，贵阳，贵州教育出版社，2002。

② 参见常迪娜、贺讯、王均珠：《人大执法检查欢迎市民参与》，载《贵阳日报》，2001 年 3 月 23 日。

的"串通一气"。①

除了上述几种做法外，贵阳市人大常委会还在信访工作、代表持证检查等许多方面进行了有益的探索。这些探索相互衔接、互相促进，为人大更有效地实现自己的权力和职能提供了合理的渠道和多样的方式，不仅使贵阳市人大常委会的工作年年有"新意"、时时有活力，吸引了社会的关注，替广大市民切实解决了许多实际问题，为加强人大工作创造了良好的社会氛围，而且也得到了上级有关部门的肯定，为进一步开展工作打下了坚实的基础。

贵阳市人大常委会"市民旁听并发言"的制度具有重要的历史意义。

第一，人大的监督得到了落实，增加了人大工作的透明度。面对普通市民的旁听，常委会组成人员有着格外强烈的使命感、责任感和紧迫感。其审议发言也比任何时候都更加简练，更加具有针对性。人大对"一府两院"的监督从过去的"谈成绩"变成了"谈问题"，这一举措把人大常委会的工作直接置于人民群众的监督之下，透明度增大了，责任感增强了。通过这种监督，拉近了人大与普通市民的距离，促进了市人大常委会自身的工作。在第 32 次常委会议上，市政府有两个局长的供职报告没有通过。人大监督的加强推动了政府有关干部的工作态度和工作作风的转变。

第二，旁听具有有效的政治社会化功能。参加旁听也是一种有效的政治社会化形式。以往，许多市民根本不了解也没有机会了解国家的基本政治制度，不仅对国家政治生活陌生，而且有畏惧感和不信任。这非常不利于政治的整合，尤其容易导致官员与市民关系的紧张。让市民参与，不仅使他们亲身了解

---

① 参见尹长东：《除了监督更应服务》，载《贵阳商报》，2001 年 3 月 23 日。

了官员的工作情况，而且也能切实感受到自己在制度中的地位，即使在参加会议前有伸张个人观点和利益的想法，也在严肃的会议环境下不知不觉地把自己转化为市民群体的代言人角色，能够表达一个群体的意见，更重要的是，参加旁听的市民也把自己的感受传达给了家人、邻居、同事以及熟悉的人。这既是对人大制度的宣传，也是一种间接的政治社会化。

第三，市民旁听议事过程也是市民接受法制教育的极好机会，人民群众直接听取法律法规的审议制定必然会增强法治意识，促进学法守法，对于顺利实施有关的法律法规是有积极意义的。

第四，更加体现人民当家作主的权利。市民旁听，扩大了人民群众当家作主的重要渠道，有利于引导人民群众通过正常渠道参与民主法制建设。

第五，适应了依法治市的客观需要。市民旁听议事过程是开展法制教育和市民接受法制教育的极好机会，人民群众直接听取法律法规的审议制定必然会增强法治意识。学法守法并监督执法会成为人民群众的自觉行动。这对于顺利实施有关的法律法规是有积极意义的。

三、公民参与与创新的制度化

从观念到措施，再到制度化，从而实现其可持续性是任何一项创新的生命周期。在中国，地方是最富有创新动力的层次，因为它处于国家与社会的交接面上，直接面对社会经济变革以及制度转型带来的诸多新问题。而旧体制、旧思路和旧方法无法为地方提供解决这些紧迫问题的指南，它们必须进行创新。根据自身实际情况创造新方法或者把从其他地方学到的方法进行创造性应用就成了地方的两种基本创新方式。

贵阳市"市民旁听人大常委会会议并发言"从一种想法到

落实为一项具体措施得到了许多因素的支持。这些因素包括：

第一，人大常委会换届后，新领导人对改进工作的新思路。古语云，"新官上任三把火"，关键是"火"烧在什么地方才更有效果。对于1997年当选的新一届人大领导班子来说，只有找准问题、更新思路，才能把火烧旺，打开新的工作局面。而人大工作具有的特殊性又在一定程度上制约了一些新思路的展开。用李长兴的话说："人大工作法律性、程序性强，能不能创新？人大工作不外乎按照法定的职权去开展，要不要创新？人大工作涉及民主法制建设，政治性强，创新难度大，敢不敢创新？"① 显然，人大工作的创新必须以遵守法律、程序为准则，通过寻求有效、多样的方式来落实法律，贯彻程序，使（《宪法》）赋予的权力真正得到落实。

第二，贵阳市人大常委会领导人员组成的合理结构。1997年12月，贵阳市第十届人民代表大会选举出新一届人大常委会，常委会正副主任共八名。与上一届人大常委会领导班子相比，这一届组成人员中有相当一部分人年龄较轻，普遍受过系统的高等教育，思想开放，善于接受新的观点。他们在来人大工作之前或是一些重要部门的负责人或是一级党委领导，长期从事党政工作，对许多具体工作非常熟悉（详见表9－1）。

表9－1 贵阳市第十届人大常委会主任、副主任名单

职 务	姓 名	性别	出生年月	文化程度	任职时间	来人大之前职务
主 任	李长兴	男	1945.11	大学	1997.2	市委副书记
副主任	夏文翔	男	1939.10	大学	1992.11	市经贸委主任、书记

---

① 转引自杨雪冬：《有序参与的"渠道"——贵阳市人大常委会市民旁听制度所引发的联动性创新》，见俞可平主编《地方政府创新与善治：案例研究》，北京，社会科学文献出版社，2003。

职　务	姓　名	性别	出生年月	文化程度	任职时间	来人大之前职务
副主任	李清竹	男	1937.2	大学	1992.11	民建主委
副主任	张学武	男	1941.4	大学	1997.12	《贵阳日报》总编
副主任	徐世江	男	1942.12	大学	1997.12	市政协秘书长
副主任	张朝湘	女	1940.6	大学	1997.12	市教委书记、主任
副主任	卢胜伟	男	1945.5	大学	1997.12	白云区区委书记
副主任	濮振远	男	1945.2	大学	1997.12	市委副秘书长、办公厅主任
副主任	宗大尧	男	1943.2	大专	1999.3	云岩区区委书记

第三，市委副书记兼任人大常委会主任的领导结构。更值得注意的是，这届人大常委会主任李长兴也兼任贵阳市委副书记，分管组织工作，参加市委常委会议。这种由副书记担任人大常委会主任的配置方式在日后的常委会工作中逐渐显示出其制度性优势。一方面，副书记兼任有利于提高人大常委会在现行体制中的地位，增强人大常委会的意见和决定对政府部门的影响力，同时也能激励人大常委会工作人员的工作积极性；另一方面，这种配置有利于人大常委会与党委之间的信息交流，减少了一些不必要的误会。

第四，人大常委会工作人员长期形成的学习习惯。1998年5月，贵阳市人民代表大会制度工作研究会成立。在一年多的时间内，研究会围绕一些影响较大。内容较新的工作，先后召开了八次专题研讨会，提出了许多好的意见，并结集出版了30余万字的《人民代表大会制度工作理论与实践》一书。李长兴在"贵阳市人民代表大会制度工作研究会成立暨首次理论研讨大会"上发言指出："作为地方人大常委会，在坚持人民代表大会制度的同时，要加强对完善人民代表大会制度和人大工作的研究，这种研究，包括实践中如何更好地体现和运用的研究，以深入了解民情、充分反映民意、广泛集中民智。"① 李长兴很重视调查研究，主编过多部研究文集。比如《追毒备忘录》、《跨世纪工程——下岗与再就业纵横》、《人民代表大会制度工作理论与实践》等。对于人大工作，他也有自己独到的见解。他在为纪念贵阳市人大常委会设立二十周年所写的文章中写道："处在这样一个伟大变革的时代，人大工作只有创新才能发展；人大工作只有在实践中勇于探索，坚持解放思想。实事求是，才能创新。"②

　　领导的以身作则带动了整个人大常委会的调查研究工作，常委会从上到下形成了一种良好的学习和研究氛围。这在贵阳市人大常委会举办的《人大工作》杂志上得到了充分的体现，上至各位主任，下至各部门工作人员，他们几乎包揽了杂志的全部稿件的写作。写作不仅有利于他们系统地总结和思考自己的工作，也迫使他们不断地学习新的知识来丰富自己。《人大工作》上有一个专门介绍各地工作经验，尤其是新做法的栏目。这无疑也为贵阳市人大常委会提供了一个了解其他地方工作创新的窗口。另外，长期以来，各地人大常委会形成了相互交流的传统。贵阳市虽然处于经济不发达地区，但是其财政收入占整个贵州省的1/3，人大常委会的经费有充足的保障。每年，贵阳市人大常委会都会派人到外地，尤其是发达地区进行学习参观。这种定期交流也有助于把新的、好的经验带到贵

---

　　① 李长兴：《人大工作的实践呼唤加强理论研究（代序）》，见李长兴主编《人民代表大会制度工作与实践》，贵阳，贵州教育出版社，1998。
　　② 李长兴：《创新才能发展》，见李长兴主编《二十春秋人大路》，19页，贵阳，贵州教育出版社，2002。

阳，并开阔常委会工作人员的视野。[1]

第五，人大常委会权力具体落实的巨大制度空间。在现行的体制下，要落实人大及其常委会的权力，树立其在党政部门和普通群众中的威信，首先必须让官员认识到人民代表大会制度在中国政治体制中的地位和重要性。长期以来，许多党政官员"只知道人大及其常委会是监督机关而忽略或淡化了它首先是行使决定权的权力机关；只知道人大及其常委会与'一府两院'是监督与被监督的关系而忽略或淡化了它们之间首先是决定与执行的关系"。[2] 造成这种现象有两个原因：一是法律宣传不够，人们对人民代表大会制度不了解；二是人大及其常委会自身的工作还没有完全到位，一些法律规定的职权很少或根本没有行使。在不断推进"依法治国"的过程中，"社会成员的法律意识越来越在更广范围和更大强度上影响或左右自己的社会行为，从而也就必然在更广泛、更深刻的意义上决定着整个社会依法治理的状况。各级领导干部法律素质的提高，远比任何其他社会成员对社会的影响更为强烈"。他们能否带头学法。知法、守法和执法成为实现依法治国的最重要方面。因此，改变官员对人大的认识成了贵阳市人大常委会在 1998 年的工作重点。

1998 年 2 月，贵阳市十届人大二次会议的工作报告提出：对所任命干部进行述职评议，不搞评功摆好，重点针对存在的不足和问题进行评议，而且限期整改。述职评议工作由主任会

---

[1]　笔者接触过一些访问过贵阳市人大常委会的研究人员，他们普遍认为贵阳市人大常委会的工作人员具有很高的素质，尤其是思想很活跃与其他一些地方的暮气沉沉形成了鲜明的对比。

[2]　陈启厚：《强化权力机关意识是依法治国的重要保证》，见李长兴主编《人民代表大会制度工作理论与实践》，41 页，贵阳，贵州教育出版社，1998。

议组织实施，评议工作小组负责具体工作，制订实施方案，明确工作的原则、内容、步骤和时间安排。述职评议的原则是"不评功摆好、重在整改"。评议的内容包括：①贯彻执行党的路线、方针、政策情况。②执行国家法律、法规、依法行政、公正司法和履行岗位职责的情况。③执行人大及其常委会的决议、决定和办理人大代表建议、批评和意见的情况。④贯彻执行民主集中制的原则，团结和率领一班人发挥整体效能的情况。⑤遵纪守法、勤政廉政方面的情况。述职评议采取的是评议工作小组调查与被评议干部述职双轨进行的方式，关键是述职后提出的整改意见。评议结束后，按照人大常委会提出的意见，被评议者要在一个月内把整改方案报送人大常委会并认真组织实施，6 个月内向市人大常委会报告整改情况。而且在整改期间，人大常委会和有关专门委员会会定期或不定期进行检查监督。

对于刚换届一年多的贵阳市人大常委会来说，这次述职评议会议初步改变了政府职能部门长期形成的把人大看作"橡皮图章"、"举手机器"的偏见，开始重视人大的工作和建议，积极配合人大的工作。到 2002 年，贵阳市人大常委会已经评议了 61 名干部，提出整改要求 243 条。① 如果说述职评议使政府部门领导在感性上体会到人大常委会的法律地位和法定权力，那么，对拟任干部进行法律知识培训和考核则使他们从法理和具体法律条文上系统了解了人民代表大会制度以及依法行政的法律依据。1998 年，贵阳市人大常委会通过了《贵阳市人大常委会关于对所任命干部任前进行法律知识培训和考核办法》。

① 参见杨雪冬：《有序参与的"渠道"——贵阳市人大常委会市民旁听制度所引发的联动性创新》，见俞可平主编《地方政府创新与善治：案例研究》，北京，社会科学文献出版社，2003。

当年对 68 名领导干部进行了任前依法治市培训和考核。根据不同对象的共性，《宪法》和《地方组织法》、《代表法》、《行政诉讼法》、《行政处罚法》和《国家赔偿法》等法律成为考试的内容，目标是树立宪法和法律的权威，强化"一切权力属于人民"的观念。在每一套试卷中，《宪法》所占比例都在 50％左右。考试分为笔试和口试两项内容。到 2002 年，有 231 名干部参加了任前法律知识培训和考核。① 这种培训和考核不仅有利于这些官员更全面地了解人大及其常委会的地位，而且也提高了他们行政过程中的法律意识。

第六，善于利用媒体的力量，加大宣传的力度。为了扩大首次市民旁听的社会影响力，贵阳市人大常委会在旁听前（1999 年 1 月 22 日）专门召开了新闻发布会，呼吁新闻媒体关注和宣传这项活动。在首次旁听成功举行之后，《经济日报》、《贵阳日报》、《贵阳晚报》、《贵州商报》、《贵州都市报》、《中国妇女报》、《人民代表报》、《法制日报》等报刊都对旁听进行了详细报道。市人大也及时总结首次旁听的经验，1999 年 2 月 14 日由贵阳市人大制度工作研究会召开了"市民旁听市人大常委会议"专题研讨会。1999 年 3 月 2 日，中央电视台的《新闻30 分》节目也对该活动进行了报道。在报道中，记者采访了全国人大常委会办公厅新闻局常务副局长郑允海，他对贵阳市人大的做法表示赞赏和肯定。② 这大大坚定了贵阳市人大常委会把市民旁听会议并发言的做法坚持下去的信心。

---

① 参见杨雪冬：《有序参与的"渠道"——贵阳市人大常委会市民旁听制度所引发的联动性创新》，见俞可平主编《地方政府创新与善治：案例研究》，北京，社会科学文献出版社，2003。

② 参见王芳、贺讯：《市民旁听制度上中央电视台》，载《贵阳晚报》，1999 年 3 月 3 日。

四、反思及启示

经过近十年的运行，贵阳市市民旁听人大常委会并发言的做法在程序规定和具体落实等方面已经非常成熟，并且推广到了贵阳市的区县人大常委会以及贵州省人大常委会，但依然可以在一些细节方面进一步改进和完善。具体来说有：①"市民旁听"说法有一定的误导性，很容易把参加者只局限在有贵阳市户口的居民范围。而市人大常委会讨论的一些议题和法规不仅和贵阳市居民有关，而且也与生活在贵阳的外地人有关，比如流动人口管理、对外来投资的管理等。有的旁听市民建议把"市民旁听"改为"公民旁听"。理由有二：一是年满 18 岁的人已经成了"公民"；二是这样能更好地体现我们民主政治的特点。而从旁听制度的目的来看，也是为了提高公民的政治素质。因此，强调该制度的"公民性"更有必要。②在条件成熟的情况下，开放人民代表大会，允许市民旁听。人民代表大会是全体人民代表参加的大会，讨论和决定本行政区域内最重大的事项。开放人民代表大会更能体现人民当家作主的原则，提高政治的透明度。③利用多种渠道方式宣传"旁听"制度，吸引更多的公民特别是年轻人参加。从旁听者年龄结构来看，老年人偏多。这一方面由于他们退休后有很多空余时间，另一方面许多年轻人对政治缺乏兴趣。在继续实行自愿报名原则的情况下，考虑发挥一些组织比如共青团、学生会等的作用，有计划地组织年轻人参加旁听。

就贵阳市"市民旁听人大常委会会议并发言"的做法来说，它是一种学习型的创新。这体现在两个方面：一是该做法来自贵阳市人大常委会向大连、武汉等地的学习，并在学习的基础上进行了创新；二是在该制度的实行过程中，相关各方都获得了学习的机会并从中获得了收益。在市民旁听制度实行之后，贵阳市人大常委会还在立法公示、公民参与执法检查等方面进行了探索。这些探索相互联系、互相支撑，使贵阳市人大常委会的各项工作具有了联动性，形成了创新过程中的规模效应，给我们如下的启示：

第一，应鼓励地方人大积极探索公民有序政治参与的途径。我国宪法规定：中华人民共和国的一切权力属于人民。人民作为国家的主人享有广泛的民主权利和自由。人民群众除通过选出的人大代表"当家作主"外，还可以多种方式直接参政议政。至今并未有任何法律不允许旁听市民作建议性发言的规定。事实上，中央电视台在播出贵阳的这一做法前，就曾由有关部门邀请部分法律专家和人大工作者论证过，尽管意见并不完全统一，但倾向性的意见是，现行法律没有对旁听市民在人大的会议上发言作出禁令，就应当鼓励地方在实践中积极探索。要拓宽公民的有序政治参与，引导人民群众依法管理自己的事情，让人民通过各种途径和形式管理国家事务，管理经济和文化事业，管理社会事务。笔者认为："允许旁听市民在列席的人大代表和其他列席人员发言之后，围绕会议议题作建议性发言"就是拓宽公民有序政治参与，通过各种形式和途径管理国家事务的生动探索和实践。要与时俱进，开拓创新，对各地人大的创新探索，还是应少一些指责，多一些鼓励。

第二，直接听取群众意见有利于在民主的基础上科学决策。地方人大常委会是地方国家权力机关的常设机构，其决策过程应广纳群众意见，集中群众智慧。离开了民主的基础，就谈不上科学的决策。常委会组成人员要集中群众智慧，不仅要通过调查研究、执法检查等渠道，而且在常委会会议召开期间，应认真倾听列席会议的人大代表、"一府两院"的其他人员的建议，这都是发扬民主的渠道。而这些人员并非是常委会组成人员，他们的发言显然只能是一种建议性发言，这在实践中大概没有人会说他们的发言"混淆了常委会组成人员与列席人员的职务"。同样旁听的市民作简短发言，应该说也是一种建议性发言，根本就不存在所谓"混淆了常委会组成人员与旁听人员的职务"。笔者不应低估了常委会的决策能力。人大常委会组成人员都是各方面的代表人物和专职人大工作者，他们有较高的决策能力。笔者认为，听取市民意见不仅不会影响常委会作正确决策，相反通过直接听取群众意见，更有利于常委会在民主的基础上作正确决策。笔者也不能低估了人民群众有序政治参与的觉悟。贵阳市先后参加旁听的市民达 400 余人，至今未有一人的发言"给会务的管理工作带来麻烦"。笔者看到的却是普通群众积极政治参与的满腔热忱。

总之，参与各方的获益、其他措施的支持是市民旁听制度保持可持续性的条件。而积极开拓公民参与的有效渠道，让公民在参与中理解人大工作，支持人大工作则是这些条件中的根本。

第三节　创新党内民主制度：
长顺县"公推直选"
乡（镇）党委书记

党内民主是党的生命。尊重党员主体地位是党内民主的逻辑起点，最根本的是要切实保障党员的民主权利，首要体现在党员选择权上，在权力授予关系上必须保障权力所有者对权力行使者的选择权。"公推直选"就是要切实保障党员的民主选择权，赋予广大党员直接选举农村党组织书记、副书记的权利，使广大党员在党内生活中的主体地位得到彰显。正因为如此，党的十七大通过的《中国共产党章程（修正案）》，修改了过去由对党的基层委员会、总支部委员会、支部委员会选出书记、副书记的规定，给基层党组织通过直接选举等多种方式产生领导班子乃至书记提供了改革创新的探索空间和选举制度，是党内民主的重要标志。"公推直选"是近 10 年来党的建设中最具有标志性的创新成果之一，是一种新的选举民主范式。"公推"是指党员和群众公开推荐基层党组织领导班子成员，是一个初始提名的问题，目的是增进基层党组织领导班子的合法性基础；"直选"是指党员直接选举基层党组织书记、副书记，是一个自由选择的问题，目的是更好地体现选举人的意志。概括性地说，就是以扩大农村基层党组织领导班子成员直接选举范围为主要内容的民主选举制度创新，建立一种党内直接选举、党员良性参选和群众有序参与的党内选举新机制。这种体现党员主权思想和运用社会认同系统的选举制度，符合社会主义民主政治的发展方向，具有巨大的开创性意义和历史性意义。

一、长顺县"公推直选"的基本做法及创新特征

长顺县位于贵州省中部、黔南州西部，全县总面积 1565 平方公里，农业人口占 91%，是国家扶贫开发重点县之一。长顺县经济虽然在近几年取得了一定发展，但总体上仍较落后，经济总量小，贫困程度深，财力单薄。

2005 年 12 月至 2006 年 3 月，长顺县在贵州省黔南州率先推行公推直选事业单位领导干部，通过"宣传发动、公开报名、资格审查、理论考试、实地调研、公开推荐、重点考察、直接选举"等 8 个环节对教育系统 53 所中学、中心学校校长

和县人民医院院长进行公推直选并取得成功,取得了不小的成绩,实现了干部选拔任用从封闭性向开放性转化的积极探索和大胆尝试。2007年,长顺县的高考成绩实现了新跨越,共录取本科187人,本科录取率达到20.73%,较上一年上升5.4个百分点。

为了进一步扩大干部工作民主性,落实群众对干部选拔任用工作的知情权、选择权、参与权和监督权,完善干部选拔任用工作制度的具体操作规范,提高干部选拔任用工作的公开性、竞争性和透明度,2007年4月以来,长顺县坚持党管干部原则,任人唯贤、德才兼备原则,群众公认、注重实绩原则,公开、平等、竞争、择优原则,民主集中制原则和依法办事原则,通过"组织发动、推荐报名、资格审查、理论考试、实地调研、公开推荐、再次调研、民主测评、重点考察、确定候选人、直接选举"等多个程序,选拔出了一批"想干事、能干事、干成事"的优秀干部。具体的做法是:

(一) 准备阶段

首先,认真调研,制定规范、科学的工作方案。长顺县县委决定开展威远镇党委书记"公推直选"工作后,县委组织部在学习借鉴外省、外县(市、区)"公推直选"工作经验的基础上,多方调研,广泛听取各方面意见,制订下发了《长顺县"公推直选"威远镇党委书记工作方案》(以下简称《工作方案》),明确了"公推直选"的基本原则、范围、资格条件、程序方法和纪律要求,并根据《工作方案》,成立了专门工作机构——公推直选工作领导小组(简称公推领导小组),负责具体组织实施工作,明确了各工作组的工作职责和工作任务,为"公推直选"工作的顺利开展提供了工作依据。

其次,加强宣传动员。广泛宣传动员,营造良好氛围,成为公推直选工作机构成立后的第一项任务。工作开始后，领导小组就在威远镇召开了"公推直选"党委书记动员大会，对"公推直选"工作做了全面的安排部署和动员，激发广大干部群众的参与热情。同时，县委向全县各镇（乡）、县直各工作部门转发了《工作方案》，要求全县各级党组织认真宣传、动员符合条件的党员领导干部积极报名参与。与此同时，公推办积极利用广播电视、党建网站、报刊等媒体发布公告，广泛宣传，并印发宣传材料、标语，将书面公告张贴到全县 30 个乡镇所在地，使试点工作家喻户晓。

（二）实施阶段

实施阶段是公推直选的核心程序。2007 年 4 月至 5 月，长顺县威远镇、马路乡、种获乡三个乡镇均通过"公推民评、全委票决"的方式选出了新的党委书记。具体程序如下：首先采取群众推荐、党员推荐、组织推荐等形式公开报名，所有推荐人参加理论考试，考试成绩前 6 名初步入围。6 名入围者经过有关部门调查审核，然后在有县委委员、机关干部职工、村"两委"委员、村民组长、党员代表等参加的推荐大会上进行公开演讲。演讲结束后采取无记名差额投票方式，得票前三名成为党委书记的初步人选。三位候选人再次参加民主评议大会，发表竞职演讲，并随机抽取与会人员现场提出的两个问题进行答辩，答辩后，与会人员对候选人进行评级。之后，县委召开常委会确定最后入围的两人，并于当日召开县委全委会，由全部县委委员对两名候选人进行无记名差额票决，得票过半的当选为镇党委书记。具体程序如图 9－1：

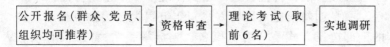

公开报名（群众、党员、组织均可推荐）→ 资格审查 → 理论考试（取前 6 名）→ 实地调研

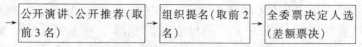

图9-1 长顺县"公推直选"的程序

2008年4月，在进行摆所镇党委书记"公推直选"的过程中，长顺县在以前的基础上稍微作了一些改进，在最后一关，两名候选人直接站在全镇党员面前，进行公开的竞职演讲和答辩，由全镇党员干部直接选举产生。在选举过程中，摆所镇237名党员实到234名，到场党员现场填写选票、投票，结果马路乡的党委副书记彭贤坤以172票当选。由此可见，改革后的程序更能体现民主与群众意图。改革后的程序如图9-2：

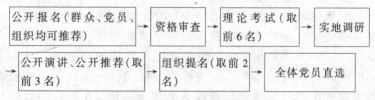

图9-2 改革后长顺县"公推直选"的程序

（三）后续阶段

主要包括以下内容：当选的党委书记上报县委审批；新当选的党委书记要在党员大会上承诺就职，承诺书报县委备案；在任期内，乡镇每年召开党员大会或党员代表大会，党委书记都要进行述职，接受党员评议，在年度工作考核民主测评中不称职票超过30%的，经县委确认为不称职的，责令辞职或罢免。至笔者调研完时，尚未发生此类情况。

长顺县的"公推直选"至少体现了4个创新特征：

一是创新候选人提名方式，变组织提名为群众提名。传统的干部选任方式是"组织提名、党员举手"，群众没有候选人提名权，所以选谁不选谁，群众不关心，选出的干部也缺乏群众基础。公推直选采取"海推"的方式，即党员自荐、群众推荐和基层党组织推荐三种方式提名推荐候选人，上级党组织进行资格审查和初步考察，经公示后确定初步人选，把坚持党管干部原则与群众公认有机结合，有效落实群众对干部选拔任用的"四权"，把提名权真正交给了群众。

二是创新民主推荐方式，变"少数人选人"为"多数人选人"。传统的干部选任方式的主要弊端是由少数人选人，在少数人中选人，忽视了群众公认，选出的干部往往侧重对领导负责，不太注重对群众负责，容易出现党群、干群关系紧张的情况。公推直选引入了群众信任投票机制，经公示后确定的初步人选，首先必须接受所在单位全体党员和干部职工的信任度测评，未得到半数以上群众认可的，取消参选资格。在此基础上进行大范围的民主测评，扩大群众的参与程度。

三是创新选举方式，变等额选举为差额直选。现行的选举制度是先由党代表选出党委委员，再由党委委员等额选举党委书记。这种选举方式的主要不足是缺乏竞争性，一切都由组织上定，党员跟着举手，没有选择余地，无法实现优中选优、选贤任能。公推直选则是由正式候选人在全体党员大会上进行竞职陈述。陈述后，由全体党员以无记名投票方式，差额直选出乡镇党委书记或村党支部书记和班子成员，把最终的选择权交给全体党员。上级党组织对选举工作的有关材料进行认真核实，符合党章、基层组织选举工作条例及党内选举有关规定的及时予以批复。

四是创新干部监督管理方式，变"软约束"为"硬约束"。选人不是最终目的，最终目的是要选出来的人能够认真履行职责，完成任期目标，推动当地经济社会发展，维护群众利益。以往对干部缺乏长效的监督约束机制，选出的干部既无压力，也无动力，党员也没有监督管理权。长顺县县委在公推直选乡镇党委书记中明确规定，在每一个考核年度未完成主要经济目标任务的，在年度考核、干部考察或领导班子届末考察中民主测评结果"不称职"票额比例超30%，经组织考察认定确属不称职的，责令辞职或罢免。这样既赋予了党员群众的监督权，又有利于增强干部的责任心，同时也使干部能上能下有了可靠的制度保证。

由此可见，"公推直选"与传统选举的区别如表 9－2：

表 9－2　"公推直选"与传统选举的区别

	传统选举	公推直选
性质	确认型选举或动员型选举	竞争性选举
提名方式	由上级党委提名，体现组织意图，组织意图往往成了上级个别领导的意图	开放式报名，凡是符合资格条件的党员均可报名
直接或间接选举	间接选举，先由党员选举党代表，再由党代表选举党委委员，再由委员选举书记或副书记	直接选举，党员直接选举党委书记、副书记、党委委员
等额或差额选举	党委书记与副书记实行等额选举党委委员进行差额选举，有陪选现象	党委书记、副书记和委员全部差额选举，无陪选现象
选举顺序	先选举党委委员，再由委员选党委书记与副书记	先选党委书记，再选党委副书记，最后选党委委员
竞争方式	基本贯彻组织意图，基本上不存在竞选	候选人在党员大会上进行竞选演讲，回答党员的即时提问，在党员大会上竞选拉票

资料来源：俞可平：《中国地方政府创新案例研究报告（2005—2006）》，5～6页，北京，北京大学出版社，2007

长顺县的做法引起了省委组织部的高度关注。省委组织部调研组公开发表的调查报告中认为，长顺县"公推直选"乡镇党委书记工作收到成效，主要表现在以下几个方面：树立了群众公认的用人导向；在完善干部选拔任用制度方面进行了有益探索；加强了对干部选拔任用工作的全过程监督；选拔了一批想干事、能干事、干成事的优秀干部，促进了干部队伍作风的转变。调查组还认为，"长顺县的做法符合党的十七大精神和全国组织工作会议要求，是深化干部人事制度改革，扩大干部工作民主、提高选人用人公信度的有益探索，可以在全省范围内总结推广。"①

二、长顺县"公推直选"的启示

长顺县的"公推直选"取得了如此大的成就，给笔者以下几点启示：

第一，"公推直选"是加强基层民主政治建设、深化干部人事制度改革的有益探索。"党内民主是党的生命"。改革乡镇党委领导班子的产生方式，对乡镇党委书记进行"公推直选"，改党代会选举为党员直接选举，改组织提名为群众推荐，变伯乐相马为赛场选将，变"少数人选人、在少数人中选人"的封闭式选人为干部群众广泛参与的开放竞争式选人，把选人用人的推荐权交给群众、决定权交给党员，真正落实了党员、群众对干部选拔任用工作的知情权、参与权、选择权和监督权，充分扩大了党内民主，体现了全体党员的意志，保障了每个党员的选举权。这种选人方式体现了党管干部原则和党的群众路线的有机结合，是干部人事制度改革的发展方向，有利于加强党

---

① 刘磊：《黔南州长顺县摆所镇"公推直选"PK 出镇党委书记》，载《法制生活报》，2008 年 5 月 2 日。

在农村的民主政治建设和执政能力建设，符合广大人民群众和党员干部的愿望。

第二，"公推直选"是加强乡镇领导班子建设、促进农村经济社会全面发展的新尝试。乡镇党委班子作为农村基层政权的领导核心，其领导水平、决策能力直接关系到基层政权的稳定和巩固，影响到地方经济社会的发展。开展"公推直选"，就是把选择权交给广大党员干部，由广大党员干部来选择自己信得过的"领头人"，让乡镇党委书记有一种光荣感、责任感和使命感，增强了"班长"带班子、班子带队伍、队伍带群众的自觉性和主动性。有利于把乡镇党委班子建设成为群策群力，一心一意谋发展，带领群众致富奔小康，建设社会主义新农村的坚强领导集体。

第三，"公推直选"是提高领导和执政水平、落实科学发展观和树立正确政绩观的新实践。公推直选的整个过程，就是广大党员干部自下而上选任干部的过程。干部通过自愿报名、竞职演说、公开推荐和直接选举，使群众有了主人翁感，干部有了责任感，干群之间有了认同感，较好地实现了领导干部对上负责和对下负责的一致性，这就从机制上保证了选举出来的"领头人"要关注民情、民生，要"从群众最需要的事干起，从群众最不满意的地方改起"，让领导干部真正做到"权为民所用、利为民所谋、情为民所系"。同时，公推直选把选择权和监督权交给了广大党员和群众，人民群众成了评判领导干部的主体以后，就从制度上打破了"少数人评判多数人功过得失"的体制性弊端，就会有效遏制"形象工程"、"政绩工程"等形式主义的东西和对群众颐指气使等官僚主义现象的发生，增强了领导干部以"群众答应不答应、赞成不赞成、拥护不拥护"为标尺的自觉性。

第四，"公推直选"是培养发现优秀干部、促进优秀人才脱颖而出的新方式。"公推直选"打破了部门、镇乡和行业、职业限制，面向社会公开遴选人才。通过公推直选，多中选好，好中选优，不仅能选拔政治强、业务精、有能力、知识面广的优秀干部充实乡镇领导班子，优化班子结构，而且还有利于从更广阔的视野中发现和掌握一批优秀干部，进一步充实后备干部队伍，收到了"选拔一人、发现一批、带动一片"的效果。

第五，"公推直选"有利于领导干部对上负责与对下负责相结合。长期实行任命制或确认型选举，使乡镇领导养成了只对上负责、不对下负责，导致了官僚主义和形式主义泛滥。公推直选就是通过党员投票决定干部去留，促使乡镇领导关注党员群众的呼声和需求，这充分体现了"权力来自哪里、就向哪里负责"的原则。党员向候选人提问，反映党员群众的意见和要求，候选人回答提问，这是一个双向沟通和交流的过程，乡镇领导通过竞选更清楚地了解党员和群众的利益需求。通过直选产生的乡镇党委书记普遍感到自己身上的责任更重大，对待党员群众的意见和建议更负责，即使不能马上解决的问题，也要向群众解释清楚。乡镇党委班子公推直选极大地改善了基层干群关系，乡镇领导也感觉工作比过去好做。正如党员群众所说："他们是大家投票选举出来的，理所当然要支持他们的工作"。

三、长顺县"公推直选"的反思

应该说，"公推直选"是我党在长期实践中摸索出的充满活力的用人机制，但作为党内基层民主建设改革的前沿产物，长顺县在实施的过程中，有以下几点值得反思：

第一，党员的民主权利与被选人的身份条件之间存在实际矛盾。从理论上说，只要是群众威信高、认可度广的党员都有可能在"公推"环节成为候选人，再经过"直选"成为基层党委领导班子成员。但如果该党员的身份不符合《党政领导干部选拔任用工作条例》所规定的条件，就不可能得到地方人事部门的认可。长顺县在"公推直选"的过程中，在资格审查阶段就将数名聘用干部身份的报名人员筛选出列。但"公推直选"是在党员中选取领导班子成员，根据《党章》规定，每个党员都有选举和被选举的权利。虽然目前各地在试点工作中没有遇到或是以其他限制规避了该问题，但随着"公推直选"的逐步推广，在实际操作中难免会遇到上述矛盾。

第二，基层党员的选民意识还有待于提高。民主氛围在我国基层是比较缺乏的。在对摆所镇农村党员干部的调查中，笔者发现部分基层党员还有着习惯性的思维，认为"选举是种形式，不管怎么选，还是上面安排好的当选"。在实践中，也有一些人反映，部分候选人会利用公共资源乱宣传、乱许诺，而基层的党员群众对这些非正常宣传的认识又不够清醒，容易"偏听偏信"。

第三，要处理好党员干部群众对竞选者认知度问题。一般地说，党员干部和群众对本地的候选人相对熟悉，本地的干部竞争力更强。这就要求在"公推直选"工作中要注意做好引导工作，增加外地干部与当地党员、干部和群众的接触和交流，使他们对外地干部有更全面的了解。将参选人员的考察情况和主要工作实绩向党员、干部和群众公开，让他们结合竞选者的竞职演说，在比较中选择自己的"领头人"。

第四，要处理好干部考察和正式候选的公示问题。一是把干部考察工作提前到公开推荐大会之前。在这一环节进行考察，虽然工作量相对大，但可以全面、深入地考察干部，利用调研时间按规定进行公示，有利于广大干部群众反映问题和有充足的时间对反映问题进行调查核实。如不合格，可以及时替补，防止"带病"推荐。有利于县委把握参选干部情况，争取工作的主动。二是整个"公推直选"的过程就是广大党员、干部和群众参与和监督的过程，因此，在县委常委会议研究确定候选人正式人选后，不必再次公示，以缩短工作流程。

第五，要处理好"公推直选"干部与现行干部管理体制问题。要明确"公推直选"党委书记在换届时是否再次进行选举，要按照党和国家相关干部管理法律法规的要求，制定一套适用于"公推直选"干部管理、交流的制度，解决"公推直选"干部的提拔、交流和调配问题。要用制度理顺"公推直选"党委书记与组织任命和提名选举的其他班子成员之间关系不畅的问题，解决其他成员对谁负责的问题，加强班子团结，促进工作开展。要建立健全一套适用于"公推直选"干部奖励、罢免激励机制，调动"公推直选"干部工作的积极性，切实收到"选拔一人、富裕一方"的效果。

第十章 创新新农村建设模式：
遵义"四在农家"

新农村建设为政府管理体制尤其是乡镇管理体制提出了新的挑战，需要政府管理创新以适应新农村建设的要求，有专家指出，尽管新中国成立后我国乡镇行政管理模式经历了"政社合一"和"乡政村治"等多种体制模式，乡镇管理体制在一些地方发生了变化，但从总体上看仍未摆脱旧体制的影响，主要表现在管理方式仍然习惯于采取行政措施，习惯于直接领导、直接指挥、直接控制，存在统揽事务过多和放权不放人、财、物权的现象。也有专家认为，农村建设、农业发展、农民生活存在许多突出问题和深层次的矛盾，主要原因在于体制机制不够完善，特别是行政管理体制改革滞后。还有人对撤并乡镇以后农村社区公共管理进行了观察与研究，发现当前我国农村正面临着诸如县乡政府体制不顺，乡镇政府撤并迁走以后的小集镇出现管理"空挡"，部分乡镇政府公务员素质不高、能力不强，财力不足等一系列的现实问题。专家们分析所涉及的政府管理体制问题，无疑与社会主义新农村建设所提出的"生产发展、生活宽裕、乡风文明、村容整洁、管理民主"的宏伟目标不相适应，因此，必须深刻认识政府管理创新对于新农村建设的重要作用，并积极推进政府管理创新。

第一节　贵州新农村建设水平滞后

《中国新农村建设报告（2006）》显示，贵州的新农村建设水平严重滞后。该书将全国新农村建设评价指标体系分为生产发展状况、生活保障状况和文明与环境状况三大类，一共 22 个指标，对全国 31 个省、市、自治区 2004 年的新农村建设起点进行了综合评估，并将其分为五个层次。从总体状况看，贵州居最后一位，其新农村建设起点水平最低。从指标水平看，贵州生产发展指数为 0.79，全国列第 31 位；生活状况指数为 0.83，全国列第 29 位；文明与环境面指数为 2.56，全国列第 31 位；综合起点评价指数 2.90，全国列第 31 位。[①] 贵州新农村发展起点比较低，三个方面的评价有两项都排名最后；农村人均农业生产总值、农民人均纯收入等较低；农村家庭生产现金投入很少，恩格尔系数却很高。这些数据反映出了政府在大力发展经济、促进贵州的新农村建设中具有重要的地位。

第二节　"四在农家"：社会主义新农村建设的新典范

2006 年，党中央、国务院提出了建设"生产发展、生活宽裕、乡风文明、村容整洁、管理民主"的社会主义新农村。其中，"生产发展"和"生活宽裕"主旨是要加强中国农村物质

---

① 参见金鑫：《中国新农村建设蓝皮书发布，沪京津领跑全国》，载《天津日报》，2007 年 3 月 12 日。

文明建设，"乡村文明"是要加强中国农村精神文明建设，"村容整洁"是要加强中国农村生态文明建设，"管理民主"是要加强中国农村政治文明建设。要把党中央、国务院提出的对于中国广大农村美好未来的设想真正在全国每一个村寨都能付诸实施，付诸实施后都能产生预想的美好效果，这并不容易，尤其地处西部、经济欠发达的贵州省。而贵州省黔北地区农村开展的"四在农家"活动，充分体现了党中央、国务院关于社会主义新农村建设 20 字方针的精神实质。

所谓"四在农家"是指"富、学、乐、美"在农家，其内容主要体现在四句朗朗上口的朴实话语中，即"富在农家增收入，学在农家长智慧，乐在农家爽精神，美在农家展新貌"。"富在农家增收入"即遵循市场经济规律，引导农民勤劳致富、科技致富；"学在农家长智慧"就是引导农民学科学文化、学政策、学法律法规提高素质，增长智慧；"乐在农家爽精神"就是不断满足农民群众日益增长的精神文化生活需求，引导农民开展丰富多彩的文体活动，加强基层民主政治建设，提高民主管理和村组自治水平，让农民做创造文明、享受文明的主人；"美在农家展新貌"就是着眼于人的全面发展，着眼于人与社会、人与自然的和谐，讲文明树新风，引导农民追求心灵美和环境美，展现农家新貌。

"四在农家"创建活动始于遵义市余庆县罗家坡、大屯、桥底等村寨。2001 年 3 月，余庆县县委、县政府在农村"三个代表"学教活动中率先发起，制定了每户找准一条致富路，建一栋宽敞的房子，有一套好的家具、家用电器，掌握一门以上实用技术，养成一种良好的生活习惯，有一种健康有益的文体爱好等为内容农村精神文明创建活动，后来在实践中，逐渐形成以"五通、三改、三建"工程、"七个一"工程和"治理农村五乱"为主要内容的"富、学、乐、美"、"四在农家"创建

216

活动。"五通"即通电、通水、通路、通电视、通电话；"三改"即改厕、改灶、改居住环境；"三建"即建图书室、建文体活动场所，建宣传栏。"七个一"工程即在广大农村以户为单位每户有一条增收致富路子，有一栋宽敞整洁的住房，有一套好的家具和家用电器，有一部电话，有一间卫生厨房和厕所，有一个健康有益的文体爱好，掌握一门以上农业实用技术。"治理农村五乱"即治理柴草乱垛、粪土乱堆、垃圾乱倒、污水乱泼、畜群乱跑。余庆县罗家坡、大屯、桥底等试点村寨经过干部和当地农民群众的共同努力，使一家一户、一村一寨很快改变了面貌。

余庆县的经验引起了遵义市市委、市政府的高度重视，并在全市作为农村精神文明建设的重点积极推广。遵义市委书记傅传耀说："何为小康？现在搞了16个指标，但农民不懂恩格尔系数、基尼系数，而'四在农家'基本涵盖了这些指标，而且好记、好理解、好操作，一说就明，一干就成。"因此，遵义市市委、市政府决定从2003年起在全市广大农村推广"四在农家"创建活动，相继在遵义、仁怀、习水、赤水、桐梓、绥阳、汇川、红花岗等14个县（市、区）展开。在创建活动中，建立了"领导挂帅、单位挂点、城乡互动、优势互补"的工作机制。市、县、乡各级领导干部及市、县党政军机关、企事业单位、群众团体，以及中央、省驻遵义有关企事业单位，分别挂帮一个点，从项目、资金、物资上给予帮助。组织、宣传、计划、财政、民政、农办、农业、林业、水利、畜牧、交通、卫生、人口计划生育、教育、文化和科技等部门，除抓好自己的挂帮点外，还从政策、项目、资金上向其他创建点倾斜。挂帮机制找到了以工补农、城市反哺农村的切入点和实现形式，较好地将党和政府的工作要求与农民群众的迫切愿望有机地结合在一起，受到农民群众的拥护，收到了事半功倍的效果。

截至 2005 年 8 月，遵义市已完成创建点 1500 多个，覆盖221 个乡镇、850 个村，有 12 万余农户、53 万人受益，分别占全市农户和农民人口总数的 10% 左右[①]。

"四在农家"的探索成功以后，经验被迅速推广到全国各地，"四在农家"成为了贵州新农村建设中一道亮丽的风景线。

第三节　"四在农家"的成效

余庆县"四在农家"创建活动，如经过几年的经验积累和探索，在全市乃至全省都得到了极大的肯定，并引起了国家的关注，余庆县到处都兴起了"四在农家"学习活动，如满溪、龙家、花山、松烟、敖溪、白泥等地掀起了"四在农家"的学习创建活动，遵义全市农村也到处开展了以"四在农家"建设社会主义新农村的高潮，"四在农家"形成了遍地开花的态势。经过几年的创建活动，如今，在遵义到处都可以看到"四在农家"创建活动结出的硕果，取得了如下成就：

第一，"四在农家"以增加农民收入为重点，培养支柱产业、寻找致富路子，创建点上涌现出一批科技含量高、市场前景广、增加收入快的订单农业和观光农业项目，各种产品的产业化水平也在不断提高。

第二，"四在农家"通过"五通、三建、三改"的基础设施建设，大大改变了人居环境，改善了群众的生产、生活条件。

第三，"四在农家"的开展大大改变了农村"脏、乱、差"的旧貌，农民文明程度普遍提高，创建点在普遍改善村民居住

---

① 参见《贵州省遵义市四在农家创建活动》，载 http://news.sina.com.cn/c/2006－02－06/01398129009s.shtm l.

环境的基础上，大力倡导讲文明、树新风、改陋习，村寨制定《村规民约》，从环境卫生抓起，"脏、乱、差"现象大为改观，农民还自觉的在房前屋后养花、种草、栽树以绿化环境。

第四，"四在农家"成为了沟通党群关系、密切干群关系的桥梁和纽带。基层干部带领群众苦干实干，群众看在眼里，感动在心里。"四在农家"正是紧紧围绕群众的利益而开展各种创建思路，使广大人民群众看到了党和政府执政为民的理念，使党群关系、干群关系水乳交融，从而增加了农村基层党组织的战斗力、凝聚力和创造力。

第四节　"四在农家"的启示

贵州省地处西部地区，境内遍布山地、丘陵，由于自然和历史等多方面的原因，全省经济的发展比较落后，农村人口文化水平低，农村人口所占的比例大，占全省人口的比例的76%，而且农民的收入很低，在全国处于倒数位置；城乡差距明显，二元结构特征尤为突出，城镇化水平低，农村富裕劳动力规模大、比重高，农村贫困发生率比较高，扶贫难度大，是全国扶贫攻坚的主战场，而且全省一半的县工业化水平低，因而反哺农业支持农村的实力十分有限，在这种情况下，推进社会主义新农村建设是实现贵州经济社会发展的重要内容，是统筹贵州城乡发展的现实需要，是贵州建设和谐社会的基础。

"四在农家"创建活动，应该说是在贵州省的具体环境下对建设社会主义新农村的一个有益尝试，积累了不少好的经验和做法。在"四在农家"的影响和推动下，全省各地也根据各自的实际，因地制宜，创造出了许多农村建设的成功模式。铜仁地区以"四在农家"、"生态文明家园"等创建活动为主要载体，合理确定创建目标，拓宽农民增收渠道，培育农村文明新风，创建组织保障机制，积极探索建设社会主义新农村的有效途径和办法；黔东南州扎实开展"文明生态富裕村"创建活动，大力推进社会主义新农村建设，台江县近两年创造性地开展"一户一技能"活动，逐步摸索出了一条切合少数民族贫困地区新农村建设的路子；黔西南州立足州情，调整农业经济结构，培育农村支柱产业，加快了农村经济发展，促进了社会主义新农村建设，特别是"生态家园文明村"创建工作取得了实实在在的成效；毕节地区立足区情找准切入点，以创建"文明和谐村"来推动社会主义新农村建设。但无论是哪一种模式，都是对贵州新农村建设的积极探索，与"四在农家"一样，都给贵州新农村建设都提供了一定的借鉴意义。

第一，坚持以农民为主体，充分发挥广大农民在新农村建设中的主体性作用，是决定新农村建设成败的关键。首先，必须把农民作为新农村建设的利益主体。其次，必须把农民作为新农村建设的行为主体。余庆县"四在农家"创建活动之所以能取得成效，最根本的一条就是充分尊重群众意愿。党委政府对创建活动注重加强领导和引导，但绝不包办代替，凡是涉及群众切身利益的大事，都坚持按照群众自愿参与、自我协调、自我管理的原则办事。余庆县各地农村在创建活动中，政府不作行政干预，只做协调服务工作。建设项目按照"三自"原则由村民决定是否建设，遇到占地补偿、投工投劳、集体资金使用等问题，都由村民集体讨论解决，一般都能把事办成，而且收到较好效果。建设社会主义新农村的主体是农民，受惠者也是农民。只有充分发挥农民的主体作用，充分尊重他们的意愿，加强民主决策，民主管理，切实解决农民关心的实际问题，才能使建设社会主义新农村扎实稳步推进。

第二，坚持以政府为主导，统一规划，分步实施。在"四在农家"以建设社会主义新农村的过程中政府既不能角色错位或越位，更不能角色缺位，而应加强宏观调控，强化政府主导角色。党和政府既加强领导，又充分发挥农民的主体作用；既要紧紧依靠村干部和村民，支持他们自主开展创建活动，又不搞行政命令和"一刀切"，按照"生产发展、生活宽裕、乡风文明、村容整洁、管理民主"的总体要求，统一规划，分步实施，为创建活动搞好服务，将各种资源整合，形成合力，实现效益最大化。

第三，建设社会主义新农村必须建立多元化投入机制。建设社会主义新农村的难题之一就是资金问题。从余庆县桥底村的实践来看，没有政府扶助不行，但光靠政府也不行。政府要加大投入，但又不能大包大揽，必须形成以政府为主导、农民为主体、社会各界和部门帮扶的多元化投入机制。桥底村"四在农家"创建活动中，政府财政补助、社会赞助、农民投资投劳，使桥底村的建设得到了顺利的进行，这种情况说明，建立多元化投资机制是解决建设社会主义新农村的有效途径。

第四，建设社会主义新农村要坚持从实际出发。以"四在农家"建设社会主义新农村，要根据各地的实际情况，因地制宜，结合各地的实际，制定各自的规划，开展相应的创建活动。桥底村开展的"四在农家"创建活动，根据当地的实际，以引导农民增收致富为前提，以一家一户得实惠为根本，以群众看得见、摸得着、能很快见效的项目为切入点，把建设社会主义新农村的目标具体化为"富在农家增收入，学在农家长智慧，乐在农家爽精神，美在农家展新貌"，这样不但把群众的积极性充分调动起来，做到干部有抓手、群众有奔头，而且收到事半功倍的效果。

第五，坚持用科学发展观统领新农村建设。在新农村建设中，坚持以人为本，就是要以农民群众为根本，尊重农民群众的历史地位，听取农民群众的呼声和意见，着力解决农民群众生产生活中最直接、最迫切的物质利益问题。要在生产发展基础上实现政治文化、社会等方面的全面协调发展，坚持城乡统筹，防止发展的不平衡，坚持可持续发展，就要考虑资源环境的承受能力，从源头上保持生态平衡要通过农业产业政策和企业准入制度的完善，实现资源的有序开发；要通过建立和完善资源补偿制度，加大农村科技支持力度，促进资源充分利用和环境保护。

第六，建设和谐新农村必须集中解决农民生产生活中最迫切需要解决的实际问题。一是以农民增收为核心，加快现代农业建设步伐和农村经济结构调整进程；二是将国家基础设施建设重点转向农村；三是推进城乡义务教育的均衡发展；四是逐步提高农民的医疗保障水平；五是逐步建立适合农村实际的社会救助和保障体系。推进和谐新农村建设还必须重点解决好资金问题。一是继续加大中央财政投入力度，尤其是预算内投资用于农业基本建设的比重。二是大幅度增加地方政府用于新农村建设的投入。三是动员社会资本参与新农村建设。四是强化信贷资金的投入。

第七，推进和谐新农村建设要因地制宜，实事求是，量力而行。农村基础条件差异较大，在新农村建设中不可能是一个标准、一个模式，应当从实际出发，加强分类指导，根据当地的经济社会发展水平和农民群众的承受能力，合理制定建设的目标、速度和建设标准。在实际工作中，应制订切实可行的实施方案，树立典型，因势利导，抓好典型引路和示范带动，做到以点带面，点面结合，扎实推进，务求实效。

第八，必须加快工业化、城镇化，促进社会主义新农村建设。工业化为新农村建设提供物质基础和资金保障，城镇化则是新农村建设的依托和载体。加快工业化发展，要在提高经济质量、优化产业结构、转变增长方式上狠下工夫；加快城镇化发展，要通过中原城市群建设及其他城镇建设，为农村剩余劳动力转移提供产业和生活支撑。

第五节　在新农村建设中推进
贵州政府创新

"四在农家"覆盖了农村社会和农民的经济、政治、文化、生产、生活及生存发展环境，拓宽了政府创新的思路。遵义市"四在农家"创新活动的巨大成功，表明了政府在新农村建设中具有以下四个作用：一要新农村建设的引导者、组织者与管理者；二是工商各业反哺"三农"的推动者；三是推动城乡经济社会的良性互动发展，缩小城乡差距；四是引导物质文明、政治文明、精神文明和生态文明建设的重点向农村转变，向农户转变。

首先，要正确定位新农村建设中的政府角色。有学者认为，在我国新农村建设的过程中，政府应当充分发挥宏观导向作用，并突出服务功能，将直接管理与间接管理相结合。由于我国新农村建设是政府主导型自上而下的运动，因此，政府对于辖区内的农村建设应当充分发挥宏观导向作用，使新农村建设避免误区。但单方面的行政命令常常会忽视农村居民在生产和生活中的具体要求，不利于充分调动和发挥广大农村居民的自主性、创造性和积极性。因此，不能单纯依靠行政命令执行政策，也不能采取"一刀切"的方式推行新农村建设。政府应当根据当地经济发展状况和集体经济情况从全面引导、扶助，到后来的部分扶助、再到后面的以间接管理为主，侧重其服务功能，运用经济、法律手段对于农村产业以及农村居民生活的指导、管理和服务。因此，笔者认为，新农村建设中政府角色应定位于：一是为农村的发展提供服务，如保障农村财政以及协调各支农机构为农村生产的发展提供资金、信息和技术支持等；二是科学、合理地安排农村建设规划和基础设施建设；三是完善村级组织管理体制，使其有效地进行村政与村务管理；四是公益事务管理，如注意林木、河流、矿山等自然资源的保护，垃圾处理，组织清淤，治理河道，为农业生产与居民生活提供符合安全标准的水源，限制和减少环境污染，等等。

其次，要完善当前的村民自治制度。要始终坚持党对农村工作的领导地位，不断扩大基层民主政治；努力发展各种社会组织，对除国家事务以外的涉及农民群众的公共事务，逐步实现自我管理、自我教育、自我服务；要增强农民组织的经济基础，确立农民的主体地位；在基层民主建设中逐步扩大农民群众有序的政治参与；正确处理政府治理与村民自治之间的关系。在完善村民自治制度的过程中，必须积极关注拥有强大经济实力的"新乡绅"对乡村政治的影响，他们对乡村政治权力提出了新的要求，在乡村治理过程中发挥着独特的影响，是一种必须高度重视的力量。应根据新农村建设的要求，发挥"新乡绅"的积极作用，消除或者降低其消极影响。

第十一章 创新民族文化产业品牌：
"多彩贵州"

文化产业指为社会公众提供文化、娱乐产品和服务的活动以及与这些活动有关联的活动的集合。[①] 文化产业具有文化性、经济性、社会性、政治导向性、意识形态性、娱乐性、创造性、风险性八个特点。[②] 文化产业首次被写进中央文件是在中共十五届五中全会通过的《中共中央关于制定国民经济和社会发展第十个五年计划的建议》中，党的十六大报告进一步强调要"完善文化产业政策，支持文化产业发展，增强我国文化产业的整体实力与竞争力"。可见，文化产业已引起了党中央的高度重视。

文化资源是文化产业发展的核心要素，是文化产业发展的物质基础。贵州有丰富多彩的文化资源，在我国拥有"喀斯特王国"、"溶洞王国"、"公园省"、"天然空调"、"奇石王国"等称号；"史前文化"、"夜郎文化"、"土司文化"、"墓穴文化"、"屯堡文化"、"阳明文化"、"红色文化"是有名的历史文化资源；民族文化资源更是璀璨夺目，各民族表现出来的原生态文

---

① 参见周忠良：《2007年贵州文化产业发展报告》，389页，贵阳，贵州人民出版社，2007。

② 参见周忠良：《2007年贵州文化产业发展报告》，390～392页，贵阳，贵州人民出版社，2007。

化是贵州文化资源中最为宝贵的部分。民族节日、民族艺术、民族建筑、民族手工技艺、民族习俗与礼仪等为民族文化产业的发展提供了重要的物质基础。

第一节　贵州政府在民族文化产业发展中的重要作用

第一，制定政策。文化政策是文化产业发展的重要保障，也是文化资源向产业转化的通行证之一。贵州已将大力发展文化产业纳入了国民经济与社会发展的第十一个五年规划纲要，并相继出台了《中共贵州省委、贵州省人民政府关于推进文化体制改革和加快文化发展的若干意见》（以下简称《意见》）和《贵州省"十一五"文化建设专项规划》等一系列鼓励文化产业发展的政策措施，为文化产业的发展提供了政策支持。

第二，宣传咨询。政府应把文化产业的发展纳入民族地区经济、社会发展的总体规划之中，科学地确立民族文化产业发展的主题与方向，指导和协调重要的文化产业项目建设等。贵州省委、省政府结合文化企业的行业特点，协助配合各地文化发展与文化体制改革领导小组办公室制订国有文化企业改革总体规划、操作程序、改革方案及审批等组织与实施工作，积极向改制文化企业提供政策咨询。

第三，服务导向。贵州政府应对文化体制改革中涉及的产权界定、清产核资、财务审计、资产评估等具体工作提供优质服务。需要办理审批、审核及备案等手续的，按照职能分工和相关政策规定，及时履行相关手续，尽快出具批复或备案表等书面材料，提高了工作效率。

第四，资金扶持。尽管贵州省财政收入在全国相对靠后，但省委、省政府仍千方百计加大对文化发展的投入。2006年省财政安排600万元作为省级农村文化建设专项资金，安排1500万作为省级文化产业发展专项资金，主要用于对文化事业、文化产业项目的补助、贴息等，并确定在"十一五"期间，这两项资金每年递增100万。[①]

　　第五，政策优惠。贵州在认真落实贯彻中央与省委、省政府一系列政策、措施的基础上，借鉴了外省、市许多富有创意性的政策。《意见》明确规定，文化建设项目用地、文化基础设施建设、文化遗产保护、人才队伍建设等方面均享有较高的优惠政策。

第二节　"多彩贵州"：一个崭新的民族文化品牌

　　随着改革开放和西部大开发的实施，贵州迎来了不可多得的发展机遇，"十五"期间，贵州国民经济加快发展，经济增长的质量和效益明显提高。经济的发展为文化产业的发展奠定了基础，与此同时，贵州文化产业同以往相比有了长足的进步，但同全国其他地区相比仍有较大的差距。据有关资料，贵州文化产业的总资产为10亿多元，而四川省文化产业的总资产为200亿元。[②] 这表明贵州的经济总量小，文化设施基础薄弱，制约了文化产业的发展。贵州周边省份也纷纷涌现出一批

---

　　① 参见周忠良：《2007年贵州文化产业发展报告》，256页，贵阳，贵州人民出版社，2007。

　　② 参见谌贵璇：《2005："多彩贵州"风，舞动文化产业发展》，载《当代贵州》，2006（1）。

集文化和旅游为一体的精品力作，如云南的《云南映象》、广西的《印象刘三姐》等，同时通过机制体制改革使一批文化实体在市场竞争的浪潮中崛起，成为发展文化产业的主力军。但是在文化产业的发展中，文化资源的多样性、丰富性、原生性、独特性、神秘性等特点让贵州有着自己的优势。

为了进一步推动贵州省文化事业的繁荣与发展，激发贵州各族人民热爱贵州、建设贵州的热情与信心，丰富人民群众的文化生活，弘扬民族民间文化，挖掘培养音乐人才，构建和谐贵州，努力为贵州经济社会发展实现历史性跨越营造气氛、凝聚力量，2005年春夏，一场以"热爱贵州、唱响贵州、建设贵州"为主题的"多彩贵州"歌唱大赛拉开帷幕，报名参赛者5万多人，直接参与者380多万人，几近贵州总人口的1/10。在遍布全省、市、州、地、县大大小小1812的比赛中演出节目52274个，最后有24个节目、54位选手获得金奖和银奖，大赛创造了我省历史上群众性文化活动的新记录。继"多彩贵州"歌唱大赛之后，2005年的金秋十月，贵州首次为旅游量身打造的大型民族歌舞《多彩贵州风》又在省会贵阳隆重上演，它同样以人们始料未及的轰动效应彰显了贵州文化发展的巨大潜力。一时间，旅游者看《多彩贵州风》、参会者看《多彩贵州风》、家人团聚看《多彩贵州风》、亲友来访看《多彩贵州风》，《多彩贵州风》成了贵阳一道亮丽的风景。

2006年，"多彩贵州"旅游形象大使选拔赛再一次成为了吸引数百万人参与、近10万人踊跃报名的盛事。2007年举办的"多彩贵州"舞蹈大赛，有近10万舞者参与，创造了中国的舞蹈之最。"多彩贵州"活动持续时间之长，参与人数之多，贵州历史上前所未有。与之相应，连续两年开展的"多彩贵州"旅游商品设计大赛、旅游商品制作、能工巧匠选拔大赛和旅游商品展销大会，让农村与城市相连，让深埋于乡间的文化瑰宝走向都市殿堂。还有《多彩贵州风》在国内外的演出，提高了贵州在外部世界的知名度，推动了贵州文化的繁荣与发展。

第三节　"多彩贵州"文化品牌的创建经验及启示

"多彩贵州"文化品牌的成功创建，主要经验是：

一、党政部门大力推动

欠发达、欠开发地区发展文化产业的基础较差，在市场经济体制尚不完善的情况下，发展文化产业，党委、政府的作用非常关键。在开展"多彩贵州"文化品牌创建系列举措过程中，中共贵州省委、省政府领导始终给予了高度的重视与大力支持，亲自抓工作部署，参与具体指挥协调，在资源整合方面积极发挥决定性的作用，在市场推介、招商引资等方面始终走在前台，发挥主导作用。同时，各市（州、地）、县（市、区）党政部门也以高度的责任感、使命感，以办好活动为己任，根据各地的具体情况，切实加强组织领导，各项工作都落到实处，确保各项活动顺利开展。

二、创新机制进行市场化运作

"多彩贵州"系列活动的开展，一改以往依靠政府拿钱的传统定式，充分运用市场运作手段，"向改革要出路、向市场要效益、向项目要资金"。"2005多彩贵州歌唱大赛"、"2006多彩贵州旅游形象大使选拔大赛"及"两赛一会"对大赛冠名权、协办权等各项赞助权益进行了公开拍卖，"2005 多彩贵州歌唱大赛"冠名权等广告权益成功拍出 754.8 万元，"2006 多彩贵州旅游形象大使选拔大赛"冠名权等广告权益成功拍出 1266 万元。① 此外，对大赛复、决赛及颁奖晚会的现场方阵、布置、观众互动奖品的提供等诸多事项实行了市场化运作，并且还采取了委托与代理、合同外包、合作经营、特许等社会化、市场化运作模式，使得比赛、市场、产品三者有机结合，实现了参赛者、参与商家、媒体、旅游市场等多方共赢。

三、发动全民参与

"多彩贵州"系列活动选取了最受群众欢迎的形式，可以尽情地唱，可以尽情地舞，并且大赛不设门槛，对参赛者"四不限"，即不限年龄、不限性别、不限民族、不限地域，只要对贵州有感情、了解贵州，都可以参加，充分调动了大众参与的热情。系列活动启动后，群众的参与热情、大赛影响力的浓度和广度让人震惊，可以说是"家喻户晓，街谈巷议"，组委会的报名电话也是络绎不绝，掀起贵州历史上群众性文化活动一波又一波的高潮。同时，大众评委制的采用，也使得大众对选手的想法和喜好、对活动的观点和看法能够通过大众评委之口充分表达。这种全民参与的方式，凝聚了人心，激发了贵州人热爱家乡、建设家乡的热情。

四、积极有效地整合资源

有效地整合资源主要包含两个层面的含义，一是内部力量

---

① 参见周忠良：《2007 年贵州文化产业发展报告》，313 页，贵阳，贵州人民出版社，2007。

的集结整合,二是外部资源的有效利用。"多彩贵州"系列活动得以成功开展,是贵州省宣传文化系统、旅游部门、民族事务部门、共青团等社会多方面共同努力、协同作战的结果。活动开展之初,由省委宣传部牵头协调,从报社、广播电台、电视台、旅游局、文化厅、文学艺术界联合会等各部门、各单位抽调精兵强将组成了大赛组委会,详细计划和精心组织活动的开展,展现出良好的团队合作精神和业务素质,保证大赛有序进行,工作高效率开展。特别是"2006多彩贵州旅游形象大使选拔大赛"赴省外四地决赛,辗转行程数千公里,耗时近1个月,创下了国内周边市场由同一团队的不同地方实施不同内容电视直播的纪录,彰显出巨大的凝聚力。全省各级宣传文化部门、广播电视部门、文联以及报社、网站等单位和部门,发挥各自优势和作用,形成强大的合力,从电视到报纸、从电台到网络、从海报到宣传单及户外路牌,都对"多彩贵州"系列活动进行了最大力度的宣传,营造了宏大的声势,扩大了活动的社会影响力。由于报纸、电视、广播等传统媒介是群众获得"多彩贵州"信息的重要渠道,《贵州日报》、《贵州都市报》、《贵州商报》、《贵阳日报》、《贵阳晚报》等报纸以及贵州各市、州、地的其他报纸都为"多彩贵州"系列活动、《多彩贵州风》进行了充分的报道,大力造势。贵州电视台对"多彩贵州"系列活动的复赛、决赛的盛况进行了现场直播,还在"贵州新闻联播"、"百姓关注"、"多彩星空"等多个栏目及时追踪报道大赛进程;贵州人民广播电台系列台、贵阳人民广播电台系列台以及贵州各市、州、地的广播电台也都密切关注"多彩贵州"系列活动、《多彩贵州风》的情况,大力宣传造势。统计数字显示,"2005多彩贵州歌唱大赛"期间贵州省各大媒体累计播发大赛电视广告6.5万余次,广播广告89326次,报纸广告692个半版,海报10万份,宣传单10万份,DM宣传单20万份,名地制作发布大型户外喷绘广告牌近百块。"2006多彩贵州旅游形象大使选拔大赛"更是刷新了2005年的纪录，大赛期间贵州省内各大媒体累计播发大赛电视形象广告达15万余次，广播广告11万余次，报纸广告1100余个半版，各地发放海报15万份，DM宣传单20万份，制作大型户外喷绘广告牌400余块，并且在省外四地决赛时，省外当地的报纸、电视台、广播电台也纷纷进行了广泛的宣传。① 宣传的大声势，一方面，公众能够从多种渠道了解到活动的相关信息；另一方面，参赛选手、赞助企业等参与方以及贵州省因为频频的曝光率，迅速成为公众关注的焦点。

充分利用外部资源，是"多彩贵州"文化品牌成功创建的有力手段。以"2006多彩贵州旅游形象大使选拔大赛"为例，从复赛开始，大赛的承办单位先后引进国内著名专业模特公司新丝路机构、湖北江照旻工作室以及央视著名导演刘铁民牵头的几个导演团队执导，很大程度上提升了比赛的档次和可看性。特别是大赛在广州、香港、上海、北京四地决赛期间与当地的强势媒体联合，共同造势。广州的《南方都市报》，上海的《新民晚报》、《解放日报》，北京的《人民日报》、《北京娱乐信报》、《北京青年报》，香港的《文汇报》、《香港大公报》等主流报纸成了当地的宣传重要阵地，对活动进行了大范围的宣传造势。此外，像中央电视台、中央人民广播电台、亚洲卫视、凤凰卫视等各地的电视台和广播电台也在黄金时段作了精彩报道，从赛况、参赛选手、评委到主办方等各类参与主体相关新闻的播报，有效地吸引了广大民众的目光。同时，充分利用新媒体的互动性，促进深度宣传。譬如，开通了"金黔在

---

① 参见周忠良：《2007年贵州文化产业发展报告》，315页，贵阳，贵州人民出版社，2007。

线"、"多彩贵州网"等网站。每天都在更新关于活动的各种新闻、采访和网上留言等。在"2006多彩贵州形象大使选拔大赛"举办期间,"金黔在线"网站不仅登载了大量报道及网友评论,并网上视频直播了10场复赛和5场决赛,其大赛专题点击率达700多万次,另外,新浪、网易、雅虎等30余家知名门户网站同样发布、转载了大量"多彩贵州"系列活动的有关消息,并邀请参赛选手做客聊天室宣传贵州;观众通过短信支持所喜爱的选手也是其中一个重要环节,大大增加了观众的参与感。据不完全统计,"2006多彩贵州旅游形象大使选拔大赛"观众的参与短信达120余万条。新媒体的强力互动,让"多彩贵州"系列活动急剧升温。

五、围绕"多彩贵州"持续开展簇拥式的推动

"2005多彩贵州歌唱大赛"成功举办后,贵州决定围绕"多彩贵州"品牌创建,每年举行一个主题活动。2005年举办了"多彩贵州歌唱大赛",2006年举办了"多彩贵州旅游形象大使选拔大赛",2007年推出"多彩贵州舞蹈大赛",2008年,再举办"第二届多彩贵州歌唱大赛",以此类推,循环往复,保持"多彩贵州"系列活动的持续开展,不断地丰富和延伸"多彩贵州"文化品牌的文化内涵,提升"多彩贵州"品牌的影响力,使品牌的资源效益得到充分的发挥和扩展。

六、注重人才的培养

在"多彩贵州"品牌打造过程中,利用系列活动和重大项目构建平台发现、推出、锻炼了一批经营管理人才、艺术演出人才,并给他们提供了学习深造、锻炼提高的机会。譬如通过

"多彩贵州"歌唱大赛选拔 16 名有歌唱潜力的年轻选手直接保送到省内高校深造,"多彩贵州"旅游形象大使选拔了 3 名有潜力的选手直接保送到省内高校深造,省旅游局将决赛选手及获得地、县两级旅游形象大使称号并符合学历规定的参赛者破格聘为正式导游,培训之后颁发全国统一的导游资格证书;团省委将 28 名决赛选手提名为省青联委员。

总而言之,打造"多彩贵州"文化品牌是贵州按照文化发展规律,高起点、高标准开发利用贵州独特的文化资源,实施省委、省政府确定的"文化与旅游结合发展战略"的一次成功实践。运作实践表明,创建"多彩贵州"文化品牌,进一步延伸这个品牌的影响力,以品牌整合资源,将文化资源优势转化为经济优势,为贵州省推进文化体制改革、加快文化产业发展提供了宝贵的经验。

"多彩贵州"的成功创建对贵州文化产业的发展有以下几点启示:

第一,要明确文化产业的发展思路。文化产业在国民经济中所占比重低,但群众对于文化产品和服务的消费需求却十分旺盛,特别是城市人群。以贵阳市为例,贵阳市人均收入 8989 元,与昆明(9045 元)、重庆(9211 元)接近,高于海口(8981 元)、哈尔滨(8940 元)、南宁(8060 元)、西安(8544 元)(见《新周刊》,2005.9.1)等地。[①] 这突出地表现了贵阳人民对文化娱乐产品及服务、图书与体育产品、教育消费、社交消费等方面日益增长的需求,非物质形态可纳入文化消费范畴的产品比重在增大。这是文化产业战略制定的基础。

第二,必须准确认识和科学开发文化资源。一条河、一条街是有文化的,但先要有准确的认识。在古建筑上贴瓷砖、在

---

① 参见林岚涛:《"多彩贵州"歌唱大赛的启示》,载《当代贵州》,2005(18)。

新街道旁栽古树已证明是失败的。文化产业虽然面对普通大众，但并非低俗的产业。贵州电视台"黄金卫视"的品牌工程可看作是文化产业发展的一次大胆的市场开发，西西弗连锁书店的发展更是文化产业在贵州发展的准确定位。特别是贵州旅游产业即将形成冲天之势，它带来的文化消费和衍生的文化产业项目都会是市场巨大的。

第三，要明确文化产业可否发展成为主导产业。主导产业需要具备两个条件：一是规模要大，对整个社会的贡献要大；二是能带动一批产业的发展，在自身保持高速增长的同时对其他产业的发展具有较强的带动作用，整个产业链因此而做大，形成关联度极高的产业群。贵州发展文化产业可以借鉴云南省围绕丽江古城文化发展的经验和做法。文化的号召力是巨大的，在具备或形成了文化号召力基础，文化产业的开发和建设就成为了有源之水。

第四节 深化民族文化产业体制改革，推进贵州政府创新

市场经济条件下发展民族文化产业，是一项前无古人的事业，需要积极大胆地探索，通过体制创新和制度建设来实现。在计划经济时期，民族文化产业的发展主要是通过政府的文化行政管理部门统揽统包的方式来实现。但是，在市场经济下，传统的管理方式显露出诸多的体制障碍，如政企不分、管办不分等。很难设想，在市场经济不断完善的阶段，文化体制还能继续依靠计划经济体制下形成的垄断或半垄断地位来繁荣和发展民族文化；也很难设想，民族文化能够在旧体制下扬长避短，确保在全球化条件下的多样性和先进性。凡此种种，都要

求地方政府加快改革步伐，建立起适应市场经济的民族产业文化发展体制。只有加快文化体制改革的步伐，推动民族文化进一步发展繁荣，才能更好地为民族地区各项事业建设提供精神动力和智力支持，为人的全面发展服务。从这个意义上来说，要发展民族文化产业，必须进行地方政府的体制创新和制度建设，其突破口就是文化产业体制改革。

从贵州的实际出发，政府推进文化体制改革应从以下几个方面入手：

第一，推进宏观管理体制改革。进一步理顺政府与文化企事业单位的关系，规范政府"管文化"的职能，把"办文化"的职责真正转移到文化企事业单位，尊重文化单位在市场中的主体地位，维护其作为法人所拥有的权利，督促其履行法定义务。彻底解决管办不分、政府包揽文化企事业单位事务的问题，增强依法自我发展能力。

第二，加强文化法制建设。在市场经济条件下，文化企业必须依法运作。因此，必须加大立法力度，更好地发挥法制在民族文化发展繁荣中的引导、推动和规范、保证作用，用法律的形式把少数民族先进文化的地位、作用和促进发展的保障措施确立下来，使民族文化建设进入一个持续、稳定、健康发展的新时期。具体到贵州，应尽快颁布与实施《贵州文化产业投资指导目录》，完善文化产业发展引导资金保障体系，支持企业重组，加快文化产业园区建设，转变政府职能，简化行政审批手续，提高行政办事效率。

第三，深化文化企事业单位内部机制改革，培育与吸引优秀人才。由于贵州的文化产业发展刚刚起步，加上文化事业单位体制改革滞后，人才储备不足，作用发挥不充分，而且流失现象比较严重，因而出现了原创人才动力不足、管理人才短缺、中介人才匮乏的严重局面。对此，必须从两个方面加以解决。一方面，进一步扩大文化事业单位用人的自主权，实行更有激励作用的分配方式，真正实现靠不断发展的事业留人、靠优厚的待遇留人。另一方面，开辟多种途径培养文化产业人才：一是完善人才管理系统，对文化产业教育机构实行认证制，对优秀者给予奖励与资金扶持。二是加强院校培养，设立与文化产业发展相关的专业或直接设立文化产业发展学院，加快人才培养。三是加强从业人员资格培训。四是加强与国内、国际的合作，吸引优秀人才到贵阳工作。

第四，为文化产业发展提供良好的环境。贵州应打破壁垒制定市场准入条件，通过经济政策影响文化产业的布局、结构和发展方向，通过立法规范文化企业行为、维护文化产业市场秩序。

第五，文化产业的发展必须进行市场化运作。有关专家预测，我国在未来几年文化娱乐消费总量可达 7000 亿元。[1] 庞大的市场需求，使精神文化消费品出现战略性短缺，仅靠政府发展文化事业的传统模式难以解决供需之间的巨大落差。这就为发展文化产业提供了难得的历史机遇和广阔的市场空间。运用市场机制、产业模式来发展文化产业，可以调节和吸引更多社会资金，有效整合和配置文化资源，生产更多更好的文化产品，提供更多优质文化服务，从而不断满足人民群众的精神文化需求。因此，在市场经济条件下发展文化产业，必须充分发挥市场机制对资源配置的基础性作用，必须进行市场化运作。文化产业的市场化运作，要求不断提高文化娱乐产品和文化服务的质量，文化企业要参与市场竞争，在市场竞争中不断满足人民群众对精神文化产品的需求，有更多的选择自由，有更多的优秀文化产品传播。

---

[1] 参见谌贵璇：《2005："多彩贵州"风，舞动文化产业发展》，载《当代贵州》，2006（1）。

第十二章 贵州政府创新的
发展趋势

改革开放以来，贵州政府一直重视行政管理体制的改革与创新工作，不仅多次在《政府工作报告》中明确提出要大力推进政府制度创新和管理创新，努力建设法治政府、服务政府、责任政府和效能政府，还进行了5次规模较大的机构改革，在政务公开、民主参与机制、电子政务、公共服务、权力监督等多方面进行了改革创新，取得了较大的成就，在一定程度上保证了贵州经济、社会的发展。分析现有的创新行为，我们不难发现，有以下一些可供借鉴的经验与教训。

第一节 贵州政府创新的经验

一、必须坚持党的领导，充分发挥党员的模范带头作用

党的正确理论是政府创新的指导纲领，党在政府创新中处于领导地位，党员能够在政府创新中起到模范带头作用。在贵州政府创新的过程中，广大党员干部严格按照"为民务实、清正廉洁"的要求，坚持权为民所用、情为民所系、利为民所谋，积极争当创新的先锋，努力促进各项工作落到实处。2005年以来，长顺县先后在教育部门、乡（镇）政府进行了以"公

推直选"为主的民主参与机制改革。在改革的整个过程中，长顺县始终坚持党的领导，把"公推直选"与组织评议有机地结合起来，不仅动员了所有在岗党员全部到位参与投票，行使自己的民主权利，而且"公推直选"所产生的党员干部大都已取得了较好的成绩，充分发挥了模范带头作用。例如，长顺县2005年"公推直选"的第一个党员干部——长顺县人民医院院长张广华上任后，县人民医院的经济与社会效益节节攀升；而2005年对全县53所中、小学的"一把手"实行"公推直选"后，2007年长顺县的高考成绩更是实现了新的跨越，共录取本科187人，本科录取率达到20.73%，较上一年上升5.4个百分点。

二、在创新的过程中要充分发扬民主

创新意味着以新的制度、新的秩序、新的技术、新的学说、新的方法替代旧的东西，有可能与现存的秩序和制度相冲突，有可能触动一些人的既得利益，有可能使一些人不适应；创新要承担一定的风险，有可能最终失败，有可能得不偿失，有可能效益不大。创新的过程中一旦出现上述负面的影响，就必须有一套民主的政治和法律机制，遏制与社会进步方向背道而驰的保守势力对改革与创新的破坏和抵抗，宽容创新者的失误，保护创新者的积极性，使创新成为社会日常生活的重要内容。

贵州省充分认识到发扬民主对制度创新的重要性，在政府创新的过程中积极调动一切因素与手段，鼓励公民参与公共事务，培养与锻炼公民素质。"贵阳市人大常委会市民旁听制度"、"长顺县的公推直选"、"遵义红花岗区的村务'点题公开'"等创新实践都充分发扬了民主，保证了政府创新的正确性、公开性与群众导向性。

三、应当制定合理的创新计划，逐步引导和规范政府创新行为

政府的创新计划对全社会的创新活动具有特殊的重要性。首先，可以合理地配置有限的资源，防止重复劳动，最大限度地降低全社会的创新成本，以期取得最大的创新效益；其次，可以对社会的创新活动进行引导，把主要的创新力量集中到社会最需要的领域和部门，解决社会发展的关键问题；最后，可以对社会的各种创新活动进行必要的规范和调控，使全社会的创新活动能够有序地和持续地发展。

贵州现有的典型政府创新行为均有创新计划，在初步实践取得成功以后均逐步推广到了其他地区。如长顺县的"公推直选"，2005 年先在医院进行试点，然后扩展到教育部门的 53 所中、小学校长选举，前期这 54 个单位获得成功产生效益以后，2007 年 4—5 月才在威远镇、马路乡、种获乡试点并初见成效，2008 年 4 月在摆所镇试点后准备在全县普及推广；贵阳市人大常委会市民旁听制度在贵阳市获得成功后，推广到了贵州省的人大常委与其他县市的人大常委；遵义市的"村务点题公开"也从 2006 年的红花岗区逐步推广到了仁怀市、遵义县等其他地区。

四、结合本土资源优势，扩展政府创新空间

在政府创新的过程中，只有结合本地实际、充分利用本土资源、制定有特色的政府创新体系才能体现自身的创新优势。贵州经济发展相对落后，农民贫穷却善良、朴实，农村简陋却干净、整洁，民族文化原始却韵味悠长，如何把贫困落后的劣

势变为优势，如何挖掘贵州本土文化资源、培养本土文化人才已成为了摆在贵州人面前的一道难题。贵州省委、省政府在分析现有环境的基础上，经多方调查研究，提出了打造"多彩贵州"文化品牌的英明决定。"多彩贵州"系列活动在对民族文化的发掘中，不仅激活了本土文化资源，弘扬了优秀的本土民族文化，还为文化的大繁荣不断注入新鲜的血液。从这个意义上说，以文化大发展、大繁荣推动"多彩贵州"文化品牌的建设，不仅可以为本土民族文化的生存与发展赢得更多的空间，还可以让文化的力量融入经济、社会的发展之中。目前，该节目的影响力已辐射到了海内外，成为了贵州对外宣传的一个重要窗口。其中，贵州各民族人民在生产生活实践中创造的、在民间广泛流传的"原汁原味"的民间音乐——"原生态"艺术表演成为了贵州文化创新的特色与亮点。

五、要有创新型的领导干部

经调查后笔者发现，凡是创新活跃的地方，政府领导干部的创新意识与思维都较强，而且还有政治敏锐、善于学习、知识丰富、思路开阔、锐意革新、能力出众、令人折服、群众公认等特点。培养创新型领导干部，对于政府创新具有重要的意义。其一，领导干部在组织中处于重要位置，担负着重要的角色。只有领导干部成为创新型领导干部，才能成为政府创新的中坚力量。其二，在权力和知识的系统结构中，权力对理论、知识的创造、选择和运用有相当大的影响。只有领导干部具备必要的创新能力，其掌握的权力才会对政府创新起到积极的推动作用。

贵阳市人大常委会原主任李长兴就是一个典型的创新型领导干部。当选后不久的 1998 年 5 月，成立了贵阳市人民代表大会制度工作研究会。在一年多的时间内，研究会围绕一些影响较大、内容较新的工作，先后召开了8次专题研讨会，提出了许多好的意见，并结集出版了30余万字的《人民代表大会制度工作理论与实践》一书。为了达到创新，贵阳市人大常委会原副主任兼秘书长濮振远以及负责具体工作的"选举任命联络委员会"的工作人员花了很多时间和精力研究如何"出新"。经过研究他们发现，其他地方的做法在三个方面可以进一步改进：一是扩大旁听的人数可增加到十名左右；二是改变报名方式，实行自愿报名；三是允许市民在常委会会议结束后发言。

六、充分发挥离退休老干部、老领导的余热，提高政府创新效率

离退休老干部具有"政治成熟、经验丰富、德高望重、受人尊敬、交际广泛、乐于助人、原则性强、公道正派、知识面广、技术成熟、经历曲折、责任感强"等特点，在政府创新的过程中发挥他们的余热，不仅可以提高办事效率还可以提升办事的质量，节约政府创新的成本。近年来，黔西县县委、县政府采取"自愿、支持、组织"的方针，充分发挥离退休老干部在政府创新中的作用，使老干部队伍成为一支可依靠的特殊政治力量。在火电厂建设的初期，为了做好房屋拆迁工作及办理火电厂的相关手续，黔西县委、县政府决定成立临时机构——"火电办"，并聘请了已退休的县人大、县政协的老领导、老干部担任主要领导干部，协调相关事宜。一位曾在黔西县挂职过的分管科技的副县长告诉笔者，这些老领导责任心很强，又有经验与威望，办事的效率极高，投资160多个亿的大工程在拆迁过程中竟没有发生一例重大群体性事件；另外，支付的成本费用极低，整个过程政府才拨款50万用于部门协调与事业经

费开支。

七、要有冒险精神

政府创新必不可少的是要有冒险精神。风险与收益是一对孪生兄弟，不冒险就不可能有成功。当年安徽小岗村如果没有那张"生死契约"，估计也就不会有后来的联产承包责任制。同样，贵州省近几年的发展就值得推广，例如西洋肥业、贵州益康、贵州益佰、贵州百灵以及贵阳的微硬盘产业等。在几年前，贵州省就决定将资源向这几个产业倾斜，最终带来了成功。当然，冒险并不是要做毫无把握的事情，冒险也是要有策略的，毫无疑问，贵州省的成功得益于决策者事先对自身以及外部环境的缜密分析，以及拥有一批敢于承担责任、敢于担担子的领导。

第二节　改革开放三十年贵州政府创新的不足

一、创新行为没有连续性，搞"政绩工程"

在调查中笔者发现，在贵州一些县级地方政府和官员为了树立形象，会投入所有资源来树立创新典型。在丰富资源的支撑下，这些典型形象突出，光鲜照人。然而这样的典型由于是集中当地资源树立的，因此造成了当地发展的不平衡，是典型的"政绩工程"。而一旦树典型的领导离开，这些典型失去了支持，会很快败落下来，投入的大量资源被白白浪费掉，这在一定程度上造成了地方政府运行中的"断裂"和政府行为的非连续性，因为新到任的官员为了体现自己的创新形象，会放弃前任的某些做法。这种创新不仅会造成官员之间的矛盾，而且是对合法性资源的巨大浪费，使创新行为严重缺乏连续性。

二、创新过程中重"口号"，走捷径，照抄照搬现象时有发生

在贵州，一些县级地方政府为了突出自己的创新形象，把创新变成政治口号，要求所有部门都要进行所谓的"创新"，使得这些部门不仅在各种会议文件上高喊与创新有关的口号，以回应上级要求，还在实际的创新过程中走捷径，照抄照搬他人成果。为应付 2008 年国务院安全生产百日督查第七组安全生产工作检查，贵阳市修文县照搬、抄袭了邻县的汇报材料。其中有 15 处段落雷同。仅在"强化基础，推动管理"一节中，四个分段近 600 字内容完全一样，改动的仅是文中出现的数据。尽管相关责任人已经受到惩处，但在政府创新的过程中"重口号、不重实质"的现象却留给笔者深深的反思。

三、对相关政策理解不透，把创新"意识形态化"

意识形态化就是把创新绝对化，认为"只要新的东西就是创新"，如果工作中没有新的东西，就说明相关政府部门不能与时俱进，相关官员思想保守，难堪大用。纳雍县在新型农村合作医疗试点工作中，由于对国家有关政策学习理解不够透彻，在制定具体政策上偏离了国家的一些原则要求。同时，在实际执行工作中方法简单，管理粗放，责任心不强，导致该县在合作医疗试点工作中出现了一些违背中央政策要求和农民意

愿的错误做法，如参加合作医疗的农民先交钱，为调整运行周期，又组织退钱；以体检为名，统一将合作医疗基金预拨到所有乡镇卫生院后没有具体落实体检工作；虚假报销，冒领合作医疗资金等，在群众中造成较为严重的负面影响。

四、政策制定没有因地制宜，搞"一刀切"

政府制定政策的过程就是对社会公共利益进行选择、综合、分配和落实的过程。政府政策一旦制定，就具有较高的权威性与相对的稳定性，执行者必须照章执行，回旋的余地较小。因此，在制定政策时必须作好充分的前期调查，并结合当地的实际情况，不能搞"一刀切"。在调查中笔者发现，政策制定搞"一刀切"，加重了许多县城的房屋拆迁补偿、安置的矛盾与纠纷，为了解决这些纠纷与矛盾，一些地方政府尝试在拆迁补偿中进行创新性改革，如黔西县在办火电厂时作出的"土地、房屋款部分作价入股，年底分红"的拆迁补偿安置新模式，这种模式受到了群众的普遍接受与好评，但却因不符合相关拆迁文件的规定而最终夭折。黔西县的一位副县长曾告诉笔者，上级政府政策制定搞"一刀切"是扼杀地方政府创新活力的重要原因。当笔者问其"在政府创新的过程中，你最希望上级给你什么"时，这位副县长毫不犹豫地回答"政策"，他的回答使笔者跳出了一贯以来的"贫困地区急需的永远是资金"的思维模式，让笔者意识到了在地方政府创新的过程中上级政策的重要性与紧迫性。

五、公共财政体制不健全，乡镇公共服务创新难度较大

公共财政是指在市场经济条件下国家提供公共产品或服务

的分配活动或分配关系，是满足社会公共需要的政府收支模式或财政运行机制模式。在现行的财政体制下各地乡级财政普遍困难，一方面要给农户减负，通过税费改革，使农民人均负担减轻，免除农业税，免征除烟叶以外的农业特产税，而农业特产税以及农村各种罚没款正是乡级财政重要财源；另一方面上级政府下达的财税上缴指标不减反增，而许多乡镇特别是山区乡村由于实行退耕还林、生态保护，林木采伐指标下调，其他税源又没有，乡级财政极其困难，即使有，也基本作了行政管理经费，用于公共服务的少之又少。由于财政困难，公共财政体制又不健全，政府所提供的基本公共服务经常缺位，更谈不上创新。在调查中笔者发现，乡镇公共服务创新的难度较大，往往受到各种规则与制度的干扰。而现行的"乡财县管"的财政体制使乡镇的财权与事权不统一，乡镇公共财政体制极不健全。黔西县某乡一条8公里的路修了3年，耗资40多万元。在修路的初期，乡政府提出由他们组织农民自己修，1年保证完工，只要15～20万元，但县财政认为，这样做有背县乡财政管理体制，不符合相关规定，所以没有允许。结果县政府自己组织人工修理，不仅效率低下，还花费了几倍的价钱。

六、缺乏与社会的合作，政府创新能力低下

贵州的创新人才短缺，已成为不争的事实。2003年，全省每万人口仅占高学历人才0.58人，高级专业技术人才4.6人，分别仅有江苏省"两高"人才的12.6%、26.1%，重庆市"两高"人才的11.1%、65.7%。自身人才少、资源不足，要提高政府创新的能力与质量，就只有加强与社会的合作，包括政府间合作（包括政府与上级政府、同级政府以及下级政府）、政府与企业合作（包括国有企业、私营企业以及外资企业等）、

政府与专家学者之间的合作、政府与公民的合作，等等。也只有这样，才能使创新资源在主体间高效流动，降低创新风险，减少创新成本，加快创新速度，提高创新效益，增强创新能力。但贵州政府的创新能力严重不足。在"中国地方政府创新奖"四次评选活动中，贵州只获得了 1 项创新奖，即获得第一届政府创新奖的"贵阳市人大常委会市民旁听制度"，而同为欠发达多民族地区的广西，已获得 4 项创新奖，即"广西壮族自治区南宁市推行政府采购制度"、"广西壮族自治区南宁市'行政事业性国有资产管理体制改革'"、"广西壮族自治区民政厅'五保村'建设"、"广西玉林市人民政府：'一站式'电子政务新模式"。更为遗憾的是，在调查中笔者发现，在全国范围内，除"四在农家"、"贵阳市人大常委会市民旁听制度"以外，贵州政府的其他创新行为皆不算真正意义上的"创新"。例如，长顺县的"公推直选"，早在 2001 年四川平昌县灵山乡就进行了试点并获得了成功，随后被迅速地推广到四川、浙江等其他地区；在"多彩贵州"大型文化品牌栏目出台之前，云南的《云南映象》、广西的《印象刘三姐》已经深入人心，等等。因此，严格来说，贵州的很多政府创新行为只是全省范围内的创新，在全国范围内，已经不是创新。

第三节　贵州政府创新的趋势

一、加强基层民主建设依然是贵州政府创新的重要方面

从目前贵州政府创新的情况来看，政治改革大多数项目与民主选举有关。未来几年，刚刚推广并发展起来"公推直选"

的干部选拔任用方式将进一步推广和深化，这种选举方式打破了干部任用过程中的暗箱操作，通过不同途径引入民意因素和竞争机制，以实现公开、公正和公平的目的。目前，贵州的"公推直选"改革已从第一阶段的乡（镇）党委书记扩展到县（处）一级。未来几年，全省在干部选拔任用机制方面将会有进一步的突破。此外，由农村开始的基层民主建设将进一步向城市发展，城市社区建设是发展基层民主的一个重要方面。2005 年 1 月 12 日，贵阳市云岩区普陀办事处和平社区换届"直选"，是贵州省首个城市社区"直选"，使社区居民真正享受城市社区居民自治的权利。这种以民主选举、民主决策、民主管理、民主监督为主要内容的城乡社区草根民主实践未来几年将会进一步向广度和深度发展。

二、建设透明政府，推行政务公开仍然是贵州政府创新的主旋律

构建透明型政府是民主政府的要求，也是公民利益至上的本质体现。透明政府之所以"透明"，在于其政府信息对公民的共享和公开，以防止政府资源的闲置和浪费。在透明政府方面，贵州政府已取得一定的成效，极大地提高了政府的公信力。但与发达地区相比，贵州政府没有出台相关的法律法规予以规范，也没有明确规定政府"主动公开、如何公开、怎样公开"的方法和要求；在政务公开的监督方面，贵州媒体监督的力度较弱，群众参与监督的积极性不高，非政府组织不发达，等等。这些问题极大地制约了贵州"透明政府"的建设，应成为以后政府创新的重点之一。

三、建立责任政府以及重大事件应急联动和协调机制将成为贵州政府创新的新领域

从政治学角度上说，"责任型政府"主要是指政府恪守民主与法治责任，向作为权力来源的公众负责。从本质上说，法治型政府就是责任型政府，也就是政府需要对行政行为负责，建立权责明确、行为规范、监督有效、保障有力的执法体系。建立责任型政府是法治、德治、民主建设和政府文明建设的必然要求。2003 年"SARS"事件以后，我国政府加速了对责任型政府的构建，首次推行了"问责制"。2006 年，在贵州省出台《行政首长问责制暂行办法》后不久，威宁彝族回族苗族自治县县长因对一起特大瓦斯燃烧事故负有领导责任，已正式向有关部门引咎辞职。"问责制"是建设责任政府的有效方式，而对重大群体性事件的处理能力则反映政府的责任态度。贵州瓮安"6.28"事件和一些由征地引起的地方群体性事件事态的迅速扩大，反映出贵州政府在应付重大公共卫生和公共安全事件方面缺乏跨部门协调机制、快速反应机制和危机预警机制，应在以后的改革中进一步加强。

四、建立与完善公共服务将是今后一个时期的主攻方向

市场经济条件下政府的公共服务职能对于长期实行计划经济的国家来说是一个崭新的领域，当经济发展到一定阶段，一方面社会的公共服务需求不断增强，另一方面，经济发展为政府履行公共服务职能提供了财政支持。随着公共财政体制的逐步建立，公共服务创新将会进一步增强。与政治改革和行政改

革相比，公共服务创新受到的制度约束和障碍最小，地方政府在这个领域创新的空间很大。贵州公共服务严重缺失，突出表现在人均卫生资源严重不足，科技成果数量偏低，教育经费困难，人口素质普遍低下，社会保险参保率极低，且分布不均衡。由于公共服务缺失比较严重，供给能力极弱，因而创新的空间极大。在未来几年，贵州提供公共服务的探索将体现在以下几个方面：一是在实行农村免费义务教育方面可望出现新的进展；二是农村公共卫生体系建设和社会保障体系建设的任务显得日益迫切；三是政府在进城农民工权益的维护方面将有所作为；四是加强维护妇女儿童权益已经成为社会各界的共识，反对家庭暴力、实施法律援助、救助流浪失学儿童将成为贵州政府在社会政策领域的一个努力方向；五是在安置因金融危机而返乡的大量农民工方面，还有创新的潜力。

五、加强与社会的合作将成为提高贵州政府创新能力的主要手段

在现实条件与资源有限的情况下，提高政府创新能力的最好方式就是加强与社会的合作。第一，从政府间的合作来看，在既定的中国政府体制及政治格局下，政府创新过程不仅需要政府部门内部的团结与协作，其合法性还必须得到上级政府的肯定，创新的执行则必须得到下级部门的认可。因此，上、下级政府是否能紧密合作，就成为制约政府创新能力的重要因素。第二，政府创新还必须获得企业的支持与配合。政府创新是对社会利益格局的调整，它必然要影响到市场领域活动中的主体。新的经济体和经济力量的不断出现和增长，势必要求改善其生存的传统社会环境，也就自然向政府提出创新的要求。第三，专家学者是社会的精英分子，在其所研究的领域一般都

有相当的造诣，有更敏锐的分析、判断能力，对特定的问题有独特的认识，比一般的民众站得高、看得远、想得透。知识分子有着较强的社会责任心，是社会的良知，对社会问题一般能持中立的态度，不偏不倚地进行探讨，从而能较为客观而深刻地把握问题本质，提出解决之道。第四，社会公民能给政府部门提供创新的动力源泉。政府部门职能不同，接收公众信息的程度和流量不同，部门创新的动力不同，创新能力培育与提升的机会也不同；政府部门工作与公众生活相关性越强，相互间交流与沟通频率越高，相互间制约程度就越深；政府部门与公众互动性的增多，政府创新的动力源泉、群众基础也就越充足。贵州政府在推进创新的过程中，必须充分认识到加强合作的重要性，要经常加强同级政府以及上、下级政府部门之间的联系，向先行改革地区取经，尽量少走弯路；在与企业的合作中，要考虑如何在互利的基础上规范地为社会提供公共产品和公共服务，扩大公共福利。另外，还要强化专家、学者与政府之间的联合，进一步增强知识精英在政府创新中的作用，激发知识分子群体的参政议政意识。要积极扩大公民参与政府创新的范围与渠道，加强与公民的对话，通过与不同利益、政策观点的公民进行讨论和协商谈判，获取群体智慧，增强共识感和责任感，实现公共利益。同时，加强公民参与的制度化建设，使公民可以按一定的程序实际操作，并用法律的形式固定下来，使公民参与经常化、制度化。

附录

历届中国地方政府创新奖获奖名单^①

（排名不分先后）

第一届获奖名单（2001—2002 年度）

优胜奖（10 个）

· 四川省遂宁市市中区："公推公选"乡镇党委书记和乡镇长

· 河北省迁西县：妇代会直接选举

· 广西壮族自治区南宁市：推行政府采购制度

· 江苏省南京市下关区：首创"政务超市"

· 浙江省金华市：领导干部经济责任审计

· 贵州省贵阳市人大常委会：推行市民旁听制度

· 广东省深圳市：行政审批制度改革

· 上海市浦东新区：创办社区矛盾调解中心

· 海南省海口市：实行行政审批的"三制"

· 湖北省广水市："两票制"选举村党支部书记

提名奖（10 个）

· 浙江省衢州市："农技 110"

· 云南省金平县：扶贫项目

· 广东省深圳市大鹏镇："三轮两票"选举镇长

· 湖南省长沙市：四级联动政务公开

· 河南省社旗县："下访团"

· 湖北省鹤峰县：扶贫项目民营业主负责制

---

① 该名单来源于中国政府创新网。

·新疆维吾尔自治区乌鲁木齐市：七道弯乡村务公开
·上海市徐汇区康健街道："康乐工程"
·四川省平昌县：公平评税
·江苏省沭阳县：首创干部任前公示

第二届获奖名单（2003—2004年度）

优胜奖（10个）
·广西壮族自治区南宁市："社会应急联动系统"
·山东省青岛市："阳光救助"
·海南省海口市龙华区："外来工之家"
·河北省石家庄市："少年儿童保护教育中心"
·安徽省舒城县干汊河镇："小城镇公益事业民营化"
·广东省深圳市："公用事业市场化改革"
·浙江省温岭市："民主恳谈"
·四川省遂宁市市中区步云乡："乡长候选人直选"
·吉林省梨树县：村民委员会"海选"
·浙江省湖州市："户籍制度改革"
提名奖（5个）
·四川省雅安市："直选县级党代表"
·河南省焦作市：构建"三级服务型政府"
·河北省迁西县："妇女维权"
·广西壮族自治区南宁市："行政事业性国有资产管理体制改革"
·福建省厦门市思明区："公共部门绩效评估"
鼓励奖（3个）
·浙江省台州市："乡镇（街道）团委书记直选"
·北京市延庆县："制止和预防家庭暴力"

·北京市："社区公共服务平台"

第三届获奖项目名单（2005—2006年度）

优胜奖（10个）

广东省深圳市盐田区："社区管理体制改革"

四川省平昌县："公推直选乡镇党委成员"

重庆市："创建法治政府四项制度"

福建省泉州市总工会："外来工维权新模式"

河北省迁安市："新型农村合作医疗制度"

广西壮族自治区民政厅："五保村"建设

湖南省妇联："农村妇女参与村级治理"

北京市石景山区委区政府："鲁谷社区街道管理体制创新"

福建省厦门市思明区嘉莲街道办事处："爱心超市"

天津市南开区政府行政许可服务中心："超时默许"新机制

入围奖（14个）

河北省青县县委："青县村治模式"

上海市徐汇区政府：政府工作流程再造

江苏省徐州市贾汪区政府：公众全程监督政务

安徽省芜湖市政府："政府利用网络实行政府与市民互动"

浙江省温州市政府："效能革命"

四川省成都市新都区委：基层民主政治建设

江苏省南京市白下区政府：淮海街道管理体制改革

浙江省绍兴市政府办公室：政府办公室导入ISO9000质量管理体系

浙江省长兴县教育局："教育券制度"

北京市大兴区妇联："巾帼维权岗"

陕西省杨凌示范区管委会：服务承诺制

浙江省武义县委县政府：村务监督委员会

湖北省秭归县政府：杨林桥镇"撤组建社"村民自治新模式

重庆市开县麻柳乡委乡政府："八步工作法"

第四届获奖名单（2007—2008 年度）

优胜奖（10 个）

浙江省义乌市总工会：工会社会化维权模式

浙江省宁波市海曙区人民政府：政府购买居家养老服务

黑龙江省伊春市人民政府：林业产权制度改革

广东省深圳市南山区委区人大政府：和谐社区建设"双向互动"制度创新

山东省乳山市委：全面推进党内民主

上海市普陀区长寿路街道办事处：社区民间组织管理体制改革

湖北省咸宁市咸安区委：乡镇行政管理体制改革

江苏省公安厅：执法告知服务制度

四川省成都市人民政府：深化行政审批制度改革

山东省莱西市人民政府：为民服务代理制

最具责任感地方政府奖（1 个）

北京市西城区人民政府

入围奖（9 个）

上海市南汇区惠南镇人大：公共预算制度改革

四川省雅安市人大常委会：乡镇人大代表选举制度改革

四川省人大常委会预算工作委员会："在线监督"预算执行

江西省民政厅：农村村落社区建设

浙江省瑞安市人民政府：农村合作协会

新疆呼图壁县人民政府：农村社会养老保险制度改革

广东省深圳市监察局：行政审批电子监察系统

广西玉林市人民政府："一站式"电子政务新模式

浙江省庆元县委组织部：技能型乡镇政府建设

第五届获奖名单（2009—2010 年度）

优胜奖（10 个）

内蒙古公安边防总队：草原 110

山东省青岛市委市政府：多样化民考官机制

陕西省石泉县委县政府：关爱留守儿童长效机制建设

浙江省杭州市政府：开放式决策

广东省深圳市民间组织管理局：社会组织登记管理体制改革

北京市政府："三效一创"绩效管理体系

福建省厦门市政府：市民健康信息系统建设

新疆兵团农七师奎屯天北新区管理委员会：天北新区兵地融合管理体制创新

辽宁省沈阳市委市政府：信访工作新机制

江苏省江阴市委市政府："幸福江阴"综合评价指标体系构建

提名奖（20 个）

北京市大兴区清源街道办事处：参与式社区治理与社区服务项目化管理

浙江省温岭市新河镇：参与式预算改革

山东省枣庄市市中区财政局：财政支农方式创新

贵州省湄潭县纪委：村民集中诉求会议制度

广东省深圳市龙岗区委区政府："大综管"信访维稳机制

浙江省湖州市委组织部：干部考核机制创新

广东省揭阳市总工会：民间社团建工会

河北省青县县委县政府：农村合作养老制度建设

重庆市黔江区委区政府：农村卫生管理体制创新

浙江省松阳县委县政府：农村宅基地换养老

四川省遂宁市政法委：社会稳定风险评估机制

江苏省南京市民政局：社区社会组织登记管理体制改革

四川省总工会、成都市总工会：省际工会联动维护农民工权益机制

西藏自治区尼木县委、县政府：寺庙管理服务机制创新

宁夏盐池县外援项目办公室：推动农村社区公众参与

云南省昆明市政府法制办公室：行政处罚自由裁量权规范化

黑龙江省哈尔滨市政府法制办公室：行政复议机制改革

江苏省淮安市信访局：阳光信访

上海市浦东新区综治委办公室：预防和减少犯罪机制创新

江苏省南京市六合区委区政府：自然村中的"农民议会"

主要参考文献

[1] 俞可平．政府创新的理论与实践．杭州：浙江人民出版社，2005

[2] 俞可平．中国政府创新蓝皮书2008．北京：社会科学文献出版社，2008

[3] 俞可平．中国地方政府创新案例研究报告（2005—2006）．北京：北京大学出版社，2007

[4] 胡晓登．精神生产面向与研究焦点选择——贵州"三点"问题深度关注．北京：中国方正出版社，2007

[5] 李秀潭，田忠林，汪开国．西部地方政府行为模式．杭州：浙江人民出版社，2004

[6] 胡晓登．道德的竞争力——加入WTO与贵州政府道德建设．北京：中央文献出版社，2007

[7] 王贵秀．中国政治体制改革之路．郑州：河南人民出版社，2004

[8] 胡晓登．锤炼竞争力——社会科学研究选题·设计·研究的实证分析．北京：光明日报出版社，2007

[9] 方盛举．中国民族自治地方政府发展论纲．北京：人民出版社，2007

[10] 薛刚凌．行政管理体制改革研究．北京：北京大学出版社，2006

[11] 周忠良，李建国，金安江．2007年贵州文化产业发展

报告．贵阳：贵州人民出版社，2007

　　［12］吴知论*．中国地方政府管理创新．北京：人民出版社，2004

　　［13］陈昌盛，蔡跃洲．中国政府公共服务：体制变迁与地区综合评估报告．北京：中国社会科学出版社，2007

　　［14］L.E.戴维斯（Davis）、D.C.诺斯（North）．制度变迁的理论：概念与原因．见［美］R.科斯、阿尔钦、D.诺斯等著财产权利与制度变迁（中文版）．上海：三联书店上海分店，1991

　　［15］金山爱（Maria Edin），The Political Incentives of Local Cadres in the PRC：Explaining Local State Led Development Hong Kong Journal of Social Sciences No.17，Autumn 2000。

　　［16］沈立人．地方政府的经济职能和经济行为．上海：上海远东出版社，1998

　　［17］刘靖华，姜宪利．中国政府管理创新（施政卷）．北京：中国社会科学出版社，2004

　　［18］杜钢建．政府职能转变攻坚．北京：中国水利电出版社，2005

　　［19］傅大友，袁勇志，芮国强．行政改革与制度创新．上海：上海三联书店，2004

　　［20］樊纲．渐进改革的政治经济学分析．上海：上海远东出版社，1996

　　［21］诺曼·尼科尔森．制度分析与发展的现状．见［美］V.奥斯特罗姆，D.菲尼，H.皮希特，王诚译．制度分析与发展的反思——问题与抉择．北京：商务印书馆，1996

　　［22］［美］赫伯特·西蒙．管理行为（中译本）．北京：北京经济学院出版社，1988

　　［23］林尚立．当代中国政治形态研究．天津：天津人民

出版社，2000

[24] 沈亚平，王强．社会转型与行政发展．天津：南开大学出版社，2005

[25] 俞可平．中国地方政府的改革与创新．见吴知论主编中国地方政府管理创新．北京：人民出版社，2004

[26] 林尚立．国内政府间关系．杭州：浙江人民出版社，1998

[27] ［美］戴维·奥斯本，彼得·普拉斯特里克，谭功荣等译．摒弃官僚制：政府再造的五项战略．北京：中国人民大学出版社，2002

[28] 刘辉．中国政府的管理创新．北京：中国社会科学出版社，2004

[29] 王振辉．政府机关公共服务创新优化管理模式实务全书．北京：中国知识出版社，2006

[30] ［美］戴维·奥斯本，特德·盖布勒著，周敦仁等译．改革政府：企业家精神如何改革着公共部门．上海：上海译文出版社，2006

[31] 中国（海南）改革发展研究院编．政府转型——中国改革发展的下一步．北京：中国经济出版社，2005

[32] 胡税根，郦仲华．我国政府组织创新：意义、目标与路径选择．载学习与探索．2006（5）

[33] 杨雪冬．中国地方政府创新：特点和问题——中央编译局专家笔谈："政府创新与和谐社会"专题之一．载甘肃行政学院学报，2007（4）

[34] 钟军．创新是政府转型的原动力．载决策，2005（8）

[35] 王振宏，刘书云，黄庭钧．公共服务差距紧逼财政改革．载瞭望，2005（13）

[36] 臧乃康．政府利益论．载理论探讨，1999（1）

［37］谢庆奎．论政府创新．载吉林大学社会科学学报，2005（1）

［38］郁建兴，徐越倩．从发展型政府到公共服务型政府——以浙江省为个案．载马克思主义与现实，2004（5）

［39］俞可平．论政府创新的若干基本问题．载新华文摘，2005（19）

［40］邹建淼，毕德志，单婧．公共服务型政府构建模式研究．载经济与管理，2007（1）

［41］王庚年．论政府创新的十大理念．载理论前言，2005（1）

［42］彭维国．永登"物交会"为什么办不成．载西部商报（A02版），2003年12月25日

［43］金太军，袁建军．地方政府创新博弈分析．中山大学行政管理研究中心，2007年5月10日

［44］陈泽伟．地方政府创新：基层民主　政府改革　公共服务．载瞭望新闻周刊，2006年3月20日

［45］温家宝．加强政府建设　推进管理创新．载新浪网，2006年9月7日

［46］朱丽娜．和谐社会的政府理念与制度创新思路．载胜利油田职工大学学报，2006（6）

［47］温家宝．深化行政管理体制改革，加快实现政府管理创新．载国家行政学院学报，2004（1）

［48］赵艾．提高公共服务水平　加快西部大开发进程．载搜狐财经网，2006年10月31日

［49］刘水玉，张琴．我国西部贫困地区渴望公共服务"阳光普照"．载新华网，2007年3月16日

［50］中国行政管理研究课题组．加快我国社会管理与公共服务的研究报告．载中国行政管理，2006（2）

［51］夏书章．公共服务．载中国行政管理，2003（3）

［52］何增科．地方政府创新，从政绩合法性走向政治合法性．载中国改革，2006（6）

［53］赵会．论政府创新与服务型政府的构建．载前进，2006（1）

［54］石杰琳．论政府管理创新的原则．载郑州大学学报（哲学社会科学版），2006（7）

［55］蒋满元．地方政府制度创新行为的动因分析与作用探讨．载山东科技大学学报（哲学与社会科学版），2008（3）

［56］鄢爱红．试论我国地方政府创新的动力、特征及趋势．载行政与法，2007（4）

［57］庄德水．政府创新：社会资本视角．载公共管理学报，2006（4）

［58］宋迎法，苗红娜．国外政府创新的动因、内容和模式探析．载江苏社会科学，2006（4）

［59］匡自明，韦锋．中国地方政府管理创新的悖论分析：动力与困境．载云南行政学院学报，2006（2）

［60］陈红太．中国地方政府创新研究中的若干方法论问题．载中国特色社会主义研究，2007（3）

后 记

呈现在专家面前的这本"拙著"，是在完成 2007 年贵州省哲学社会科学重大招标课题《贵州推进政府管理创新与制度创新研究》（SKGH2007013）的基础上扩展而成。

本课题自 2008 年 8 月份立项以来，在课题主持人的领导下，在将近一年的时间里，搜集了大量的国内外学者关于政府制度创新与管理创新的研究文献，并对这些文献进行了细致的研读，从中吸取有益的养料；同时，根据课题设计的要求，带着访谈提纲与调查问卷，走访了省内外一些著名的学者与专家、党政部门的领导以及政策研究机构的研究人员，采访了他们对贵州政府制度创新与管理创新理论与实践的真知灼见；此外，还深入到省内 9 个市、地、州的一些县、乡（镇）进行实地调查，掌握了丰富的第一手资料，并对一些典型创新实践进行了深入细致的调查与跟踪，从中提炼了一些非常宝贵的意见与经验。之后，按照分工负责的原则，谢治菊副教授主要执笔书稿的四、五、六、七章，本书其他章节内容均由王国勇教授完成。可以说，本书凝聚了我们两位老师与各位专家、学者、领导的心血与智慧。

值得欣慰的是，在本书完稿之际，省内的很多创新项目已经准备大面积地推广，如"公推直选"、"村务点题公开"、"信访听证制度"、"市民旁听制度"，"大部制"改革也马上拉开序幕，这让我们再一次看到了政府改革创新的决心与信心，看到政府早期创新行为的力量，也看到了这本书的价值所在。

目前，已有许多专家、学者涉足该领域的研究，出版了大量的专著与成果。在写作的过程中，他们给我们提供了有益的启发与创作的灵感，为本书的完成奠定了坚实的基础，在此表示深深的感谢。我们还要感谢在调查中给予的大力支持与帮助的部门与领导。感谢在本书的写作及出版的过程中，寄予我们厚望和关怀并给予我们无私帮助的贵州民族学院的领导和科研处的领导及同志们。

当然，由于种种原因，我们的专著还有一些不尽完善的地方，恳请各位领导、专家、读者提出宝贵的批评意见。

王国勇

2009 年 3 月于贵阳